Cated

Dr. Anthony LaRose, Ph.D.

Contacto: tonytronic2000@yahoo.com

Prohibida la reproducción total o parcial sin autorización por escrito de las casa editora.

Obra protegido por derechos de autor.

ISBN-13: 978-1519601575
ISBN-10: 1519601573

Traducción: Israel González. solshower@gmail.com

Capítulo I

El padre Philip Quinn hizo la señal de la cruz y bendijo a los fieles. "En el nombre del Padre, del Hijo, y del Espíritu Santo, Amén. La misa ha terminado. Que la paz y amor del Señor esté con todos ustedes", dijo el padre en el centro santo de la mina de sal, donde se encontraba.

"Demos gracias a Dios", fue la respuesta colectiva. "La misa ha terminado, Pueden ir en paz". "Demos gracias al Señor", los fieles respondieron debidamente. Era domingo de Pascua y más de 8,000 abarrotaron su iglesia. El padre se despidió y estrechó las manos de su congregación. Rechazó muchas invitaciones que le hicieron para que cenara con ellos. "Tengo una cita con el Señor", fue lo que contestó en más de 100 ocasiones. Al despedirse del último feligrés, ordenó a sus monaguillos a recoger el vino restante y los sacramentos. "Tómenlos y pónganlos en mi auto", les dijo. "Necesito estar solo con Dios un momento".

Desde la base del segundo nivel, miró hacia arriba a través de la caverna y observó la última multitud de gente caminar hacia la salida. *Esto debió ser más que suficiente. ¡Finalmente, tendremos nuestra designación oficial. 8,000 feligreses en el día de hoy!* ¿Cómo podrá el Vaticano ignorarlo? Cada parroquia requiere de un obispo. *"Querido Señor, sé que se supone debo ser más humilde, pero qué honor que logre ser el primer obispo de la Catedral de Sal"*.

El padre Quinn no podía evitar sentirse orgulloso de su gran logro; reunir el doble de multitud que se ha congregado desde que regresó a Colombia, después de haber estado tres décadas en diferentes parroquias en el extranjero. Antes de regresar a Zipaquirá, el Cardenal Finster le agradeció por su valioso trabajo en los barrios pobres de San Antonio. *"¿Cuánto ha pasado desde mi última...? ¿Un poco más de un año, no es así?"* Estaba muy orgulloso de sí mismo y feliz de estar de vuelta en el pequeño pueblo de Zipaquirá. *"Mis buenas acciones han debido recompensar aquellos...tropiezos, no?"*.

Se volteó para mirar la cruz central. Más de 5 niveles de altura, labrada directamente de la pared de sal, un par de semanas después de que se abrió la mina. La luz blanca del lugar la reflejaba contra la fachada oscura de la base del altar donde ha celebrado las misas cada domingo durante los últimos meses. El padre Quinn estaba parado de frente. El piso, cortado y pulido como mármol, permitía que la imagen de la cruz se reflejara hacia él. Desde los primeros días de la mina, ha servido como el templo de la iglesia. La catedral estaba en silencio mientras el cura estaba de rodillas, rezando por el reconocimiento del Vaticano. Un par de luces tenues iluminaron el túnel. Los vellos en su cuello se erizaron cuando se arrodilló para orar. Un ligero viento lo rozó y percibió un olor a azufre. Sintió cómo los vellos de su cuello se erizaban. Miró hacia atrás y observó detenidamente la plaza central; en el centro de la iglesia logró captar una sombra, cerca de la pieza labrada de la Creación de Adán, por Miguel Ángel. El padre parpadeó y miró fijamente en la nave, pero estaba vacía y volvió a sus oraciones. *¿Habrá sido un leve temblor?* Observó minuciosamente la catedral, y vio otra sombra. Pensó haber visto a alguien en la caverna superior. *¿Acaso eran plumas de indio?* "Hola", gritó el cura, "Hola" ¿Hay alguien ahí? A pesar de estar parado en el centro de una serie de túneles, el sonido no creó eco. ¿Carlos?, Juan? ¿Están ahí? Recogió sus cosas rápidamente. "Padre" dijo en voz alta, "Haré mis oraciones más tarde". Se dirigió hacia la salida, acelerando el paso mientras sentía escalofríos recorrían su espina dorsal. Más sonidos lo perseguían cruzando la caverna.

"Zintazbquysqua!"

¿Acaso eso fue un cántico? El padre reconoció las palabras, no era español, pero las había oído anteriormente. Era el lenguaje antiguo de los Muiscas. Durante el último año ha estado trabajando en ese lado

del país para llevarles el Cristianismo. "¿Quién está ahí? ¿Eres uno de mis chicos indios? ¿Hola?".

Al cruzar a través del Capitolio, su luz fluorescente tiñó su capa de un color violeta sombrío. Una figura negra y larga se reflejó en la habitación, y le detuvo el paso. La silueta tenía la forma de un hombre con vestimenta nativa, con un objeto intimidante en su mano izquierda. "¿Quién es? ¿Quién está ahí?", el viejo sacerdote se frotó los ojos y cuando los volvió a abrir, la figura se había desvanecido. El cura miró de un lado al otro del pasillo, se inclinó de uno de los balcones y esforzó la vista de izquierda a derecha, y ni siquiera una sombra se movió. El sacerdote se esforzó para escuchar algo, y sólo escuchó un largo silencio. Finalmente se rio de sí mismo. "Dios que estás en los cielos, ¿me estás jugando una broma?

Los escalofríos se detuvieron y disminuyó su marcha. "¡Ja! ¡Tu mente te estaba jugando bromas!", lo dijo en voz alta para calmar su ritmo cardiaco. A lo largo del camino, retomó su tradicional ritual de parar en cada una de las catorce Estaciones de la Cruz, pero esta vez lo hizo apresuradamente. Sólo se limitó a hacer un gesto en cada cruz, rezando lo más rápido posible, hasta alcanzar la primera estación de la Cruz. A unas cien yardas más adelante, pudo apreciar la luz de la entrada; miró de vuelta hacia el túnel y no vió ni una sombra, ni escuchó ningún otro canto.

Cuando llegó a la primera estación de la cruz, se arrodilló ante la altísima cruz de sal que simbolizaba cuando Jesucristo había sido condenado a muerte. "Padre nuestro que estás en el Cielo, santificado sea tu nombre…"

"Ys mmisqua nuc". Escuchó nuevamente la voz. *¿Seré castigado?* Abrió sus ojos, pero permaneció de rodillas; la parte inferior de su capa ya estaba manchada con sal blanca. La figura de un indio alto y con hombros amplios, se paraba sobre el barandal del balcón que pasaba por alto la imponente cruz blanca. La luz verde del

balcón iluminaba su estructura muscular y su cara cubierta por un bozal dorado, con un escurra larga colgando desde su base. De cada lado resaltaban dos barras antes de inclinarse hacia el frente. Su cabeza estaba escudada por una placa dorada de doce pulgadas, y tres placas más pequeñas se suspendían desde arriba. Plumas de colores naranja, rojas y verdes que resaltaban desde la parte superior y trasera. Sus oídos cubiertos con tapas de oro. Más placas de oro cubrían su pecho en forma de una corona tallada con imágenes de cabezas y serpientes. Por debajo llevaba puesta una túnica tradicional pre-colombina hecha de fibra de algodón fino, el tradicional vestuario de los Muiscas. Tenía bordados varios símbolos antiguos en color negro por todo el lado izquierdo. Debajo de sus imponentes pantorrillas, tenía tobilleras de oro que contrastaban su complexión oscura. Varias rayas rojas oscuras hechas con la planta de achiote decoraban sus poderosos bíceps. "¿Quién eres? ¿Cómo entraste aquí? No deberías estar aquí", dijo el padre con voz temblorosa. *"Ia hac aquens hysquie mguens?"* La figuró bramó, con voz fuerte y profunda, pero las paredes de sal impidieron que se escucharan en eco en las cavernas vacías. La catedral volvió a estar en silencio nuevamente.

"¿Cómo me atreví pecar?" Mientras el sacerdote cuestionaba su propia traducción de lo que acababa de escuchar, el indio saltó desde la percha y aterrizó justo detrás de la imponente cruz. Su posición reflejaba una crucifixión al revés. La cruz se quebró inmediatamente desde la base y cayó hacia dirección al sacerdote, quien trató en vano por levantarse y evitar el impacto de la estatua en picada. Miró a los ojos del indio mientras la cruz cayó sobre él . El indio mantuvo el equilibrio durante toda la caída y ahora se encontraba de pie, mirando hacia abajo el cuerpo prácticamente destrozado del sacerdote. "¿Quién eres?", preguntó el sacerdote con su último aliento de vida, *"Paba hue Zipa, quaica chahas aquynsuca"* contestó la máscara de oro.

"El rey me hará sufrir", tradujo el padre Quinn, antes de recibir un golpe mortal con el arma del atacante que le aplastó su cráneo. La sangre fluyó sobre el piso nítidamente pulido por décadas de peregrinaciones. La sal comenzó a absorber sus secretos sin ningún remordimiento.

"*Arriba. Arriba.* Despierta Gringo", una voz hacía eco en su cabeza. Sam abrió sus ojos lentamente, sintiendo los vasos sanguíneos expandiéndose y contrayéndose en sus temporales.

¿Estás bien? Protegió sus ojos de la luz amarilla tenue que provenía de una bombilla en el techo. "Ugh. Mi cabeza está a punto de estallar, pero creo que estoy bien. *"Um, mi cabeza está"*

"No te preocupes, hablo español. Permíteme ayudarte a levantar". Sam sintió un par de manos ayudarlo a ponerse de pie. "¿Dónde demonios estoy?"

"En la prisión de Zipa, te arrestaron en la mina" le contestó una vozo. Sam se quitó las manos de los ojos, "¿La mina?" "Sí gringo, la mina de sal, ustedes los turistas la conocen mejor como la Catedral de Sal". "¿Qué? Disculpa, estoy un poco confundido". "La Catedral de Sal, es una mina de sal y a veces es utilizada como una iglesia católica. Hoy se celebró una misa y se desató una pelea entre nosotros los indios contra los católicos. ¿Qué estabas haciendo allí? Eras un manifestante o un creyente?" ,sonrió el hombre. Era colombiano y parte indígena y tenía la misma estatura de Grant, 1.80 metros, quizás un poco más. "Ninguno de los dos. "Ninguno de los dos. No he ido a la iglesia por los pasados 15 años y no he participado en ninguna protesta desde que era estudiante universitario y luchábamos por tener permiso para beber cerveza en los dormitorios". Se frotó su hombro lastimado. "Creo que quedé atrapado entre la multitud. Había una chica, alguien la golpeó". "Sí, ella es Alejandra, y la llamamos *Guasá*. Ella es nuestra líder". "Uh huh", Samuel gruño con gesto de comprensión. "Disculpa, debí presentarme, soy Chamión Arroyo, pero todos me dicen Chamí". Comenzó a presentar a todos en la celda, "Creo que la policía piensa que eres un manifestante, o estarías en otra celda". Del otro lado del pasillo había una celda llena de hombres con trajes arrugados y rotos; se fijaron en él y algunos lo maldijeron y otros escupieron.

De repente, el agente del FBI buscaba de manera frenética en sus bolsillos. "¿Estas buscando tu billetera? Para que lo sepas nosotros no la tenemos, seguramente la tiene la policía, te quitan todo cuando te traen aquí. Ya que estabas inconsciente, no esperes que haya dinero en ella, si es que recuperas la billetera". No era la billetera lo que le preocupaba, era la placa dorada y su identificación del gobierno, pero no quería compartir esa información con unos extraños. "Necesito recuperar todo, ni siquiera he pagado mi hotel". Sus compañeros de celda se rieron, y estuvieron murmurando entre ellos durante la última media hora. La mayoría de ellos eran miembros del partido Comunista Ateo en Colombia o estudiantes universitarios, hijos e hijas de padres muy pudientes, chicos que buscaban cualquier pretexto para protestar. Chamí era el mayor del grupo y decía que era un antropólogo en la universidad local, y ha estado protestando por los derechos de los indígenas desde que entró a estudiar antropología en la Universidad de Colón. Le explicó que el parque ecológico, la mina, la Catedral se ubicaban en lo que era tierra Pre-colombina, tierra indígena y estaban protestando para que les fuera devuelta. Le indicó a Grant de que los colombianos son católicos muy devotos y la catedral era un lugar muy especial para ellos, especialmente para los mineros, que eran aún más fervientes que los mismos seguidores. "Así es como inició todo el problema", dijo. "Nosotros llegamos media hora después de la misa; creíamos que la gente ya se había retirado para ese entonces. Luego alguien dijo que el sacerdote estaba muerto y que alguien era responsable de ello. Inmediatamente comenzamos a gritarnos mutuamente, alguien golpeó a una persona y así comenzó la pelea hasta terminar todos presos". La mente de Sam se desvanecía de la conversación mientras rezaba porque se le desapareciera el dolor en la cabeza. "¿Cómo dices que se llama tu líder? ¿Guess-ah?" Estaba seguro que había pronunciado el nombre incorrectamente, ¿Qué le sucedió a ella?" "¡Ja, ja, ja! Es muy atractiva, no es así?" "Supongo," el americano quiso aparentar reservado. "No estamos seguros, pero creemos que Alejandra-Guasá está en otras de las celdas. No podemos llamarla o los guardias nos lanzarán más gas pimienta".

De momento se escuchó el sonido de los seguros de las celdas desactivándose y luego gritos diciendo el nombre "¡Grant! ¡Ulysses S. Grant!" estremecieron la cárcel mientras dos guardias bien armados buscaban entre las celdas al gringo. El hombre G caminó hacia los barrotes. "Yo soy Sam Grant". "Venga con nosotros", la voz del guardia era monótona y estoica. "Yo, por qué?" "Así es, usted, el jefe lo quiere ver". Miró a sus compañeros de celda. "No se preocupe", dijo Chamí, "no te va pasar nada. Demasiados testigos", el antropólogo guiñó el ojo. Grant sonrió con sarcasmo, "Gracias, es bueno saberlo". "Lo veré por ahí señor Grant, éste es un pueblo pequeño". La puerta se abrió y fue extraído de la celda abruptamente por los guardias. Los feligreses pensaban que era un manifestante, por lo que lo maldijeron, y los manifestantes que estaban en otras pensaron lo contrario, que era un feligrés, y lo maldijeron también. *"¿En qué demonios me he metido?"*. Entre la gente logró ubicar a la mujer e hicieron contacto visual. "Gracias", ella dijo pasando rápidamente. Era hermosa. Era delgada, ligeramente alta para ser indígena, tenía cabello lacio y largo, casi hasta la cintura, y unos ojos oscuros muy penetrantes. Sam no había pensado en mujeres desde hace un año, pero algo de ella lo hipnotizó; le atrajo, necesitaba hablar con ella. Las puertas que daban a la salida se abrieron antes que el pudiese responder. "¡Hey, hey! ¡Déjame ir! ¡Quiero hablar con ella!". Los guardias ignoraron su petición y lo llevaron fuera, a la calle. Tan pronto estuvo afuera, pudo apreciar y sentir el aire fresco y respiró profundamente. Varios oficiales uniformados y un pequeño grupo de personas vestidos de civil lo miraron de manera apática, y pudo escuchar una música que venía de un bar al cruzar la calle; todo parecía surreal. En todo momento fue forzado por la policía mientras caminaban en la calle abarrotada de gente, y aún así nadie lo notó. Pensó en gritarles, pero sospechó que eso no iba ser de mucha ayuda. En un instante, el aire fresco desapareció cuando lo empujaron hacia una entrada con arco donde habían dos centinelas armados, sosteniendo cada uno la puerta para que él entrara. El sonido de las pisadas y el rechinar de las escaleras de madera hacían eco entre las paredes de piedra. Al llegar al tercer nivel, pasaron dos puertas de vidrio blindado, contrastando con el resto de la estructura de un edificio tan antiguo, y había una insignia de la policía colombiana grabada en otras dos puertas. Sobre la insignia había un nombre, pero más importante, había una palabra que podía entender tanto en inglés como en español, *"General"*. Un oficial abrió las puertas, dirigiéndolo a él y sus escoltas a una oficina más amplia.

Había un hombre en uniforme formal sentado en una silla ejecutiva en piel detrás de un escritorio de roble grande. Las borlas en las hombreras de su uniforme se agitaban con cada movimiento que realizaba; su pecho estaba lleno de medallones y distinciones. *"Dios mío, tiene más medallas que un general mexicano"*, pensó Sam. Es un chiste común entre policias y militares americanos que los oficiales de Latinoamérica tenían pocos logros, pero muchos premios y medallas. Numerosos diplomas y certificados de logros adornaban la pared detrás del escritorio. Oficiales de policía en uniforme rodeaban la oficina. Los guardias se pararon frente a él, se giraron agresivamente y salieron de la oficina; el único sonido era el ¡hum! del ventilador. "Agente Ulysses Samuel Grant, Oficina Federal de Investigaciones", finalmente dijo el hombre detrás del escritorio. Grant no podía entender si lo que escuchó fue en modo de pregunta o como una afirmación. Respiró profundamente y se esforzó lo más que pudo por aparentar que se sentía tranquilo y relajado. Al menos el dolor de cabeza parecía haber disminuido. "¿Ese es su nombre, no es así?" El hombre preguntó una vez más. "Claro, digo, sí, es mi nombre". *Ellos saben quién soy, ¿eso será bueno o malo?*

"Después de que mis subalternos me informaron sobre tu identidad, investigamos para corroborar tu identificación y salvaguardarla", mientras observaba una computadora que estaba sobre una mesa al lado de su escritorio y a cual parecía estar obsoleta. "¿Usted trabaja en la unidad de Forense, correcto?" Sirvió una Coca-Cola en un vaso con hielo, y el eco proveniente del gas de la soda fue como un sonido celestial para Sam, quien la miró como si fuese la última bebida fría en el planeta. Grant sabía que el hombre actuaba deliberadamente. "Disculpe agente Grant, ¿dónde quedó mi sentido de hospitalidad? ¿Desea algo de tomar?"

Sam de manera inconsciente se remojaba los labios, "Por favor" le contestó. Tenía la garganta seca y la voz ronca. El General hizo señas a un oficial quien le alcanzó una botella de agua inmediatamente. Se bebió el litro de agua en un trago, un largo trago, "Gracias, señor". "Por nada". El General dio un sorbo a su soda de manera cautelosa antes de levantarse del escritorio, y se dirigió hacia el americano. Grant se percató que el General era de baja estatura, y con algo de sobre preso, pero definitivamente era quién tenía el mando. Le extendió la mano y el agente del FBI le estrechó su mano con el general, quien le puso la mano en su hombro y le preguntó "¿Qué hace usted aquí en Zipaquirá, agente Grant?" "¿Zipawhatta?"

El general dirigió la mirada a otros oficiales con la intención de reír juntos, y ellos así lo hicieron, "Zipaquirá, es donde usted se encuentra en este momento. ¿Usted creyó que estaba en Bogotá?" él sonrió, "¿Al menos sabes que estás en Colombia, cierto?" Sam sólo apretaba fuertemente la botella de agua, que hacía un ruido crujiente muy molesto y quería decirle al general "vete al infierno", pero pensó que mejor no. "Yo sé que estoy en Colombia y que no estoy en Bogotá, sólo no sabía el nombre de este pueblo, ¿Cómo es que se llama de nuevo? ¿Zipacuando?"

"Zipaquirá, es una palabra indígena, significa gran ciudad de sal, o el nombre de un jefe indio, algo así. Yo no soy de esta región de Colombia, pero si gusta le puedo conseguir un libro acerca de este lugar". Grant sentía que se le subía la temperatura, estaba agotado, sentía golpes en su cabeza, y tenía una resaca, "no es necesario, hombre". "Entonces, ¿qué es lo que viene hacer aquí un forense experto del FBI", el general hizo una pausa para dar un sorbete a su soda y para avergonzar al americano, "a nuestro pequeño pueblo?". "Estoy tomando unas vacaciones, Zip-a-keer-á" así pronunció cada sílaba de manera cautelosa, "es un gran lugar como cualquiera". "Agente, conozco un poco de la historia americana, he estado en sus instalaciones de entrenamiento y estudié un año en una universidad americana"." ¿De verdad?" el americano le siguió la corriente, y sabía que el general estaba al mando y que le iba contar una historia, le pareciera o no. "Si, Se algo de su guerra civil, ¿Ulysses S. Grant fue un gran general, cierto?" "Así es". "¿Te dieron el nombre debido a él?" "Sí" "¿También era un borracho, no es así?" y se presenciaron algunas muecas en la oficina. El general no cambiaba su expresión, y era obvio que no le gustó sentirse despreciado.

Algunos decían que fue así, "yo en verdad no lo sé", Sam mintió. Como hijo de un profesor de historia sabía todo acerca de su tocayo, y sus hábitos, estaba muy consciente de su condición y la ironía por su nombre. "No importa, ¿Cuánto tiempo vas a estar aquí?" "No lo he decidido aún,"*¿Acaso quiere que me vaya?* A Grant no le agrada que le digan qué hacer, pero si éste era la intención del general era mejor "salir del lugar" que generar problemas, si es necesario podría tomar un avión de regreso a Estados Unidos esa misma noche.

"Bueno, si te vas a quedar unos días", el general se detuvo para beber su soda, aquí viene Grant pensó. Nos gustaría que nos pudiera apoyar". "Disculpa, ¿qué?" "Nos gustaría recibir su ayuda". "¿Mi ayuda? ¿Por qué?" Tenemos un caso de muerte en la mina, un sacerdote fue encontrado muerto en la catedral de sal". "¿Un padre asesinado dónde?" "En realidad, no sabemos si fue asesinado, pero fue encontrado muerto en la catedral de sal, ahí es donde tú estabas…y fue hallado por mis elementos". El agua le ayudó a despejar la cabeza y el alcohol ya casi se había diluido su efecto. "¿Usted se refiere al disturbio?" yo no tuve nada que ver con eso, ¿Eso fue la iglesia? Él fingió no saber nada. *No tenía sentido revelar mi clase de historia dentro de la prisión.*

"Sí, la mina y la iglesia están conectadas, ¿no estaba ahí usted para la misa de Pascua?" "¿Pascua? No, yo solo seguía a la multitud, estaba paseando y averiguando que sucedía; estoy de vacaciones, pero si recuerdo algunos manifestantes acercarse, una chica fue golpeada y yo traté de ayudarla", se frotó el golpe en la cabeza y observó que la oficina estaba llena de policías, "y aquí estoy, eso es todo lo que recuerdo".

"Si, bueno, ella es una revolucionaria y creemos que ella está involucrada en la muerte del sacerdote". El tono de voz del general fue de moderado a ligeramente hostil. La cabeza de Sam giraba, "discúlpeme general, pero yo no sé nada sobre un sacerdote, muerto o de otra manera y de ninguna manera estoy involucrado con revolucionarios". "Sí, yo le creo, pero como dije, necesito su ayuda". "¿Qué puedo hacer?" "Tu título dice que eres experto en forense, no tenemos a nadie con tus habilidades en esta área, quisiera que vayas a obtener evidencia a la escena de crimen". "Este es un pueblo muy pequeño no tenemos a nadie con tu experiencia cerca y tomaría horas para traer a alguien de Colombia, y mientras tanto podríamos perder evidencia valiosísima".

Grant se pasó las manos por el cabello que lo tenía enredado y grasoso, sintió polvo del piso en la celda raspar el cuero capilar y aflojar la costra que tenía atrás de la cabeza, cuando bajo la mano tenía sangre en los dedos. *¿Qué tal si en efecto fue un homicidio?* Ellos estaban solicitando su ayuda, él no tenía muchas opciones ¿Qué podía decir? "Bueno, creo que podría ayudar, pero necesito hablar con mis superiores, y necesito llamar a la embajada americana". "Eso no será necesario, en este caso tu ayuda sería extraoficial, estrictamente informal, y ya fue consultado a los altos mandos". Antes de que pudiera responder, el general lo expresó como órdenes. "Capitán Pérez, estas asignado al agente Grant, el capitán Pérez ha entrenado con las fuerzas americanas aquí en Colombia, es un investigador experimentado y habla el idioma perfectamente. Santos, asegúrate que el agente Grant tenga todo lo que necesita". El capitán inmediatamente dirigió a Sam a la puerta, "Después de usted señor".

El agente salió de la estación de policía con el capitán. Sam todavía estaba asimilando todo lo que había pasado en la última hora. Una vez afuera paró y observó que los policías que había visto se habían marchado al igual que el tumulto de personas. Si no supiera en qué país y ciudad se encontraba, juraría que se encontraba en Marte. Cruzando la calle podía ver un restaurante de pollo, dos bodegas chicas que vendían dulces, fritura, y soda y un café que tenía música techno-pop a reventar. En la ventana había un letrero con la palabra "Águila" en azul y dorado, la cerveza nacional colombiana y sin pensarlo, se dirigió rápidamente hacia ese lugar. Pérez trató de interceptar y detener a Sam. "Agente Grant, éste no es el momento para eso". "¿No es momento para qué?" El oficial muy nervioso hizo pausa. "Para beber alcohol, tenemos un caso muy serio que atender". "¿Usted escuchó al general decir, que me den todo lo que yo necesito, cierto?" "Por supuesto, señor". "Bueno, en este momento yo necesito una cerveza", y continuó cruzando la calle y una vez que estaba del otro lado miró hacia atrás; Pérez no se ha movido. "¿Qué está esperando? Venga, traiga un bolígrafo y donde escribir, necesitaremos material para hacer trabajo de forense". Se sentaron en una mesa fuera del café, Grant pidió dos cervezas; Pérez no pidió nada, y el mesero volvió rápidamente con las cervezas. El hombre G se tomó media botella en un instante, y el capitán habló primero y angustiado, "¿No deberíamos dirigirnos a la escena del crimen?" "¿Es un crimen? ¿Estás seguro de ello? Creí que todavía estaba abierto a debate". "Quise decir, no deberíamos ir al lugar de los hechos-¿Podríamos simplemente ir a la mina?"

"Claro, pero todavía tenemos unos minutos, el sacerdote no puede morir más". Se bebió el resto de la primera cerveza y eructó ligeramente, y podía sentir su dolor de cabeza desvanecerse, miraba a Pérez, quién se paró frente a él, con los brazos cruzados. "Mira, yo les voy a ayudar, pero no necesito una niñera. Te haré una lista de artículos que necesitaremos, tú vas por ellos y nos vemos en la mina en 20 minutos, ¿de acuerdo".

"No estoy seguro que eso sea una buena idea", dijo Pérez. "Es eso o nada, tengo mis identificaciones, y pasaporte, y no le dije esto a tu jefe, pero puedo tomar un taxi a Bogotá, subirme a un avión y volver a casa, y mirar American Idol en la televisión". "Está bien", Pérez exclamó resignado. "¿Qué es lo que necesitamos?, perdona, ¿Qué es lo que necesitas?" Sam recitó una lista de materiales velozmente, también sintió la molestia del capitán Pérez. "Escuche capitán, sé que esta situación está jodida, pero si algo sé, es forense, y si me hace caso en lo que digo, vamos a descubrir que sucedió aquí". "Ok Agente Grant, yo haré lo que usted me indique, porque esa es la orden del general. Pero espero que no sea 'puro rodeo', como dicen ustedes los gringos".

"No hay muchas cosas de las que yo sepa capitán, pero forense es algo de lo que seguro si sé, Consiga todo eso y nos vemos en la mina o iglesia o lo que sea. Yo haré mi trabajo y me perderé de tu vista", dijo Sam. "Muy bien, no llegue tarde" Pérez respondió.

Sam se sentó en el café tratando de armar las piezas del rompecabezas sobre los eventos de la mañana. Recordaba estar en un café recuperándose de una resaca y viendo a la gente del pueblo pasear. El restaurante estaba ubicado en una esquina, de la base de una colina muy empinada; la decoración estaba muy saturada de estilo rústico, pero aún en su condición escabechada, Grant podía apreciar su encanto. Las mesas y las sillas hechas con pino rural, bastante manchadas y construidas abruptamente. Los asientos y respaldos eran de simples piezas de piel estirada y unida con clavos de latón deslustrados. Tenían pedazos de papel rojo para construcción, como manteles sobre los manteles de tela blanco desgastados, y en el techo tenía dos ventiladores que dispersaban un aroma a carbón por todas partes. El lugar se iluminaba con el reflejo del sol con el piso de mosaico naranja quemado el cual no combinaba. Algunos mosaicos tenían las huellas de coyote, que fueron dejados ahí por estos animales carroñeros mientras se secaban las pizarras de terracota bajo el sol. El dueño del lugar limpió las copas de vino detrás de la barra de madera chapeada. Las paredes estaban cubiertas con un tapiz diferente y desgastado, cayéndose en pedazos, decoradas con oleos de paisajes con marcos de mala calidad y posters de viajes. Había un televisor a blanco y negro pequeña sobre una madera colgada arriba de la puerta de la cocina. En el televisor, se alcanzaban a ver los futbolistas entre la pantalla con estática, que se movían de un lado a otro.

Él ordenó *ajiac*, una rica sopa hecha con dos tipos de papa, media mazorca de maíz, tozos de pollo, y especias tradicionales de Colombia. Le gustaba como recubría su estómago para el día ya que bebería más adelante. Pidió un whiskey, pero el restaurante no servía licor. Devoraba su almuerzo mientras veía a la multitud de gente deambulando por el lugar, y no podía evitar sonreír a los niños vestidos de manera inmaculada. Le preguntó al dueño del restaurante porque había tanta gente en la calle en un viernes por la mañana y el hombre le explicó de modo condescendiente, que era domingo de Pascua, y que era más de medio día. Esto lo hizo pensar en la noche anterior, pero apenas recordaba nada, sólo recordó algunos destellos de luz, música muy fuerte- ¿había una chica? Se frotó los ojos. *¿Me levanté a una prostituta?* Se levantó solo hasta donde puede recordar, no le faltaba nada en su billetera, y tocó su bolsillo derecho delantero; *bien, aún tengo mi identificación. ¡Carajo! Tienes que tomarlo con más calma, Sam.*

La procesión continuó y los niños lo hicieron recordar su niñez. Sólo había dos momentos en los que obtenía ropa nueva; domingo de pascua y el primer día de clases. En Pascua era el único día que su madre le ordenaba utilizar corbata, y podía hacer un nudo Windsor doble antes de poder amarrarse los gabetes de los zapatos por sí mismo. *Bueno, fue buena práctica para ser un hombre G, ¿no es así?* Sonrió y observó que uno de los meseros corrió entre la gente para dirigirlos al restaurante. Dos moscas muy astutas y cautelosas se escurrieron por la puerta esperando al mesero que se descuidara de su tazón. *Dios, esto es más cómodo que estar en la oficina,* él pensó.

¿Cuándo fue la última vez que estuve ahí? Se siente como si hubieran pasado meses. Sam no podía verlas, pero sí escuchar las banderas ondear a distancia, y aún cuando el restaurante comenzaba a llenarse, él continuaba sintiéndose solo. Le asentó un ligero sentimiento de tristeza al pensar en su ex-prometida Karen. Cuando estaba en el equipo forense de Washington D.C., apenas y tenía tiempo para pensar en ella; su día consistía en pasar 18 horas en el edificio Hoover o viajando de estado a estado encontrado más cadáveres, persiguiendo un nuevo fantasma. Todo el mundo excepto él se dieron cuenta que el estrés cobró su precio. Se acostumbró a la comida rápida del aeropuerto y subió de peso. Su día a día consistía en beber alcohol, lo cual conllevó otros problemas. Sabía que estaba

bebiendo demasiado, pero era la única forma en que conciliaba el sueño.

"Por lo menos no estoy consumiendo pastillas" y ese fue su razonamiento al ir bebiendo entre bar y bar hasta el cierre. Los casos en Tampa han sido los peores- una racha de niñas perdidas, la mayoría fueron halladas con rastro de violación, torturadas y asesinadas, y algunas todavía no aparecían. Recordó encontrar el cadáver de una niña en una tumba algo profunda detrás de un parque o depósito de remolques; sus pequeños dedos atravesaban una bolsa de basura plástica y fue enterrada viva. Había 40 casas remolque en un área de 100 pies, y nadie vio nada. Pasó todas las noches en los bares de los hoteles por par de meses comiendo botana rancia mixta y bebiendo Jameson tras Jameson hasta que los cantineros lo conocieran por nombre. Los ojos de Sam saltaban de un lado a otro entre las noticias "de acción" locales, CNN y ESPN. Los reporteros aparentaban estar alegres de decir que el FBI estaba investigando el caso, y seguramente el asesino será capturado muy pronto, así que alentaron a un público muy impaciente. Como era de esperarse, el pederasta no fue capturado prontamente, así que las familias empezaron a reclamar. Sam realmente odiaba que la gente no supiera o se diera cuenta que así no funcionan las cosas. Los perfiles de los criminales eran de mucha ayuda, seguro, pero siempre estaban incompletos. La evidencia de ADN también era muy valiosa, siempre y cuando no estuviese contaminada, y en ocasiones tomaba meses procesarla, pero de todas formas esto era absolutamente inútil si no tenían un sospechoso con el cual comparar la evidencia, no es como esos malditos shows de la televisión. Pasaron semanas y meses, trabajó junto con la policía estatal y local, y entrevistaron a varios posibles sospechosos. Por un tiempo las televisoras locales olvidaron el tema hasta que los padres decidieron hacer presentarse en la televisión a charlar sobre el caso. Así es como comenzaron las llamadas de Oprah, Maury, Geraldo y todo mundo quería saber porque el caso se había tardado tanto. *Han encontrado fragmentos de pelo, ¿cierto? ¿Por qué no han ingresado la evidencia en la "base de datos" y por qué no han encontrado al asesino?* Ha maldecido el crecimiento de estos shows ficticios de forense que contaminan el mundo de la realidad. *Todo mundo cree que hay una jodida base de datos nacional para todo.*

Sam también recordó ese tiempo breve en el que fungió como "consultor técnico" para un show popular en la cadena televisora. Era una buena manera de pasar su día libre y ganarse un dinero para su whiskey, casi lo que ganaba de sueldo semanal en su trabajo gubernamental fue lo que ganó en la televisora por un solo día. La mayoría de las mañanas sólo se sentaba a beber café y ver a las actrices con sus bikinis haciendo lo suyo. No podía evitar agitar su cabeza y entrecerrar los ojos por vergüenza al ver los actores haciendo el rol de forenses en CSI arrodillarse sobre los cuerpos, esparciendo talco de bebe y pasando una lámpara de luz negra sobre toda superficie. Siguió al director del programa para ver cómo grababan la escena de la autopsia. Le sonrió al holograma tridimensional sobre un cuerpo hermoso y miró al "doctor" que iluminaba más luces de colores y hasta un láser sobre el cuerpo. Después escuchaba cómo el médico forense comentaba con el detective, "el optiloserógrafo nos dirá cuánto tiempo llevaba la niña expuesta al sol después de ser asesinada".

Fingió toser para llamar la atención del director, pero no reaccionó; tosió de nuevo y nada. Así que aplastó su vaso de poliestireno, "¡Corte, corte!" gritó el director. "¿Qué carajo fue eso?" "Oh disculpa, fui yo", "¿Qué sucede?" "Tu escena", Sam respondió. "¿Qué tiene la escena?" "¡Está todo mal? ¿Qué es?" "Está todo mal, primero que nada no existe tal cosa como opti…laser… espectómetro o cómo demonios le llamen a la lucecita roja que ella encendió. Segundo, de ninguna manera se puede descifrar cuánto tiempo lleva un cuerpo lleva muerto basado en el bronceado *post mortem*, y tampoco se discute con los detectives nuestro trabajo dentro del laboratorio. Cualquier abogado defensor promedio descartaría esa evidencia y sería causa de despido. Buena suerte encontrando trabajo en este campo después de eso", dijo Sam, "Gracias por la aportación... Agente Sam Grant, FBI". "Claro, Sam, gracias por el dato", y le dio una palmada en el brazo a Grant. "Pero esto es televisión. OK, todos a sus puestos. Desde el comienzo, como la anterior, yyyyyacc-"

"Ey, ¿No me escuchó?" "Espera, espera, espera, todo mundo alto. ¿Agente?" "La escena está completamente mal". El director suspiró, "OK, te diré una cosa, déjame grabarla a mi manera y luego la grabamos a tu manera, ¿ok?" y Sam sonrió. "Ok, tráiganle a J. Edgar Hoover un bolígrafo y papel". "yo tengo bolígrafo". "Bueno, entonces traigan papel para que pueda escribir sus ideas", y el director dijo algo a su asistente murmurando antes de esto. Sam tomó la tableta y reescribió apasionadamente mientras el equipo seguía grabando, y no dejó de escribir hasta que escuchó "¡corte!" Cuando lo hizo se dio cuenta que dos guardias de seguridad lo rodeaban, y fue escoltado fuera del set de filmación antes que pudieran llegar los que servían la comida- su oportunidad de estrellato a Hollywood se fue al caño, y así volvió a sus casos. Reporteros locales, intentando obtener atención a nivel nacional, repitieron la transmisión a nivel nacional. Comenzaron a seguir al equipo de investigación, cuando descubrieron que él era el patólogo forense del FBI, su teléfono no dejó de sonar, así que lo apagó. Supieron dónde se hospedaba, así que invadieron el bar, por lo que se llevó su vicio a la habitación. Primero, unas cuantas pequeñas botellas del frigo bar, luego pidió más bebidas a la habitación. Cuando el costo comenzó a rebasar su gasto por día, comenzó a comprar un quinto de whiskey de regreso a su habitación, cuidadosamente guardado en su portafolio. Cuando escuchaba que su habitación de hotel se cerraba, bebía de la botella aún antes de quitarse la chaqueta deportiva. Cuando le llamaba Karen, no tenía mucho que decir. A veces ya estaba tan ebrio que ni podía responder al celular, y cuando sonaba el teléfono de la habitación, lo desconectaba. Cuando regresó a D.C., ella ya se había mudado; el departamento estaba vacío y un anillo en el centro del comedor sobre el piso, sin ninguna nota. Estuvo durante un año y medio en Tampa en un departamento vacío y con un anillo, que era lo único restante de su relación.

Meses después hubo un gran descubrimiento sobre el caso, había una mancha de aceite en la escena del crimen, y pudieron identificar la marca y tipo de aceite que usaba el asesino. Teniendo esa información, el equipo de investigación llamó al productor de éste y descubrieron para qué se pudiera usar. Eso reducía la lista de sospechosos, y volvieron a conversar y hacer preguntas a los testigos. *¿Vieron un semi-trailer en la zona ese día? ¿De qué color? ¿Alguna marca? ¿Qué hay con el tráiler? ¿Viste al conductor?* "Un camión y tráiler", les dijo un empleado de McDonalds, y se acercaban más.

El tráiler tenía una foto de comida en el costado, recordó un testigo, y otro recordó ver un durazno impreso en la placa del auto, y un camionero, estaba seguro que la cabina era marca Volvo. Unos días después Gerald Luther Pollack fue capturado en el mercado de plantas 'Valdosta Fruit& Vegetable' a las afueras de Atlanta. Era un hombre casado, padre de tres, un jefe de los exploradores cachorros, y bombero voluntario, pero como conductor de tráiler se movía de una ciudad a otra o de un estado a otro sin levantar sospecha alguna. La policía estatal de Georgia encontró cinta adhesiva, cuchillos, ropa ensangrentada, y una colección de pornografía infantil en la cabina donde duerme. Su computadora personal era un tesoro oculto de evidencia, correos que compartía con otros pederastas, fotografías y hasta algunos videos que tenía de algunas de las niñas.

Después de haber anunciado la captura, las cadenas de noticias hicieron mención de forma muy tímida. Ni siquiera Geraldo llamó para saber acerca de la exitosa investigación. Cuando Sam regresó a D.C nada había cambiado; bebía hasta perder el conocimiento o quedarse dormido, era un milagro si llegaba al trabajo a tiempo y a veces ni se dignaba en poner un pie en la oficina. "En el campo", es lo que mandaría de mensaje a la oficina y se iría a visitar un par de monumentos y la zona y como muchos otros, le preguntaría a Abraham Lincoln que es lo que debía hacer, pero el décimo sexto presidente se quedó en silencio. Después de un par de semanas todo mundo tenía claro en su oficina que necesitaba despejarse por un tiempo considerable, por lo que le ofrecieron tres opciones. Que se tomara unas vacaciones y luego se reintegrara, que fuera al siquiatra del departamento, o que aceptara la sanción disciplinaria en su contra.

Sam eligió irse a Colombia por capricho. Mientras era sermoneado por su jefe, lo único que le prestó atención fue a su diploma. Después de vagar por toda una semana en Bogotá, decidió irse al campo y así terminó varado en Zipaquirá por error. Grant lo que quería era llegar al mar, pero su estado de ebriedad y su limitado español lo subieron al autobús equivocado. Al darse cuenta de su falla, decidió quedarse hasta la mañana, siguiente pero algo sobre este pueblo lo mantuvo ahí. Se quedó en el centro del pueblo por horas, disfrutando de la vista, de la iglesia de piedra antigua y las calles de guijarro. Se bebía su capuchino y expreso preparado en un café del pueblo. Los granos tostados lo hacían más oscuro y rico que cualquier otra cosa que haya probado en su vida en Estados Unidos, y en la noche tenía suficiente ron y cerveza para beber; aunque también desarrolló un gusto por el *aguardiente,* un licor de la región hecho de anís. Un licor ardiente y fuerte que era dulce, con cuerpo con un sabor a jarabe y le ardía la garganta y el estómago al fluir hacia abajo, como un calor interno en la botella. Se acabó su cerveza y lo sellaba con un trago derecho de *aguardiente*pero contento que no era considerado un espíritu. "¿Algo más?" "¿Huh?" Sam resurgió de su estupor sentimental. "¿Algo más?", el mesero volvió a preguntar. "Um", observó a la colección de botellas vacías sobre la mesa, "no gracias".

Sam no ha logrado saber cuál es el cambio de dólares a pesos colombianos, pero lo dedujo basado en los colores de los billetes y la denominación que tenían. Dedujo que casi todas las botellas de cervezas valían dos billetes de color azul; y que una botella de ron valía un billete rojo, pero el dejó un fajo de billetes de color naranja sobre la mesa. Su dolor de cabeza matutino finalmente había desaparecido, pero se puso las gafas de sol para cubrir sus ojos rojos y confundirse entre la multitud sin llamar la atención. Al pasar por un kiosco notó que había un montón de crucifijos plateados, *tal vez algo para... no es cierto, eso ya terminó, ¿verdad?* Siguió a la multitud.

El capitán Santos Pérez observó cómo su jefe se mezclaba entre la multitud de gente, podía ver las charreteras doradas del general desde el otro extremo de la plaza. Así como los feligreses, los policías también vestían sus prendas más elegantes en domingo de Pascua. Santos apreciaba que todos los hombres vestían saco y corbata; mientras que las mujeres se ponían sus vestidos nuevos y sobreros exageradamente grandes. Los pequeños se vestían de trajes de tres piezas con corbata, y las niñas se ponían vestidos rosas o color lavanda. El general era la autoridad de la región para la Policía Judicial Nacional, lo cual no es normal para él involucrarse en un caso tan serio, pero esto era territorio federal, y el padre Quinn era una figura pública para el país. El sacerdote ha estado luchando por crear una iglesia oficial desde que regresó a Colombia y hasta tuvo una audiencia con el actual presidente, solicitando que se acercara al Vaticano e influyera para obtener reconocimiento oficial a la Catedral de Sal.

Otros oficiales ya habían acordonado la escena del crimen, y observó cómo el resto de la gente se separó para que el jefe pasara. "Buenas tardes General", el capitán saludo bruscamente y el general respondió el saludo de manera apresurada. "Buenas tardes, Santos. ¿Cómo está la situación?"

"Bueno señor, recibimos la llamada hace una hora, aparentemente después de la misa de Pascua, el padre Quinn se quedó solo para rezar, envió a los jóvenes a empacar todo el material del servicio en el auto". El capitán se dirigió a la línea delimitada donde se encontraban los monaguillos sollozando en la pared de concreto fuera de la gran entrada en la punta de la catedral. "Ellos estuvieron esperando al padre Quinn, después de media hora se pusieron algo nerviosos, así que fueron a buscarlo dentro de la iglesia. Cuando lo vieron, ya lo encontraron muerto". "Uh huh, ¿Dónde?" Estaba prácticamente en la entrada, en la primera estación de la cruz, en la cual Jesús es condenado a muerte, una cruz gigante le cayó encima". "¿Qué?"

"Una cruz gigante General. Yo creo que el padre se arrodillo a rezar y la cruz simplemente le cayó encima". "¿En verdad, capitán?" Él miró en la entrada del túnel, había un par de policías uniformados parados conversando. "Yes, sir". "¿Alguien más ha estado dentro además de los monaguillos?" "Algunos feligreses entraron al escuchar los gritos de los chicos. En cuanto llegamos, fuimos a sacarlos y acordonamos la escena". "¿Obtuvieron declaraciones de todos?" "Si, de todos los que entraron a la mina, ¿debo entrevistar al resto de feligreses?" "¿A los diez mil feligreses? No, no creo que eso sea necesario, si alguien más vio algo, esa persona se presentará a declarar". "Por su puesto General, ¿Quiere ir a dentro?" "No, pasé diez años en Cali, he visto suficientes escenas de crimen para toda una vida. Pérez esperaba que su jefe estuviera orgulloso de su trabajo policiaco, y así era. "Buen trabajo Santos, entrevista a los monaguillos y a los demás que entraron en la catedral una vez más.

Ve a ver si recuerdan que sucediera algo fuera de lugar antes de encontrar al sacerdote. Y luego que se vayan a casa". "Por supuesto General, usted dijo escena de crimen, ¿usted sospecha algo?" "Huh, ya es de costumbre. Todavía no tengo nada, pero por lo que entiendo, esas cruces fueron talladas de la sal hace un par de décadas y nunca se habían caído antes, incluso cuando han pasado temblores. ¿Usted es de este pueblo no es así capitán?" Santos asintió en acuerdo antes de decir cualquier cosa, "Hay algo más general, lo cual no lo iba mencionar, parecía una locura". "¿Qué sucede?" "Cuando encontraron al padre Quinn creyeron haber escuchado un llanto en la cámara principal, miraron por debajo y dijeron haber visto a un indio correr debajo de uno de los arcos cerca de la cruz principal". El vio a su jefe fruncir el ceño, porque el general siempre fue escéptico de lo que aclamaban los testigos. La gente siempre exagera el tamaño o poder de los criminales, la velocidad de los autos, y el valor de los objetos robados y esperó mientras el general reflexionaba por unos segundos.

"Está bien, cierra la mina y comienza la búsqueda, mantén la escena del *accidente* limpia y llama a la gente en Bogotá. Trae gente de forense tan pronto posible". "Claro que sí, capitán, pero", el capitán hizo una pausa, "hay otro asunto". Su jefe se quitó las gafas y se frotó los ojos. "Siempre es así", él dijo.

"Disculpe señor, pero es el señor Cárdenas, alto ejecutivo de la compañía minera. Estaba en la escena antes de que nosotros llegáramos". Santos hizo una pausa aún más detenida cuando vio la expresión del jefe. "Quiere saber cuándo puede entrar a la mina". Todo mundo en el pueblo y casi todo el estado sabían quién era Víctor Cárdenas. Es un residente que ha trabajado en la mina desde pequeño y también fue un monaguillo en la catedral. Comenzó como trabajador y fue escalando en la compañía hasta hacerse jefe ingeniero, y ahora el jefe ejecutivo oficial de operaciones. Nadie sabía de la mina o del proceso de minar o estar tan conectado con políticos como él, y tampoco había nadie que quisiera trabajar las 24 horas del día a 7 días de la semana, en su capacidad total como él.

"No existe tal cosa como un domingo tranquilo" el general exclamó". "Ok, iré a hablar con él y si habla contigo, lo diriges a mí. Mientras tanto ve y cierra la mina". "¿Y los feligreses?" Por lo menos 1,000 de los que asistieron se quedaron a velar al padre alrededor del parque. "Déjales media hora para que recen y luego les pides que se retiren de manera educada". "Por supuesto, es buena idea, General".

Normalmente él ya habría despejado toda el área, pero en un país con 96% de católicos, un poco de flexibilidad no alteraba el orden. Santos notó que el jefe tenía más sensibilidad y tacto en asuntos políticos de lo que él era en realidad. Hizo un saludo a su jefe y comenzó a cerrar la entrada a la catedral, cuando comenzó el disturbio en la plaza. "Hijo de perra", dijo.

Alejandra "Guasá" Pacheco había salido del autobús principal en la base del *Camino de la Catedral de Sal*, e integró a sus seguidores a unas cien yardas de la catedral.

Inmediatamente atrajeron miradas de que no eran bienvenidos. Vestidos con camisas de lana hechas a mano y mezclillas sucias, su arribo tarde los hizo fácil de distinguir de entre los feligreses y algunos de ellos usaban gorro, gorras un poco apretadas con diseños indígenas puestas sobre su cabello grueso y oscuro. La mayoría de ellos eran jóvenes y algunos de ellos llevaban puestas camisetas de la universidad local. "Ok, repasemos esto una vez más, mantengan los letreros escondidos hasta que lleguemos a la entrada de la mina. Digan a todos que no insulten ni griten nada anti católico y *nadie*" miró a su amigo Chamí, "inicie peleas. Ellos quieren a Dios de su lado; nosotros queremos al público y los medios del nuestro. ¿Entendido?" Todos asintieron.

En sus tempranos treinta, Guasá era la matriarca del grupo, una original y directa descendiente de indios Muisca, y por casi veinte años había estado protestando, no sólo contra la creación de esta iglesia en tierra indígena, sino también contra la compañía Bolivar de Sal y las explotaciones de los recursos por parte del gobierno. Zipaquirá representaba la tercera montaña de sal más grande en el mundo, con suficiente sal para ser minada por los siguientes quinientos años. Ella estaba determinada a que se le devolviera a su gente. Guió a su grupo por la colina empinada, dirigiéndose al parque ecológico que se usaba como casa para la catedral. Llevaba una pancarta enrollada en su mano izquierda sobre su cabeza como bastón de mando para que sus seguidores la vieran, y pasaron marchando por el museo arqueológico, pasando por la entrada principal de seguridad, atrayendo miradas hostiles todo el tiempo. Muchas madres se pusieron frente a sus hijos para protegerles de los manifestantes. En cualquier otro momento habrían de escuchar las serenatas por la multitud de vendedores en la calle para hacer sus piezas talladas con la sal de mina, o mantas de los indígenas, sombreros y mantones, pero este día hasta los vendedores ambulantes actuaron cautelosos y empezaron a cerrar sus kioscos. Siguiendo a su diminuta líder, los manifestantes subieron las escaleras empinadas a la plaza principal y cuando llegaron a la parte superior, se vieron aturdidos y sorprendidos de ver a la gran multitud de gente aún congregada frente a la mina. Había un par de patrullas estacionadas en la plaza central. Había más soldados de los que habían enfrentado antes en su vida, y cuando normalmente pasaban su turno fumándose sus cigarrillos y abordando chicas jóvenes que trabajan en los puestos de comida, Tenían sus armas automáticas en posición sobre los hombros, y sus dedos en el gatillo. También había camiones militares, patrullas, y camionetas que llenaban el área de estacionamiento privado.

Los marchantes se formaron en varias filas; y eran el foco de atención con miradas violentas. Alejandra se mantuvo al mando y descubrió su pancarta y la mantuvo tan alto como pudo. "Nuestra tierra, nuestra sal, nuestro futuro", decía la pancarta, y comenzaron a verse otros letreros hechos a mano entre el grupo, "nuestra sangre, nuestra sal", Zipa es NUESTRO dios", y "su catedral es nuestra explotación". Gritos de indignación fueron lanzadas hacia ellos en un instante. "¡Asesinos!" "¿Qué derecho tienen?", "¡Esta no es su tierra, es una iglesia!" Alejandra y sus seguidores intercambiaron insultos con los feligreses sin reserva, pero tenían inferioridad numérica, por lo menos de 5 a 1, y aquellos que se quedaron después de la misa, los rodearon rápidamente. Un hombre con mirada particularmente feroz en un traje oscuro se acercó a ella diciendo "Lárgate de aquí *Puta*. ¡Éste es nuestro día sagrado, puta!"

"Señor, tenemos el derecho a protestar", y ella podía sentir rastros de que el escupía sobre su cara. "Esta tierra no les pertenece ni a ustedes ni al papa, esta es la tierra de mi gente". Ella se mantuvo parada, pero aun así tenía que ver al hombre cara a cara. "He dicho que se marchen". Trató de confiscar su letrero y cuando ella intentó pelear para recuperarlo y lo haló para recuperarlo, se rompió en dos pedazos, y la empujó fuerte en el hombro. "¡Bastardo!" Ella gritó y lo empujó de vuelta, y él le lanzó un golpe a ella y antes de poder reaccionar, el puño le golpeó fuerte en su cara, haciéndole caer al piso. Aún tendida en el piso, siente a su alrededor una estampida de pisadas a su alrededor ya que los dos grupos oponentes se enfrentan a gritos y a los golpes. Alejandra intentó levantarse y fue noqueada de nuevo al concreto caliente, cuando dos manos le extienden ayuda. ¡Fue algo extraño porque estas manos eran de piel *blanca*! Y en el segundo que logró ponerse de pie, un gringo le preguntó ¿Estas bien? Antes de poder responder ella fue golpeada con una botella de Coca-cola y cayó toda doblada a sus brazos y ambos cayeron al suelo. Cuando ella trató de ayudarlo a incorporarse, podía escuchar los gritos de la policía, probar, oler y sentir la sensación familiar de gas lacrimógeno.

Sebastián Cárdenas esperaba al capitán de la policía para retirarse antes de salir de su auto y acercarse a Grant, quien estaba por comenzar su segunda cerveza al mismo tiempo que Pérez se alejaba. Él estaba parado junto al gringo, proyectando su sombra sobre él. "Dos cervezas más *por favor*", el americano le dijo, "Claro que sí, *señor*" y le mencionó al dueño que le trajera dos *Águilas* más, "pero yo no soy el mesero". Grant dejó la cerveza, estaba a la mitad, "Disculpa, yo no , quise decir… *yo no de aquí*".

"No se preocupe agente Grant, es un gusto." Él creyó que al llamarlo por su nombre lo sorprendería y así fue, y el agente se sentó derecho de inmediato. "¿Qué? ¿Cómo sabe mi nombre?" Le extendió la mano al agente confundido, "soy Sebastián Cárdenas, yo manejo la mina de Sal aquí en Zipaquirá, donde murió el sacerdote y donde usted fue arrestado" y los hombres se saludaron estrechando las manos. Pudo percibir que el americano estaba compitiendo a ver quién apretaba más duro, y soltó su mano.

"Muchas personas fueron arrestadas," dijo Grant, " y yo sólo fui atrapado en el medio de todo". "Si, pero usted es el único experto forense americano que fue arrestado". "Parece que usted es alguien que sabe mucho ¿Sr…?" "Cárdenas, Sebastián Cárdenas, agente Grant, y tenemos suerte de tener a alguien de la Oficina Federal de Investigaciones aquí en Zipa". "¿Cómo sabe que, me refiero a, qué le hace pensar que soy del FBI?" "Bueno, este es un pueblo pequeño y como dije estoy a cargo de la mina de Sal" Un grupo de niños pequeños corrieron cerca y les distrajeron, y observó que el agente pudo evaluar la situación, pero el alcohol retrasó el proceso y decidió esperar que el americano pudiera retomar la conversación.

"Cierto, disculpa. ¿Entonces Sr. Cárdenas dígame que carajo es eso, una mina de sal o una especie de iglesia?" "Actualmente es ambas, ¿Puedo tomar asiento? El americano le acercó una silla y él la tomó. "Es una mina donde se trabaja, una de las más grandes del mundo, y las cervezas hicieron ruido al llegar las nuevas botellas. Grant le ofreció una y éste la rechazó. "También es una catedral y es una de las primeras cosas que los colombianos hicieron al comenzar la mina, ya que es un país muy católico". "Hmmm, ¿de verdad? Creo que si había escuchado algo de eso en alguna parte, supongo que eso explica el porqué de la iglesia y el padre en la mina". Tomó otro trago de cerveza, "¿seguro no quiere una?" "No gracias agente Grant, pero quisiera que me dijera algo acerca de la investigación". "No hay mucho que decir, ya sabe que el sacerdote está muerto". "General…"

"Álvarez", "General Álvarez me pidió que lo asistiera ya que la gente en Bogotá no puede enviar a nadie por ahora, y el capitán Pérez fue a conseguir algunos artículos, se supone que lo tengo que ver en la entrada en", le tomó un buen trago a su cerveza y miró su reloj, "diez minutos". El americano se terminó lo que quedaba de cerveza en un solo trago, "debo irme". "Déjeme pagar" Cárdenas le ofreció. "No gracias", Sam sacó un par de billetes de diferentes colores de su bolsillo y se los dio al dueño del café. "¿Como pretende llegar a la mina agente Grant?" "*Nike express,* supongo". "¿Cómo dijo?"

"Disculpa, caminando, ya que no planeé esto de manera anticipada, ¿Está aquí cerca, cierto?" "Es un camino algo largo y una colina muy empinada, ya que sólo te quedan unos cuantos minutos, ¿me permite llevarlo en auto?" "¿Colina empinada, que tan empinada?" "Muy, seis por ciento en grados, creo", "Ok, vayamos en auto entonces". Caminaron una cuadra y se subieron a la Hummer de Cárdenas, encendió el aire acondicionado. "¿Dónde se está hospedando, agente Grant?" "Es un lugar pequeño, cerca de la catedral, *Hotel del milagro perdido* o algo así". "No, no se quede ahí, déjeme, quise decir, deje que la empresa de la mina le hospede en otro sitio, tenemos un hotel de cuatro estrellas en la zona nueva del pueblo, será mucho más acogedor, pantalla grande de TV, y mini bar completamente lleno." "Es muy tentador, pero no gracias", el gringo respondió. "Eso sería conflicto de intereses. Aparte, he hecho alrededor de mil escenas de crimen, no me tomará más que un par de horas. Después de eso pienso dárselo todo a la policía local, ni siquiera estoy trabajando de manera oficial". "Sí, tuve que hacer un par de llamadas para que esto ocurriera", Cárdenas quería hacerle saber al americano que tenía conocidos muy poderosos. "Yo no quiero sesgar o influenciar su investigación" e hizo una pausa prolongada deliberadamente, "debe saber que la mina es el alma de toda esta región. Sin ella de miles de personas podría perder sus medios de ingreso, aun cuando solo cierra por un día. Se pierden cientos de miles de dólares y no podemos permitir eso. El sacerdote era viejo, probablemente solo se resbaló y se calló."

Cárdenas no dijo una sola palabra por el resto del recorrido, prefirió que sus palabras se hundieran. Normalmente, la oportunidad de presionar a un agente federal no le habría ocurrido a él. Él sabía que muchos agentes venían para luchar contra el narcotráfico y eran hombres muy serios, profesionales y entrenados, pero este agente era diferente; borracho, despeinado, deportivo, y con una barba de tres días. Había un gran silencio mientras pasaban sobre los adoquines en la parte colonial del pueblo. Ocasionalmente, miraba a Grant que fijaba la mirada al frente, y cuando llegaron a la entrada de la plaza, policías y seguridad privada les señalaban que pasaran y el motor de la camioneta hizo un rugido tratando de pasar el terraplén hacia el área ejecutiva de estacionamiento y frenó bruscamente a propósito, por lo que el gringo se tiró hacia adelante.

"Aquí está agente Grant, la entrada está justo ahí". Los dos se bajaron de la camioneta y caminaron hacia la plaza central, pasaron debajo de las banderas y la estatua gigante del minero de hierro. La policía decidió retirar a todos los civiles, hasta el pequeño restaurante y los kioscos cerraron temprano. Algunas mesas y sillas de aluminio conformaban el área de comida, que estaban repartidos por toda la zona. Ellos zigzagueaban entre éstas y llegaron a la entrada. Todo mundo conocía a Cárdenas y lo dejaban pasar. "¿No deberíamos esperar a Pérez?" preguntó el gringo. "Él fue a conseguir material para mí". "No, seguro ya debe estar en camino", y se acercaron a los policías que estaban en la línea amarilla marcando la entrada al balcón donde se encontraba el sacerdote yaciendo en el suelo. "Agente Grant, el cuerpo se encuentra ahí"

Uno de los policías levanto la cinta amarilla, "Lo hemos estado esperando señor, puede entrar" otro oficial encendió una linterna en la alcoba. Sam podía ver el cuerpo a unos cuantos metros hacia abajo del túnel. La cruz prácticamente había aplastado el cuerpo totalmente, pero lo más importante es que vio la salpicadura de sangre que venía de la cabeza del sacerdote. "Esperaré a que llegué el capitán Pérez con mi equipo de forense, pero les diré una cosa", el agente del FBI volteó al ejecutivo de la mina, "esto definitivamente no parece ser un accidente". Cárdenas ligeramente sopló un poco de sal desde su chamarra, esperando que el americano no se percatara.

Capítulo II: No es como en la TV.

El capitán de la policía, Santos Pérez, había trabajado duro para convertirse en comandante de distrito. Había hecho méritos en la selva amazónica contra los rebeldes, y en las calles de Medellín y Cali contra los carteles de las drogas. Y ahora estaba haciendo de niñera de un americano borracho. Mientras caminaba por los pasillos del supermercado, leía la lista del agente americano: "Q-tips", hisopos de algodón, agua destilada, cinta Scotch" –*de la clara*- el gringo recalcó-, "cientos de bolsas plásticas sellables para emparedados, marcadores permanentes de colores, cámaras desechables, una luz solar". Detuvo el carrito del súper. "¿Dónde demonios encontraré eso? Libreta, lápiz, tijeras, fórceps -¿*en un supermercado?*– blanqueador, alcohol, cinta métrica, papel para imprimir, -"¿Para qué?"- Algunos vasos de plástico, yeso. "¿Por qué no Play-Doh?". Se desahogó, "guantes de látex, red para el pelo, mascarillas para cirujano, y –"¿*estaría bromeando?*"- una bata de mujer. Maldito gringo".

Puso el último artículo en el carrito, varias brochas de maquillaje –"*de las gruesas*", enfatizó el gringo. La joven tras el mostrador de los cosméticos lo miró raro. Pagó la cuenta, pero aún seguía maldiciendo en voz baja mientras manejaba hacia la entrada de la Catedral de Sal. Sonó su celular, era el general. "Santos, ¿cómo va todo?".

Se quería quejar acerca de su tarea actual, pero lo pensó mejor. "Acabo de comprar los artículos que quería el gringo. Ya estoy de camino a la mina".
-¿Dónde está el agente del FBI?
-Lo dejé en..., –no quiso mencionar que en la cantina.
-Quería tomar café antes de ir a la mina. Lo dejé en la cafetería. Dijo que me vería en la la entrada. –Se preparó para lo que venía.
-¡Carajo, Santos! Ya sabes su condición. ¿Por qué lo dejaste solo?
-Señor, yo…,-
-No lo quiero oír, capitán. Traiga al gringo a la escena del

crimen y reúna la evidencia.

Santos escuchó el teléfono azotar al colgar, lo que significaba que el jefe aún estaba en su oficina. El estar ahí un domingo, y tan tarde en el día, reflejaba la gravedad de la situación. Pérez sabía que su jefe estaba bajo una considerable presión política, posiblemente por parte de la compañía minera, oficiales del gobierno, feligreses, y quizá hasta de la arquidiócesis regional. "*¡Carajo! Tal vez hasta el Papa esté llamando.* ¡Todo por ese bastardo del cura!".

Mientras manejaba las últimas cuadras, su camioneta saltaba sobre las disparejas calles de adoquines, y el zangoloteo empeoró su enfado. Al llegar al arco de la entrada del parque de la catedral, los policías le dieron acceso. Llegó a la plaza principal y se estacionó cerca de la ahora abandonada área de comida, temeroso de encontrar al americano inconsciente entre las sillas y mesas apiladas. A pesar de que no estaría feliz de verlo inconsciente, al menos estaría aliviado de que estuviera ahí.

Al llevar las bolsas con los encargos del supermercado, miró hacia el ahora clausurado muro de escalar construido apenas hace un año como una atracción turística adicional. De 18 metros de alto, la torre sobresalía sobre el resto del parque. Pocos la habían visitado, y ya todas las cuerdas estaban gastadas, y su exterior de madera había comenzado a pudrirse y deteriorarse. Fue una muy mala idea haber construido ese muro que ahora amenazaba con dañar a uno de los tesoros nacionales más importantes de Colombia. "¿Qué pendejo pensó que eso era una buena idea?", le preguntó a la plaza vacía. Su voz hizo eco ligeramente en la pequeña tribuna, directamente situada debajo de la monstruosidad de madera contrachapada.

Habló brevemente con los guardias de la entrada antes de bajar al pozo principal. Se sintió tranquilo y hasta algo sorprendido al darse cuenta de que el americano estaba ya en el lugar, pero no muy contento al saber que Cárdenas también estaba. Eso sólo podría complicar las cosas, pero Cárdenas dirigía la mina, por lo que no había nada que se pudiera hacer al respecto. "Él es probablemente el responsable de aquella estúpida torre", dijo en voz alta por error.

-¿Capitán? –Preguntó uno de los oficiales más jóvenes.
-Ah, nada oficial, sólo estaba pensando en voz alta. Ha sido un día largo. *Resérvate tus pensamientos solo para ti, Santos.*
-Cierto. Nosotros hemos estado aquí desde la misa de la mañana. ¿Quieren que les traigamos café?
-No, gracias. Pero ustedes tomen café, si quieren. Asegúrense de preservar el sitio seguro y no dejen entrar a nadie sin mi permiso, ¿entendido?
-Sí, capitán. –Un sargento chocó sus tacones- ¿Quiere que uno de mis hombres le lleve las bolsas?
-No, gracias. No está muy lejos.

En poco más de dos minutos llegó al sitio donde murió el sacerdote. Volteó a la entrada y vio el último rayo de sol que ya empezaba a desvanecerse detrás de la plaza. Cárdenas apenas lo reconoció. Los dos policías en la escena del crimen lo saludaron. Con las manos ocupadas, les saludó con la cabeza. "Agente Grant, tengo los artículos que me pidió".

El americano había estado alumbrando al cadáver del sacerdote con una lámpara desde atrás de la cinta de seguridad, y no se dio cuenta de que Santos había llegado. *Está o muy concentrado o muy ebrio,* pensó el policía colombiano. El gringo levantó su mano para acallar a Santos. Mantuvo su lámpara de mano en la cruz, y la apagó después de unos segundos.

-¿Esas son las cosas? – preguntó Sam.
-Sí. –Le dio las bolsas.
-¿Sigue haciendo calor afuera?
-¿Perdón?
-Está sudando bastante y su rostro está un poco rojo. ¿Sigue haciendo calor afuera?
-Ah, en realidad no. Debe ser la humedad o la sal en el aire.
-¿Quién es ese? –El americano señaló hacia la entrada,

donde pasó la figura de una persona alta alumbrada por detrás, cerca del arco iluminado.

-Es Seba…, es el Señor Cárdenas –dijo sin voltear.
-Ah, sí. Él es el dueño de la mina o algo así, ¿verdad?
-Él no es el dueño, es el *CEO*, como dicen en inglés.
-OK, no importa, solo manténgalo lejos de mí.
-No se preocupe. Eso no será ningún problema.
-¿Consiguió todo?
-Casi.
El agente lo miró con sorpresa, -¿Casi?
-Sí, le conseguí pinzas en lugar de fórceps. No tenían cámaras desechables, así que conseguí ésta digital –Pérez la sacó de la bolsa-, y no encontré una luz forense, así que compré una lámpara pequeña y algunas bombillas fluorescentes.
-¿100 watts?
-Sí, las más brillantes que tenían.
-Eso tendrá que ser más que suficiente.
Santos notó que el *G-man* estaba buscando algo más. -¿Necesita algo más?
-No veo ningún enchufe. Necesitaré que alguien pase una extensión hasta aquí. Además, ¿podría sacar la cámara de su caja, y la grabadora también? Ah, y póngale las baterías.

Santos ordenó a uno de los oficiales de las patrullas que preparara los aparatos; posteriormente, se hizo hacia atrás mientras Sam se preparaba para reunir las evidencias. El americano se sacudió el polvo antes de ponerse la red en el cabello, la mascarilla para cirujano, y la bata de mujer. O no se dio cuenta, o no le importó el dibujo floreado que tenía al frente, pero los oficiales holgazanes sí, y sonrieron entre ellos. Pero se dio cuenta de que Cárdenas se quedó estoicamente atrás, cerca de la pared más lejana; a unos metros en el túnel, cuidadoso de no recargar su traje de diseñador contra la sal.

Santos tomaba notas mentales mientras el agente del FBI colocaba cuidadosamente los artículos sobre las bolsas de plástico. Uno de los oficiales le pasó la grabadora al americano. La encendió y la colocó en la bata antes de proceder a lavarse las manos en una pequeña cubeta de plástico. Tan pronto terminó de lavárselas, se colocó un par de guantes de hule, y tomó la cámara de las manos de uno de los oficiales. "También –gritó el americano- , "mantenga a todos sus hombres en esta parte de la escena del crimen, hacia la entrada, y haga que observen el suelo y las paredes en busca de algo que parezca sospechoso..., esquirlas, cortes, trozos faltantes, cualquier cosa".

El capitán de la policía dio la orden antes de regresar al estudio del patólogo, quien lenta y cuidadosamente fotografiaba el sitio desde cada ángulo posible. Se maravillaba de cómo el agente tomaba fotos del piso, paredes, techo, y del punto donde aún yacía el sacerdote; así como de que nunca dejaba de hablar a la grabadora. Daba vuelta por detrás de la cruz, se hincaba en su base y tomaba docenas de fotos desde donde ésta se había separado del resto de la mina. Tomaba fotos mirando hacia el balcón, y mirando justo al corazón de la catedral, donde estaban las bancas vacías. La vista brillaba con luces verdes y azules. Se detenía a examinar la estatua de Gabriel, que estaba asentada en una pequeña repisa justo al lado del balcón. Tomaba docenas de fotos. *¿Alguna vez dejará de hablarle a la grabadora?*

El gringo metió la cámara en su bolsa y sacó la cinta de medir. A Pérez le parecía que el agente del FBI medía todo, lo ancho y lo alto del túnel, incluso las dimensiones de la cruz. Cuidadosamente balanceaba el largo metal de la cinta métrica desde el techo hasta el túnel, y hasta la parte alta de la cruz. Medía la distancia que había de la pared del túnel hacia el balcón; medía el largo de la salpicadura de sangre, así como cada mancha de sangre del cuerpo del sacerdote. Tomaba nota de la distancia que había entre las manos del muerto, su cuerpo, y la cruz. Tomaba lápiz y papel y comenzaba a hacer un boceto de la escena. Pérez escuchaba el rápido siseo y chasquido de la cinta. Veía su reloj. Y antes de darse cuenta, el gringo había estado en eso por más de dos horas.

Santos se daba cuenta de que el agente del FBI estaba en ritmo. Sin detenerse, ponía la cámara y el cuaderno sobre las bolsas de plástico. Se cambiaba los guantes de látex y regresaba al cadáver con los Q-tips, hisopos de algodón, y las bolsas de emparedados. Ponía la lámpara en el suelo junto al cuerpo y comenzaba a tomar muestras del área. Como hacía con todo lo que tocaba, como las muestras de la cabeza del sacerdote, cualquier fluido en el suelo, cualquier pedazo de tierra salada que quitaba, el americano colocaba todo en las bolsas de plástico y las categorizaba. Continuaba hablando a la grabadora. Si bien el capitán de la policía aún tenía dudas acerca del carácter del gringo, particularmente de lo mucho que bebía, ya no dudaba de las habilidades forenses del hombre.

Posteriormente, Santos observó que el agente del FBI hacía algo sorprendente; se detuvo y se quedó con la mirada fija por varios minutos. Los hombres de Pérez regresaron para reportar que no habían encontrado nada. Pérez les dio las gracias y les dijo que se quedaran al pendiente. Cuando volteó a ver a Grant, éste seguía aun en cuclillas en el mismo punto, sin moverse, pero aun hablándole a la grabadora.

-Agente Grant, ¿todo bien?
-Capitán, necesito que me traiga los fórceps.
-¿Quiere decir las pinzas?
-Sí, las pinzas. Lo que sea que tenga.
-¿Aún están en la bolsa?
El gringo volteó la cabeza –No, están en alcohol, en una bolsa de plástico donde puse la cámara. Enjuáguelos con agua embotellada y tráigamelas aquí.
-Sí. –El capitán tomó esta tarea para sí mismo y cumplió con la orden.
-Gracias. Ahora, regrese detrás de la cinta y asegúrese de no tocar nada.

¿Está siendo grosero? O, ¿así son los americanos? Se preguntó. De cualquier manera, él no era el experto, y Grant sí. Santos sabía que era mejor dejarlo trabajar. "Muy bien, hágame saber si necesita algo más", le dijo. Grant no respondió, sino que se acercó a la cabeza del sacerdote y tomó algo con las pinzas. Pérez y sus hombres veían cómo lo ponía en una bolsa. El americano puso

la bolsa a la luz. Seguía hablando a la grabadora. Después, se puso de pie.

Santos observó al agente caminar unos metros en el túnel, el sudor seguía oscureciendo su camisa. Se hincó en la pila bautismal, una oquedad tallada a mano y llena de agua de lluvia que se filtraba a través de la tierra y los minerales que cubrían la mina. El agente del FBI sumergía una de las bolsas de emparedado en la salmuera antes de ponerla al frente de la luz brillante de la bombilla fluorescente. Una señal de satisfacción parecía dibujarse en su rostro. Sellaba la bolsa y la marcaba. Al capitán de la policía le parecía que el agua se veía especialmente turbia, aún a metros de distancia. El gringo la ordenaba con las muestras anteriores que había tomado.

Los ojos del capitán seguían al G-man mientras estiraba su espalda y veía su cuaderno. Caminaba hacia la parte baja del balcón y comenzaba a barrer ligeramente el pasamano de la escalera con la brocha de maquillaje. Como cualquier policía medianamente bueno de cualquier lado, Pérez sabía que el gringo estaba espolvoreando para encontrar huellas. Apuntaba la improvisada luz forense al pasamano y soplaba ligeramente. Partículas de polvo se elevaban en el aire. Colocaba las piezas de cinta adhesiva en varias áreas y las recogía. Estudiaba cada una por varios minutos y tomaba medidas. Santos observaba cómo el agente tomaba su cuaderno y hacía varios bocetos, los cuales también colocaba en bolsas de plástico y los identificaba con marcadores. Se ponía de pie, se estiraba y escudriñaba la escena.

-Bien capitán, ahí tiene –el agente se secaba la frente con su hombro mientras se acercaba- , etiqueté y puse en bolsas todo lo que creí relevante; y tomé alrededor de 300 fotografías. Tengo notas de voz en la grabadora. Todo está en inglés, pero lo hice con frases tan básicas como pude, ya que no estaba seguro de que ustedes hablarían inglés en Bogotá.
-Gracias, estoy seguro de que lo agradecerán. ¿Tiene alguna opinión inicial?
-Normalmente, a estas alturas sólo recojo evidencias, pero

ya que pregunta, mi opinión es que fue un homicidio –miró a Cárdenas antes de voltear a ver al capitán-, pero pienso que ya sospechaba eso. La cruz pudo haber caído por accidente, pero algo o alguien golpeó al cura en el costado de su cabeza con un bate, o un hacha, o algo.

-Gracias, agente Grant. Su ayuda ha sido... invaluable –le ofreció su respeto de mala gana.

Sam se quitó los guantes de látex, los metió en una bolsa de emparedado, y la selló. -¿Alguien vio a alguien irse después de los monaguillos?

-Según ellos, no. Ellos fueron los últimos en salir.

-¿Hay alguna manera de que alguien hubiera podido regresar?

Santos dudó antes de contestar -De acuerdo con algunos testigos, nadie entró hasta que los monaguillos se preocuparon.

-¿Hay alguna otra entrada a la mina? –Grant dirigió la pregunta a Cárdenas, quien enviaba un mensaje de texto en su Blackberry. El moreno ejecutivo cerró el teléfono con su mano izquierda y lo metió en la bolsa de su chaqueta.

-Disculpe, ¿agente Grant?"

-¿Ya ha inspeccionado la mina?
-¿Se refiere a la mina entera?
Sam asintió y tomó un gran trago de agua.

-No, no lo hemos hecho. Inspeccionamos sólo el área general alrededor de Las Estaciones de la Cruz y el túnel hasta el tabernáculo. ¿Por qué?

-Porque entre más lo analizo, menos me parece un accidente. Mire, si nadie vio a alguien irse o a alguien regresar, entonces quien sea que hizo esto –pausó para mirar hacia la gran cueva donde el cura dio su último servicio-, todavía pudiera estar ahí.

-¿Qué? ¡Eso es ridículo! –el grito de Cárdenas los cogió a todos desprevenidos. Santos casi había olvidado que estaba en la mina-. No hay otra forma de entrar o de salir. Además, ¿Cómo es que sabe que esto fue un asesinato?

Ya que esto aún le competía a la policía, el americano miró a Santos buscando permiso para continuar discutiendo sobre las evidencias. –Por favor, agente, continúe -dijo Santos.

-Bueno, no sé si fue homicidio o no. Eso le toca a la policía. Pero lo que sí sé es que primero que todo, las manchas de sangre hacen obvio que el cura fue golpeado en la cabeza. Hay sangre tan lejos del cuerpo como a 12 pies, alrededor de 4 metros en sistema métrico.

-Pero fue golpeado con mucha fuerza. Eso rociaría la sangre, ¿no? –Preguntó Cárdenas.

Santos observaba a Grant en espera de una respuesta.

-Quizás –respondió Grant-, pero posiblemente sólo de la boca, y eso sería más que un goteo después de que la sangre fluyera de sus pulmones mientras jadeaba en sus últimos alientos. Su caja toráxica fue apretada con mucha fuerza, pero a mí entender, parece que ésta aún está intacta, así que es probable que la sangre no viniera de ahí.

El ejecutivo se cruzó de brazos.

-¿Hay algo más? –preguntó Santos al gringo.

-Sí –caminó hacia el área donde estaban las evidencias y sacó una de las bolsas de las muchas que había recolectado, una etiquetada: muestra 14, cabeza, lado derecho, 1-1/8 arriba del oído-, encontré esto. Al principio pensé que era oro.

-Eso es pirita, agente Sam –dijo Cárdenas con desdén.

-Si me dejara terminar. Eso fue lo que pensé, pero no estaba seguro. Me parece muy raro encontrarla en la cabeza de alguien golpeado en una mina de sal.

-No es *tan* inusual, alrededor del cinco por ciento de la mina es pirita, así que encontrarla sobre el sacerdote no sería tan inusual, detective.

Pérez se dio cuenta de que Cárdenas parecía estar corrigiendo al agente del FBI.

-Es *"agente"*, y no dije que estuviera *sobre* el cura, sino *en* él. Estaba incrustada en el lado de su cabeza junto con unos pocos fragmentos de madera –señaló las bolsas-. Ahí están todas etiquetadas, Capitán Pérez -dijo Grant. Aunque fuera un procedimiento estándar entregar las evidencias al policía de más alto rango, Pérez sabía que Grant se aseguró de dárselas enfrente del ejecutivo. Sabía que Cárdenas había empezado a echar humo.

-¿Algo más? –preguntó al G-man.
-Tendrán que analizarlo, pero estoy seguro de que encontré sangre en esa..., esa..., ¿cómo se llama esa mesa de allá?
-Esa es una pila bautismal, *agente Grant*. ¿Encontró algo?
-Como sea que se llame, apostaría a que hay sangre allí.
Pérez interrumpió para detener el intercambio de palabras, -señor Grant, ¿hay algo más que necesite ver o hacer?
-No. Estoy seguro de que ya hice todo lo que tenía que hacer aquí. Inspeccionar la catedral para encontrar a un sospechoso del asesinato; eso les toca a ustedes.
-Lo haremos –asintió el policía.
-No puede estar hablando en serio, ¿capitán? –Cárdenas señaló a Grant con la mano derecha mientras abría su celular con la mano izquierda- No le hará caso a este gringo, ¿o sí? Escuche ese golpeteo. Esta mina no cierra nunca, ni siquiera durante la misa.

Era obvio que Sam no gustó el comentario, los tragos previos y la intensidad de la investigación en la escena del crimen lo habían agotado, Santos podía sentir que se generaba una fuerte confrontación, lo que valía la pena evitar.

-Señor Cárdenas, lo que sea que piense del agente Grant, –el capitán se dirigió al ejecutivo con un tono firme-, es el mejor especialista en medicina forense que tenemos en Zipaquirá, tal vez el mejor en Colombia en este momento. Si él dice que puede haber un asesino aquí, entonces no tengo alternativa. –Santos usó su radio para llamar al sargento a la entrada-, Peco, llame a la estación y tráigame a todos los hombres disponibles. Vamos a inspeccionar toda la mina.
-¿Toda la mina? –fue la respuesta que se escuchó.
-Esta noche. Cambio y fuera –Pérez apagó su radio.
-¿Está bromeando? ¿En verdad cerrarán la mina por lo que dice este alcohólico?   -le dijo Cárdenas.
-Mire –el americano dijo tan fuerte como para que lo escucharan todos los que estaban cerca, incluso los oficiales de la patrulla-, primero que nada, está la mancha de sangre. Como lo dije antes, eso es consecuente con un golpe en la cabeza. Segundo, encontré piezas de *oro de los tontos* y de madera en la cabeza del

cura. Y apostaría todos los dólares, perdón, todos los pesos, a que lo que encontré en esa pileta era sangre, y la sangre no escurrió hacia allá desde el cuerpo. Jefe, si observa las fotos que tomé, verá que la sal absorbió casi toda la sangre encontrada a uno o dos pies del cuerpo. –Volteó hacia el CEO– Alguien lavó el arma del asesinato, lo que quiere decir que esto no fue un accidente. Los accidentes no se lavan a sí mismos, ni lavan las armas del asesinato en una piscina, señor Cárdenas.

Pérez podía asegurar que el crudo y cansado americano había ya tenido suficiente de la mofa del ejecutivo. Buscando terminar la confrontación, Pérez dijo rápidamente –si los dos me disculpan, tengo que hacer varias llamadas.

-¡También yo! – dijo Cárdenas al dirigirse a la ahora oscura entrada. La luz azul de su celular le marcó el camino mientras se retiraba.

Al notar el viejo truco del policía para escaparse de la conversación, Grant retó a Pérez -¿en verdad tiene que hacer las llamadas?

-No, pero recibiré llamadas pronto. Eso se lo puedo asegurar.

-De cualquier modo, me da gusto que ese inepto se haya ido –dijo el hombre del FBI.

-Sí. Lo entiendo. Puede ser un poco grosero. Estoy seguro de que ya esta comunicándose con la Junta de Directores de la mina, e incluso de miembros del gobierno con más rango.

-No, eso no, capitán. Es decir, sí, es un cretino, pero esa no es la única razón por la que me alegro que se haya ido. Hay más que él no sabe.

-¿A qué se refiere agente Grant?

-Puede que haya encontrado una huella parcial en la cruz. –Sonríe ampliamente– Y nosotros dos somos policías, así que llámeme Sam.

****

Alejandra Guasá saludaba con la mano mientras el último autobús se iba. Ella, al igual que otros manifestantes, vivía en Zipaquirá, pero tomaba el autobús a las manifestaciones. A Guasá le gustaba la ilusión que múltiples autobuses estacionados le daban al grupo. Chamí se había quedado con ella y había visto lo que había por los alrededores. Además de numerosos policías y vehículos de la armada que entraban y salían del parque ecológico - el sitio donde había ocurrido el disturbio más temprano-, las calles estaban abandonadas. Los únicos otros residentes en las calles de Zipaquirá eran unos cuantos perros callejeros que dormían en un portal cercano. Apenas habían levantado la cara cuando los cientos de manifestantes habían ya abordado los buses, hambrientos, cansados, y sedientos de la manifestación, y una breve estadía en la cárcel local. Era una nueva experiencia para muchos de ellos, pero esto ya se había vuelto casi normal para Guasá y Chamí.

-Bueno Chamí –ella seguía viendo hacía arriba del cerro y seguía la luz de un helicóptero que circulaba por ahí-, ¿qué crees que pasó?

-No sé. Había mucho revuelto por lo de la muerte del cura. La policía piensa que nuestro movimiento está involucrado.

-¿Cuál movimiento?

Volteó a verlo y frunció el ceño. –El movimiento de hoy. Para regresar la mina a nuestra gente.

-Ah, sí. Supongo que ellos sospechan, ya que hemos estado protestando acerca de la catedral por mucho tiempo –dijo Chamí.

-¿Piensas que fue asesinado?

-No lo sé –Dejó de verla para voltear a ver la mina.

-Tal vez. Si él era como esos otros curas de los Estados Unidos, probablemente tenía muchos enemigos.

Ella le dirigió una mirada rápida de repulsión. -No creerás que haya sido alguien de nuestra gente, ¿o sí?

Él hizo una pausa y volvió a voltear la mirada. -No, ¿quién haría eso? Además, todos estuvieron aquí hoy por la protesta.

-Sí. Tal vez tengas razón. ¿Qué te preguntó la policía? – Algo en su voz lo perturbó.

-¿Acerca de la muerte del cura? Solo que si sabía de algo sospechoso que estuviera pasando. Que dónde estábamos antes de subir a los autobuses. Ese tipo de cosas.

-¿Estás seguro de que está muerto?

-Claro que sí. Es decir, debe estarlo o, ¿por qué la policía nos mantendría aquí por tanto tiempo?

-Creo que tienes razón –ella pasó la mano por su cabello grueso y oscuro antes de amarrárselo en una cola de caballo con una pequeña cinta de piel decorada con antiguos símbolos *Chipaquirá*. Ya con el cabello hacia atrás, sus facciones nativas afinadas se acentuaron. Volteó a ver a Chamí, quien la miraba fijamente. Lo agarró observándola, pero él no volteó la mirada-. ¿Pensaron que estabas involucrado? –preguntó Guasá.

-Eso creo, pero no tenían ninguna evidencia. Y yo tenía cien testigos que me vieron en la plaza. Todos nosotros tenemos cien testigos.

-Tienes razón. Pero ellos me lo preguntaron a mí también. Que dónde estaba esta mañana –hizo una pausa mientras dos policías de la montada pasaban rumbo al parque. Ambos les echaron una mirada de odio a ella y a su lugarteniente. Una vez que pasaron, ella continuó-, que dónde había estaba antes, que si conocía al cura, que si lo odiaba, que si deseaba que alguien le hiciera daño. Estaban muy serios.

-Sí, incluso amenazaron con lo de mi trabajo en la universidad. Lo bueno es que mi jefe es simpatizante con nuestra lucha.

-¿Cuál lucha?

-La otra –dijo él.

-¿Encontraron algo acerca de tu *otro* trabajo? –preguntó ella después de una larga e incómoda pausa.

-No, y no preguntaron.

-No sé cómo te las has arreglado para mantener eso en secreto por tanto tiempo.

-A veces me lo pregunto yo mismo, pero también tengo a un jefe solidario. Estoy seguro de que ahora será más difícil.

Guasá haló a su amigo de la chaqueta y caminaron por la *Calle 3* hacia la plaza central con la esperanza de encontrar una cantina abierta. Todas habían cerrado, excepto Casa de Pizza. Ellos odiaban frecuentar un lugar que no ofreciera comida colombiana, pero era tarde y esta era la única opción. En las últimas dos décadas, las pizzerías y los giros de pollo frito se habían multiplicado en el país -otra influencia yanqui- y Zipaquirá no estaba inmune. Al menos estaban agradecidos de que no habían abierto ningún McDonald's en la plaza colonial. Fuera de lo habitual, ambos se persignaron al pasar en frente de la vieja piedra de la iglesia que dominaba la plaza. Se sentaron en una vieja y ruidosa mesa de picnic de madera, dentro del lugar; y ordenaron una pizza margarita, una coca y una cerveza.

-¿Viste al gringo? –peguntó Chamí cuando llegaron sus bebidas.

Alejandra asintió con la cabeza y tomó de su coca. –Sí, lo vi cuando lo sacaban.

-¿Qué crees que estuviera haciendo ahí?

-No lo sé, se veía como cualquier otro gringo turista que viene de visita aquí.

-Dijo que ayudó a una mujer durante la pelea –Chamí acercaba el vaso hacia sus labios-. ¿Eras tú? –La pregunta reverberó a través de su vaso.

-Sí. –dijo ella, dejando escapar un suspiro profundo-. Era yo. Después de que un gordo de traje me golpeó, él vino a ayudarme; pero alguien lanzó una botella que le pegó en la nuca. Yo quise ayudarlo, pero me noquearon también. Para cuando pude regresar a él, la policía estaba ahí. De hecho, ellos me acusaron de golpearlo –la mesera les servía la cena-. ¿Viste que pasó?

-No, yo estaba peleando con otro bastardo. Lo vi más tarde en la estación; los policías lo acostaron en nuestra celda.

-¿En serio? –Guasá soltó su rebanada de pizza- ¿Estaba muy lastimado?

-No, no mucho. Tenía un golpe y una cortada en la cabeza, pero lo ayudamos a parar y hablamos por un rato.

-¿Dijo algo?

-No mucho. Que era americano, que trató de ayudarte, y que resultó golpeado en la cabeza. Prácticamente lo que acabas de decir. Estaba preocupado por su cartera, pero ¿quién no lo estaría con los policías ahí?

-¿Dijo por qué estaba allí? ¿Estaba ahí por la misa de pascua?

-No dijo, pero se la pasaba frotándose la cabeza y

murmurando un título. Olía a alcohol y lucía como mierda. Creo que era un turista borracho solamente –enfatizó-. Se veía bien antes de que se lo llevaran.
 -Sí. Vi cómo lo apuraban cuando pasaron por mi celda. ¿Por qué hicieron eso?
 -Probablemente para evitar problemas con el gobierno americano. Un gringo golpeado o muerto sería mala publicidad – Chamí se terminaba su cerveza.
 -¿Quién sabe qué habría pasado si no hubiera estado ahí. Espero que esté bien.
 -Seguro que sí –dijo Chamí con un tono celoso.

 Comieron el resto de su cena en silencio. El dueño del restaurante parecía contar los minutos hasta que se fueran. Una vez afuera, en la plaza, se pararon junto a una palmera alta. El restaurante se quedó a oscuras. La plaza estaba vacía excepto por ellos. Dos perros callejeros olfateaban la puerta de la pizzería. El aire nocturno del cerro empezaba a enfriar. Guasá se envolvió en un chal nativo. Chamí se acercó para ayudarle. Quedaron sólo a unas pulgadas uno del otro. Él se inclinó para besarla; ella se volteó.

 -Carajo Alejandra. ¿Por qué no?
 -Lo siento, Chamí, pero ya te lo he dicho cien veces; somos amigos. Eres como mi hermano. No lo quiero arruinar. Además, este es un pueblo pequeño; la gente habla.

 Chamí, enojado, se alejó unos metros de ella antes de detenerse; el taconeo y roce de sus botas vaqueras hicieron eco en la plaza abierta. Ella se dio cuenta de cuán enojado estaba él, pero ya habían pasado por esto varias veces anteriormente. Él se quedó viendo la iglesia. Ella estaba contenta de que las calles estuvieran vacías. Él respiró profundamente y regresó.

 -Está bien. Lo entiendo. Vámonos, te acompaño a tu casa.
 -No es necesario. Son sólo unas cuantas cuadras y las calles están vacías ahora
 -Bueno. Sólo ten cuidado –se inclinó otra vez y ella lo dejó besarla en la mejilla.

-Lo tendré. Te llamo mañana.

Le apretó el antebrazo antes de dirigirse a cruzar la plaza de adoquines. Al llegar al lado opuesto, volteó la mirada. Chamí no se había movido del lugar y estaba hablando por su celular. Ella se apresuró en la última media cuadra a su departamento, contenta de que los trabajadores que trabajaban en el parque, al otro lado de la calle, no estuvieran allí por algunas horas más. Aseguró la puerta con dos cerrojos.

****

De regreso de la mina, Cárdenas llamó al general Álvarez, y le ordenó que mantuviera la mina abierta. El policía se negó. Se alteró, gritó e hizo numerosas amenazas no sutiles, pero el general no se movía. Lo había tomado de sorpresa. Normalmente un general de la Policía Nacional podía ser intimidado, especialmente con sus contactos políticos –tendría que llamar a algunos de esos contactos. La actitud de Santos le había irritado también, pero entendía que él a su vez también tenía sus propias presiones. El americano estaba complicando las cosas.

Se quitó el saco y se aflojó la corbata; siempre sentía como si le cortaran en el cuello. Se arremangó la camisa. Desde su escritorio podía ver la planta de procesamiento principal por una ventana del tamaño de una pared. A la distancia veía las luces de la entrada de la catedral.

Su celular sonó. Lo contestó inmediatamente. Había una voz familiar del otro lado –Soy yo.
-¿Qué carajos pasó hoy? –Se paseaba detrás de su gran escritorio de roble tallado.
-Hubo un motín.
-Carajo. Lo sé. Estuve allí. ¿Qué demonios pasó? Se suponía que iba a ser pacífico.
-Fueron esos pinches fanáticos religiosos. Uno de ellos empezó la pelea. Además, lo que está hecho, hecho está, ¿no?
El ejecutivo tomó un respiro profundo y se serenó. Se tenía

que asegurar de que él y el que llamó mantuvieran todo en secreto.

–Bueno, ahora tenemos otro problema.

-¿El americano?

-¿Sabes de él? –Cárdenas estaba sorprendido.

-Fue llevado por la policía hoy. Fue golpeado en la cabeza durante la pelea.

-¿Sabía que es un agente del FBI? –Cárdenas solo escuchó silencio del otro lado.

-¿En verdad? ¿FBI? ¿Por qué está aquí?

-Sí. Según el general Álvarez, está en con la división de lo forense. No estoy seguro qué estaba haciendo en la mina. Puede ser mera coincidencia.

-Eso sería mucha coincidencia. ¿No está con las fuerzas americanas aquí?

-Lo dudo, o él no habría terminado en la cárcel.

-¿Dónde está ahora?

-En la mina, creo. Ese fue el último lugar donde lo vi.

-Eso complica las cosas.

-Lo sé. Cerraron la catedral y la mina. El agente del FBI dijo que el asesino podía aun estar adentro. Están buscando al asesino ahora mismo.

-Se decepcionarán –el que llamó hizo una pausa-. ¿Ahora qué?

-Esperaremos. Sé que un asesinato se ve mal. Pero creo que los policías llevarán la evidencia a Bogotá. Podemos lidiar con eso entonces.

-Espero que ese policía no cause problemas.

Cárdenas quería responder con el desdén que tenía por lo que había hecho Pérez, pero solo dijo –Buenas noches.

Colgó el teléfono y pateó su silla, "¡maldito gringo!". Había sido un día largo y difícil, y necesitaba quemar algo de energía. Se cambió el traje y se dirigió hacia el gimnasio ejecutivo. Pasó con su identificación electrónica; las luces se encendieron automáticamente. Comenzó con las pesas, y aun sin asistente, se sintió con la confianza de hacer prensa de pecho con más de doscientas libras. Hizo repeticiones hasta que el pecho y sus brazos le quemaron. Su playera era la más grande que pudo encontrar en Zipaquirá, pero aun así le ajustaba en el pecho. Continuó con su ejercicio repasando los eventos del día y preguntándose qué hacer con respecto al gringo. Le goteaba el sudor mientras terminaba de hacer flexiones de bíceps. Pausó para mirárselos. Brillaban. Cogió una toalla y se secó la cara. Aun estaba furioso. Se estiró por varios minutos más antes de subirse a la máquina corredora. Normalmente, él gustaba de trotar por las pistas del parque ecológico, pero no esa noche. Puso la corredora en el modo de "cardio", dejó su celular en el porta vasos y empezó a correr. Después de cuarenta y cinco minutos se sintió un poco mejor. El estrés y la adrenalina comenzaban a desaparecer. Detuvo la corredora y se tomó el pulso. "Justo en el objetivo", dijo en voz alta con algo de satisfacción. "Nada mal, considerando las actividades del día de hoy".

Se duchó, se puso el traje otra vez, y se dirigió a su casa. En el camino, aun pensaba en la catedral y en el gringo. *No puedo hacer nada esta noche*. A la distancia podía ver la luz del helicóptero rondando la entrada de la catedral. *Tendrá que espera hasta mañana*.

****

Al irse de la catedral, Grant veía todo el caos que había ocurrido. Las mesas y las sillas aun estaban desordenadas. Dos quioscos estaban volteados, y parte de sus contenidos habían sido robados o destrozados. *Inclusive Rodney King estaría orgulloso*, pensó. Al dejar a Pérez organizando la búsqueda en la mina y la catedral, Sam se había ofrecido a llevar la evidencia. Era su tercer viaje. Había tenido cuidado de cerrar la cajuela de Pérez después de cada carga con el objeto de mantener la sucesión de la evidencia, y un oficial había recibido la orden de vigilar, pero no tocar las numerosas piezas dejadas en la mina entre cada viaje. Había al menos siete vehículos de la policía en la plaza, incluyendo dos camiones de la armada. Algunos soldados estaban alrededor, vigilando todos sus movimientos. Entrecerraba los ojos a la luz de halógeno que venía de un helicóptero que merodeaba el lugar y cargaba la evidencia en la cajuela de la camioneta del capitán.

Capítulo III: La Sal guarda sus secretos

Guasá se coló hasta la esquina trasera de un pequeño autobús Volkswagen, que andaba con mucha dificultad por la carretera de la montaña en su camino a la capital. Aún estaba oscuro afuera, y la única luz en el camino era la del único foco que le funcionaba al vehículo. Los asientos iban sobrecargados con sirvientas, obreros, y vendedores callejeros que invadían la cuidad cada mañana y regresaban a las afueras de la misma cada noche. Bolsas de utensilios de madera para cocina, juguetes para niños hechos a mano, cajas de herramientas improvisadas, bloqueaban el pasillo de salida. Varias mujeres trataban de amamantar a sus bebés mientras el vehículo se balanceaba en cada curva. Guasá traía gafas de sol y una bufanda tejida que le cubría la cabeza, fue lo que hizo en su esfuerzo por disfrazarse. Su chal Muisca de lana le calentaba los hombros del aire de la montaña.

Cuando el autobús llegó al estacionamiento afuera del estadio Olímpico, la estación de autobús no oficial de Bogotá, esperó a ser la última en bajar, y se escabulló sin ser notada entre las multitudes de gente que inundaban las aceras. Se detenía a propósito en varios de los cientos de quioscos que cubrían las aceras, para probándose cosas, y comprar. Se detuvo con un vendedor de brazaletes de piel, boinas y quemadores de incienso que se mostraban tendidos sobre una cobija tejida.

-Buenos días, joven.
-Buenos días, señora – el vendedor dijo sin voltearla a ver.
-¿Está vendiendo algún ídolo hoy?
-Hoy no, señora – el hombre miró su reloj-, a la iglesia no le gustan.
-Bueno, no soy el Papa.
El hombre la miró. Sus ojos apenas se veían bajo su capa de lana, pero ella podía ver los ojos rojos, quemados por abuso de drogas del vendedor. Él hablaba rápido. –Entonces, tal vez

le guste una de estas plumas decorativas - levantó una pequeña bufanda para mostrarle varios tubos de metal minúsculos, adornados con plumajes amarillos, rojos y azules.

-Me llevo dos – le pagó al hombre con dos billetes color naranja. Ella ignoraba los constantes gritos de otros vendedores y de cargadores de autobuses mientras se hacía camino hacia el paradero de taxis. Al irse acercando a la línea de taxis negros con amarillo, un taxi con el letrero de "libre" apagado, salió de la fila, y la alcanzó en la banqueta.

-¿Taxi, señora?
-¿Sabe dónde está la estación de policía?
-Claro que sí, está justo al sur de aquí.
-¿Sur?, creí que estaba al norte.
-No, señora – el conductor se ajustó la gorra y las gafas -. La estación está hacia el sur, Zipaquirá esta hacia el norte.

Ella subió en el asiento trasero -¿Sabe la dirección?
-Sí.
-¿Y el plan?
-Sí. La dejo, y circulo en las cuadras de alrededor hasta que reciba un texto.
-¿Que es...?
-"Jorge, no puedo esta noche".
-Bien.
-¿Compró "las plumas" que necesitaba?
-Sí, parecen casi reales.
-Bien. Use el clip para ponerlas en su chal; se verá aún mas indígena.
-Soy indígena.
-Como sea – le pasó un sobre color manila-. Usted es Verónica Malavé Hernández. Está en el edificio federal para visitar a su marido en prisión.
-Esta tarjeta de identificación se ve vieja.
-Bueno, no pudimos conseguirle nada más nuevo con tan poco tiempo.
-Lo sé, pero--
-No se preocupe. Con esa la dejarán pasar. Busque a un guardia con el nombre "Galarza" en la placa; él es uno de los nuestros. Le revisará la bolsa y la dejará pasar.

-De acuerdo – ella había notado que el conductor estaba nervioso.

-Después de eso, suba las escaleras y siga los señalamientos hacia el centro de visitas. En ese pasillo, verá varias puertas de emergencia. La llave está en el sobre - esperó a que Guasá lo sostuviera-, la llevará al área de las escaleras. Después de ahí, estará sola. Coloque la dinamita, use el teléfono que está en el sobre para mandarme el texto, y salga. Deje el teléfono y la llave con los explosivos. Y asegúrese de que Galarza la vea salir, para que él pueda tomar un descanso.

-Bien, iré por--

-No necesito saber eso – dijo él-. Es por esto que normalmente no usamos mujeres para este tipo de operaciones, hablan mucho -un silencio prevaleció el taxi por varias cuadras antes de que el conductor hablara otra vez. -Ah, y una cosa más, el edificio tiene cámaras por todos lados, así que no voltee hacia arriba, incluso en las escaleras.

-¿Estará esperando afuera?

-No. Tienen cámaras afuera – dijo lacónicamente-. Aquí no es Zipa. Cuando salga, dé vuelta a la derecha y camine por una cuadra hasta que llegue a la bodega "Kokko Rikko". Ellos venden pollo frito, hamburguesas y toda esa mierda gringa – dio un golpecito en el volante-. Allí la recogeré.

-¿Y si algo sale mal?

-Si queda atrapada en el edificio, estará por su cuenta hasta que podamos pensar en algo. Si algo pasa, y no la puedo encontrar, siga caminando por la cuadra hasta que llegue a la tienda de mascotas. Entre y le dígale al dueño, Monty, que quiere comprar un Xoloitzcuintle mexicano. Él sabrá a qué se refiere y la ayudará.

-De acuerdo, ¿cuánto falta para llegar?

-Aún tardaremos un poco. Usted venía demorada, así que habrá más tráfico de lo que planeamos.

-Yo no conduzco los autobuses.

-Claro, amiga, eso es trabajo de hombres. La dejaré allí tan pronto sea posible.

-OK. Siempre y cuando regrese a las... - intercambió miradas con el conductor por el retrovisor-. No importa.

Hagámosle.
El conductor simplemente asintió con la cabeza.

Guasá puso el teléfono y la tarjeta de identificación en su bolso y sujetó las plumas a su sarape. Volteó hacia los quioscos mientras partían y se integraban al pesado tráfico. El vendedor de los ojos rojos y sus mercancías ya no estaban.

Transitaron por las calles abarrotadas, pasaron por el creciente número de rascacielos que empequeñecían las viejas iglesias de piedra y los edificios coloniales. Guasá se avergonzaba cuando veía un grupo de adolescentes con vasos de Starbucks, o deambulando afuera de un Taco Bell. Buscaba billetes y monedas cada que se detenían en un semáforo, y los vendedores, todos indígenas, les vendían goma de mascar y agua embotellada, o simplemente pedían dinero.

-Es a solo unas cuadras de aquí – dijo el conductor.
-OK – respondió sigilosamente.

Cuando el taxi se detuvo, Guasá se bajó, e inmediatamente sintió los efectos de la gran altura de Bogotá. Respiró profundamente varias veces, y se dirigió al edificio federal, nunca levantando la mirada de sus pies.

****

Doce golpes fuertes en la puerta despertaron a Grant de su sueño profundo. Buscó a tientas su reloj y maldijo al oír que éste se deslizaba por la mesa y se destrozaba al caer en el piso de losa. Había dormido por pocas horas, pero sintió que acababa de cerrar los ojos.

-Váyanse – dijo antes de darse vuelta y cubrirse la cabeza con la almohada-. Estoy durmiendo.
-Agente Grant, perdón por molestarlo. Soy el capitán Pérez, necesito hablar con usted.
Se sentó en la cama. La habitación estaba oscura y

solamente se veía un pequeño rayo de luz de la luna azul por debajo de la puerta. -¡Tiene que estar bromeando!
-Sam, abra por favor. Es importante.

El americano se frotó los ojos. "Está bien, deme un segundo. Tengo que orinar". Se levantó y trató de encender la luz. Hizo tres intentos antes de darse cuenta cuál interruptor controlaba las tres bombillas que alumbraban la habitación. Se tambaleó hacia el baño y se paró frente al retrete. El olor de orina con alcohol casi lo hace vomitar. Por poco se había enfermado esa noche cuando probó un brebaje alcohólico local en el camino de la mina a la casa. Para cuando terminó en la catedral, todo había cerrado, menos una bodega pequeña. Pidió cerveza, una de las pocas palabras en español que nunca olvidó. La dueña le mostro una botella de *cola y pola,* era todo lo que tenía. Él creyó que ese era el nombre de la cervecera, pero de hecho, era una mezcla de cerveza y soda sabor manzana. Tenía un sabor inicial a soda de crema, pero dejaba un sabor a gasolina. Lo escupió en la calle. Se consideró suertudo de que no tuviera que hacerse un lavado de estomago.

-*Man*, esto apesta – dijo antes de terminar y tirar la cadena del retrete. Se enjuagó las manos y se echó agua en el rostro. Se vio al espejo. La cara roja y sin afeitar. Bolsas bajo los ojos. -Te ves viejo, Sam – le dijo a su reflejo. Se tambaleó hacia afuera del baño y hacía la puerta. -¿Pérez?
-Sí, soy yo.
Tentó los seguros. El de arriba estaba fácil, era un cerrojo normal. El de abajo era un seguro anticuado sin mortaja que requería de una llave maestra. Había dejado la llave puesta, pero aún así tuvo problemas para abrirla. Después de varios intentos, cedió. La vieja puerta de madera crujió y las bisagras oxidadas rechinaron mientras la abría. Sam había tenido la misma dificultad al entrar a su habitación más temprano. Vio al capitán de la policía parado en la luz tenue del pasillo. Había varios policías detrás de él, cada uno sosteniendo un contenedor grande.

-¿Qué puedo hacer por usted, Santos?
-¿Puedo pasar?
-Sí puede – Grant abrió la puerta completamente y el rechinido exacerbó su dolor de cabeza.
-Éste es para usted – el policía le ofreció un vaso desechable.
-¿Café? ¿A esta hora? No, gracias. Necesito dormir – volteó a ver a los jóvenes soldados-. Carajo. Esta no es una visita social, ¿o sí?
El policía se quitó la gorra y miró al suelo.
-Ah, coño – Sam susurró-. Debí haberlo sabido. ¿De qué se trata ahora?
-Lo siento, pero me temo que necesitamos más de su ayuda – el capitán dejó el café de Grant en un pequeño escritorio.
-Ya le dije, Santos, he hecho todo lo que puedo. Ya vi el lugar. Recogí todo la evidencia humanamente posible. Lo de Sherlock Holmes ya le toca a usted y su gente – levantó el café y le dio un trago, que aunque era negro y estaba tibio, pensó que era el mejor café que había probado, y tuvo que soltar una risita cuando leyó "Juan Valdez" en un lado del vaso. Se sentó en un lado de la cama y dejó que se le despejara la cabeza.

El capitán Pérez observó la habitación. A su derecha, fuera de la sala principal, había un diminuto espacio de trabajo, donde había una pequeña maleta encima de la vieja cómoda. Sobre ésta, había un perchero vacío. Junto a éste, una laptop sobre un pequeño escritorio; por debajo, la silla estaba tirada de lado. La computadora aún estaba prendida y emitía un suave resplandor azul.

En el centro de la habitación había una cama *queen size* curvada que estaba en ruinas. Casi todas las sabanas y cobijas estaban en el suelo y había unos pantalones tirados cerca de la pared contraria. Junto a la cama, había una mesita con un reloj digital parpadeando "12:00". Una pila de ropa sucia estaba en una esquina, debajo de un televisor pequeño mal montado en la pared. Abajo, a la izquierda, había una ventana protegida con barras de acero oxidado. No había ninguna decoración en las paredes, ni siquiera un poster viejo. Una bombilla empolvada sobresalía de la pared sobre la cama, mientras que otra apenas daba un poco de luz amarilla sobre el escritorio.

-¿Está haciendo inventario, o qué, Pérez?
-¿Eh? Ah, no. Lo siento. Sólo mirando. ¿La mucama sabe que se está quedando aquí?
-Gracioso – dijo Grant. Sabía que el policía no trataba de ofenderlo, pero el trabajo excesivo y la falta de sueño lo habían aturdido.
-Lo siento, sólo bromeaba.
-Sí, está bien. Muy bueno. Ahora, ¿qué quiere? - olió el café.
-¿Me puedo sentar?
-Adelante.
Santos haló la silla que estaba debajo del escritorio y se sentó. -¿Cómo está, Sam?
-Dios mío, ¿puede ir al hijoeputa punto? Estoy exhausto y quiero volverme a dormir. Pero – le quitó la tapa al café y le dio un trago largo – algo me dice que eso no va a pasar.
-Ha habido un problemita. No podemos llevar la evidencia a Bogotá.
-¿Alguna vez ha oído de *autopista,* Santos? ¿La *highway*?
-No, quiero decir, sí. Claro, sé lo que es una autopista. No es eso – Sam vio con la mirada borrosa cómo el policía se paró y cerró la puerta-. Es la FARC, ha cometido un ataque en Bogotá.
-¿Está bromeando? ¿Esos idiotas aún andan por ahí? ¿Por qué no los han matado a todos? - puso el café en la mesa bruscamente y el café derramado empezó a caer de la mesa y a gotear en el suelo. La habitación estaba en silencio y cada gota hacía eco en el cuarto amueblado austeramente al caer en el piso de losa. *Jesucristo, cuarenta y cuatro millones de personas secuestradas por diez mil malditos matones.*

-Hay más de treinta muertos y heridos – dijo Pérez-. No

tienen tiempo de procesar la evidencia – señaló hacia afuera, donde sus hombres tenían las hieleras. -Nos gustaría..., ¡no! Necesitamos que lo haga usted.

Grant cerró los ojos. *Hijo-de-puta*. Estaba contento de estar lejos de su trabajo, y de que finalmente había empezado a relajarse. Trabajar en la escena del crimen era una cosa. Todo lo que tenía que hace era seguir el procedimiento, dar un toquecito aquí, espolvorear algo por allá. Podría hacer eso hasta dormido. Pero ahora estaban pidiéndole trabajo de laboratorio, un proceso muy diferente. Eso quería decir un trabajo especialmente tedioso y detallado. Y no tenía idea de qué equipo tenían, o dónde lo tendría que hacer. -¿Dónde está el laboratorio?

-¿El laboratorio?

-Sí, el laboratorio forense. ¿Dónde está?

-Bueno, es que no tenemos uno aquí en Zipaquirá – dijo Pérez.

Grant sorbió su café y sacudió la cabeza. -Tiene que estar bromeando. Es difícil hacer trabajo de laboratorio sin laboratorio, Santos.

-Lo entiendo. Pero este es un pueblo pequeño. ¿Hay alguna alternativa que podamos usar?

Golpeando su cabeza con los dedos, Grant pensó por unos segundos. -¿Hay algún colegio cerca?

-Sí. Hay varias academias en el pueblo.

-¿Alguna da clases de ciencias?

-¡Claro! – Pérez dijo indignado.

Sam se inclinó y miró fijamente su vaso de café. Había esperado pasar los siguientes días paseando por el pueblo, y tal vez, ir al centro turístico del lago local. Pero, ahí estaba, justo en medio de una investigación de un asesinato. *Quizás debí haber ido solamente a la audiencia disciplinaria*. Se paró derecho. -Entonces deberé poder hacerlo en uno de sus salones de ciencias.

-Entonces, ¿lo hará?

-¿Inspeccionó la catedral?

-Sí, inspeccionamos la mina entera toda la noche – contestó Pérez.

Grant se dio cuenta de que él no era el único que no había dormido y suavizó su actitud. -Y, ¿encontraron a alguien?
-No, y no encontramos nada sospechoso. Nada de armas. Nada de ropa. Nada de nada.
-¿En la entrada de los camiones? ¿Alguien vio a alguien salir o entrar?
-No. Estaba cerrada y con candado todo el día. Incluso revisamos los videos de seguridad. Nada.
-Eh... Eso está raro. Habría apostado dinero a que había alguien ahí – comenzó a dudar la impresión que había tenido. - Tal vez *fue* un accidente.
-Bueno, imagino que la evidencia física que reunió nos dirá más – el capitán esperó unos segundos antes de presionar al americano-, entonces, ¿lo hará, verdad?
-Eso creo. ¿O tengo alguna alternativa? - Miró al oficial, a quien se le iluminaban los ojos -. Bah, dígale a sus hombres que lleven todo lo forense que tengan a donde sea que esté el laboratorio. Le daré una lista de lo que necesitaré. Ahora – dijo – necesito ducharme – miró al capitán de la policía, quien mostraba una ligera sonrisa-. Y – se tragó lo que le quedaba a su café y levantó el vaso hacia su colega – necesitaré mucho más de eso, y no estaría mal que también me dieran una dona.

****

"Dejen las cajas por ahí, amigos". El agente Grant mostraba a los oficiales una mesa larga en la parte trasera del salón. Se paró junto a la puerta frontal y observó el lugar. Podía haber estado otra vez en la clase de biología del señor Beckman, de segundo de secundaria. Al frente del salón, un viejo pizarrón para tiza parecía suspenderse sobre un escritorio antiguo de madera y formica. La lección anterior aún se podía leer a pesar del valiente intento de alguien de borrarla, y Grant podía incluso identificar algunas partes de fórmulas básicas de química. Aún olía a formaldehído. Inspeccionaba una tabla periódica anticuada que estaba en la pared y sonreía. *¿Podría aún llenar una de esas si lo tuviera que hacer?*

Los escritorios de los alumnos estaban alineados en seis filas y cinco hileras, todos tocando el de enfrente. Apenas había espacio suficiente entre ellos para que un adulto pasara, como lo mostraban los oficiales al chocar con ellos a pesar de que trataban de evitarlos. Caminó al frente, y puso su laptop en el escritorio del profesor antes de inspeccionar el equipo científico en un largo banco de laboratorio. Estaba cerca de una ventana grande que daba a un patio rodeado en tres de sus lados por el edificio en forma de herradura. Levantó la persiana para dejar pasar luz natural. Había dos lavabos hondos y probó los grifos, y se sorprendió al darse cuenta de que ambos funcionaban. Había varios mecheros Bunsen viejos en la mesa junto con una colección de vasos de precipitado y cajas de Petri. Verificó los cajones y los armarios de abajo donde encontró una colección adicional de herramientas de química, químicos, y un microscopio. "¡Bingo!", gritó, atrayendo miradas de extrañeza de los oficiales. "Eso va allí". Le mostraba a un oficial con varias bolsas llenas de artículos. Las vio y tenía confianza de que tenía todo lo que necesitaba, incluida una docena de huevos. Los sacó de la bolsa y los inspeccionó ante las miradas de extrañeza de los jóvenes oficiales. "*Juevos buenos*", les dijo mientras sostenía el cartón. Ellos encogían los hombros. Grant trataba de recordar cuántas piezas de evidencia había reunido en la catedral. "¿Qué será? ¿Ciento ochenta?", se preguntó a sí mismo.

-¿Señor? - preguntó uno de los oficiales.
-Oh, nada. Solo pensaba en voz alta – el oficial sonrió cortésmente, ajeno a lo que el agente había dicho. Pérez entró, con cansancio lo saludó, y le dio todas sus notas y la grabadora del día anterior. Sin decir palabra, Sam la conectó a la computadora, abrió su libreta pasando las páginas de los bocetos y las descripciones. -Todo listo.
El americano saltó ligeramente cuando sonó la campana. Pérez reía desde la puerta. -Es sólo la campana de la escuela. Los niños entrarán ahora. Pero no se preocupe, agente Grant, este salón estará vacío hoy. El director ordenó un viaje de campo de emergencia.

Grant se rio también. Ambos estaban de malas por la falta de sueño. -Bien, creo que puedo empezar.
-¿Cómo verificará si hay huellas?
-No se preocupe. Preferiría el equipo que tenemos en Washington, pero puedo improvisar. ¿Ve esa caja de cartón?
-Sí.
-Esa es mi escáner para las huellas.
-OK, Sam, si usted lo dice. Lo dejamos solo ahora. Dejaré a un oficial afuera para asegurar que nadie lo moleste. Si necesita algo más, dígale y él se encargará de ayudarle.
-Gracias.
-Lo veo en unas horas. Ahora lo que haré es dormir un poco – dijo Santos tratando de evitar un bostezo.

Sam observó cuando el capitán cerró la puerta detrás de él. Podía ver a Santos dando instrucciones al oficial mediante una ventana angosta. El joven oficial se cuadró y saludó antes de tomar posición directamente en frente de la ventana. Se veían algunas sombras de los estudiantes que pasaban. De reojo alcanzó a ver algo nuevo en el escritorio. Era un café. Se acercó y lo tomó, aún estaba caliente. Lo olió. "Gracias, Santos", dijo, y lo levantó como diciendo *salud*. "OK, Sam, es hora de trabajar", se dijo a sí mismo.

Sacó una botella de espray con limpiador de cloro y lo roció en la mesa del laboratorio, antes de limpiarlo a fondo. En seguida, puso el papel blanco de carnicero y lo pegó con cinta adhesiva. Se lavó las manos por más de un minuto. "Primero lo primero", dijo al sacar lo que él pensaba que era una huella latente. Vació los contenidos de la caja de cartón, y la puso en la mesa antes de tomar las tijeras, remover las tapas y cortarlas en pequeños cuadros. Sacó una muestra de cinta adhesiva de la caja de evidencias, y la colocó en un pedazo de cartón con el lado pegajoso hacia afuera. Volteó la caja de cabeza y colgó la muestra del centro con hilo dental, cuidadoso de no dejar que tocara los lados de la caja. Después, tomó los tubos de pegamento extra fuerte y el hilo dental de las bolsas. Vació la Kola Loka en una caja de Petri y la deslizó debajo de la caja.

Luego, esperó. Se paró derecho para estirar la espalda y tomarle a su café. Al mirar hacia afuera, vio que tenía público. Los niños lo estaban viendo desde casi todos los salones de la escuela. Él sonrió y los saludó. Unos cuantos respondieron el saludo antes de que sus profesores los reprendieran y los mandaran a sus asientos. Una maestra cerró las persianas de su ventana.

Olió el café, aún humeante, antes de darle otro sorbo. Se sentía un poco más alerta, y alineó otras muestras para analizarlas; varias huellas sospechosas más, un trozo de madera aproximadamente del tamaño de su pulgar, y la pepita de pirita. La veía a la luz del sol preguntándose si algo se pudiera ver a simple vista. Nada. Tiró el vaso de café vacío en el cesto de la basura y miró su reloj. "Se acabó el tiempo", dijo. "Veamos qué, o *a quién* tenemos". Levantó la caja lentamente y metió la mano por debajo para tomar la tarjeta con la evidencia por un lado. Metió la otra mano con las tijeras y cortó el hilo. Sosteniendo la caja con su antebrazo, jaló el cartón hacia afuera, a la luz. "¿Qué demonios?

****

Chamí levantó el frente de su casco y se limpió la ceja con la manga de su camisa. Sus gafas de seguridad estaban llenas de polvo y un poco empañadas por dentro, pero se las dejó puestas. Su turno estaba por terminar pronto. La mina había abierto tarde esa mañana. *Debió haber sido por el "accidente",* pensó. De hecho, estaba sorprendido de que la mina hubiera abierto. Aunque se aseguró de no interactuar mucho con sus compañeros mineros, él sabía que casi todos sus compañeros eran católicos y que la mayoría conocía al sacerdote personalmente. Había escuchado que muchos creían que la muerte del cura era un presagio. Otros hablaban de una serie de eventos raros en la mina. Sonidos extraños, cantos, sombras amenazantes, el accidente extraño de ocasión. Todos eran eventos menores, una varilla de perforación rota, una pieza suelta de una piedra de sal caída. Nada particularmente peligroso, pero había sido suficiente para asustar a algunos de los hombres más supersticiosos de los cerros que rodean Zipaquirá. Los guías que mostraban la catedral a los turistas eran los más fáciles de asustar. Aunque sabían mucho acerca de la catedral misma, sabían poco del resto de la mina, particularmente de los sitios de extracción y de los pasajes. Había docenas de grietas transitables, estrechos caminos de flujo para el agua que a veces se necesitaban para extraer la sal, e incluso algunas rutas escondidas por varias fachadas de madera y hierro oxidado.

Apenas se habían presentado a trabajar la mitad de los mineros ese día. A la entrada de la mina, en la *Plaza del Minero*, unos cuantos habían formado una vigilia. Cientos de velas encendidas debajo de la estatua del minero de bronce – una enorme escultura de hierro de cuatro pisos de alto mostrando a un hombre con un zapapico en una ladera. Las banderas encima de ésta ondeaban a media asta.

Respirando el aire con olor a azufre, se preguntaba cuál sería el efecto final que tendría la muerte. El atentado de la FARC en Bogotá parecía haberle robado atención a la historia. Al principio pensaba que era algo bueno. *¿En verdad querían más atención en la iglesia y la mina?* Y parecía que todos pensaban que había sido un accidente, excepto el gringo borracho. *¿No era bueno eso?* Pero, tenían al gringo investigando las cosas. Chamí había hecho una búsqueda de él en internet esa mañana. Era biólogo y un patólogo forense. Había manejado un número de casos de alto perfil y tenía éxito considerable. *¿Qué estaba haciendo en Zipaquirá?* Chamí había vivido toda su vida en el pueblo y los gringos no eran poco comunes, pero los agentes del FBI, sí; especialmente, los expertos en lo forense.

Sabía que el americano había estado en la mina y que había reunido algo de evidencia. Se oían rumores. Que había encontrado un cuchillo, un palo, y una pistola. Que había huellas digitales y manchas de sangre, y que el gringo tenía equipo especial de los Estados Unidos que eran capaces de ver líneas microscópicas en la sal. Que tenía un laser. Al parecer sus colegas en la mina habían estado viendo el show gringo de CSI. Sin embargo, él sabía lo que era real, y lo que no, pero eso lo guardaba para sí mismo.

 Regresó a cavar hoyos para insertar explosivos. Una vez listos, generarían un túnel nuevo y expondrían más sal para ser extraída. Habían empezado en esta nueva sección de la mina dos días atrás y ahora tendrían que ir mucho más adelantados, pero con el gran número de ausencias, y trabajando solo medio turno ese día, apenas habían despejado unos cuantos metros en el nuevo pozo. Levantó el taladro neumático y comenzó la siguiente secuencia. Al haber terminado los siguientes tres hoyos, sintió una palmada en el hombro derecho, era César, el capataz del equipo y experto en explosivos. El ruido de los taladros había mellado su oído, pero podía leer los labios y los gestos fácilmente: *Ya está. Salga del hoyo. Hora de irse.* Eso quería decir que el turno había terminado. Se esforzó poco para poner el enorme taladro en su hombro y se dirigió hacia afuera de "la puerta frontal", como llamaban a la entrada de cualquier túnel nuevo. Miró hacia atrás para ver al hombre de la demolición poner las cargas en la pared. Se hincó junto al equipo del individuo, tomó un cartucho de dinamita, y lo metió debajo de la camisa, en su cinturón. Volteó una vez más y se sintió aliviado de que su robo no había sido notado.

 Devolvió su equipo y se cambió de ropa en los vestidores de la compañía, cuidadoso de poner el explosivo en su bolso de lona. Algunos hombres iban a ir por cerveza, otros a la vigilia. Todos lo habían invitado, pero él declino cortésmente y esperó ansioso a que todos se fueran.

 -Chamí, ¿olvidó algo?

 Su supervisor venía hacia él. *¡Carajo! ¿Sabrá algo?* Volteó a ver su mochila, donde el explosivo faltante hacía bulto en uno de los lados. *¿Y si quiere revisarla?* Miró alrededor. No había nadie más en el lugar, *tal vez podría...* se hizo un poco para atrás cuando César lo alcanzó y levantó la mano.

-Mire, tiró su identificación.
Chamí se tranquilizó y tomó la tarjeta laminada. Sintió donde había puesto la dinamita, lugar donde normalmente pone su identificación. -Gracias, César. *Y gracias a Dios que no tuve que hacer nada más.*
-Tenga más cuidado para la próxima vez – dijo el supervisor, quien lo siguió mirando-. Casi no lo reconozco sin el casco y las gafas de seguridad – pasó junto a él y se dirigió a su locker-. Nos vemos mañana.
-Sí, claro. Nos vemos mañana. Gracias otra vez – levantó la identificación. Su supervisor dijo adiós con la mano. Se apresuró a salir de la mina, consciente de que sería visto por las cámaras de seguridad, pero cuidadoso de no voltear a verlas. A diferencia de los demás, él no manejó al trabajo; los autos y las placas son fáciles de rastrear. Se apuró a salir del estacionamiento de la fábrica, por la puerta principal y se dirigió hacia el pueblo. No tenía nada que hacer en particular, pero sí había alguien a quien quería ver.

****

Pérez seguía sacudiendo las telarañas de su cabeza mientras cruzaba el pueblo en dirección a la escuela. El café se derramaba cuando mientras manejaba lentamente por el adoquín. Las calles estaban llenas de peatones y vendedores. Los niños con uniforme merodeaban las maquinitas de video juegos. *Bueno, Grant tuvo todo el día. Espero que haya encontrado algo.* Se sentía un poco mal, ya que no había podido pasar tiempo con su familia el domingo de Pascua, y de que no había visto a sus hijos irse a la escuela esa mañana. Muy posiblemente, no los vería esa noche tampoco sino hasta mucho después de que estuvieran ya en la cama. Tenía que esperar para llevar cualquier resultado de la evidencia al general antes de irse a casa.

Pasó por enfrente de la iglesia central y se persignó. Había estado ahí para la misa el día anterior, cuando recibió la llamada acerca del sacerdote. Su familia prefería la iglesia vieja en lugar de las muchedumbres que invadían la Catedral de Sal en días festivos, y él había escuchado todos los rumores acerca de la muerte del cura. Había dejado a su familia en el centro del pueblo, y se fue a la plaza. Esa había sido la última vez que vio a su esposa y a sus hijos despiertos.

Encontró un espacio en el estacionamiento de la escuela y entró. El guardia de seguridad de la escuela le detuvo la puerta para que entrara. No se molestó en registrarse en la oficina del director; en cambio, se apresuró a las escaleras para el segundo piso. Sus pasos hicieron eco en el pasillo vacío. El oficial Romero lo vio y se cuadró. "Descanse, Fausto. ¿Cómo va todo?"

-Bien, señor.
-¿Y el gringo?
-Bien, creo. Ha estado ahí dentro todo el día.
-¿En verdad?
-Sí. Fue al baño un par de veces, pero eso es todo.
-¿Pidió algo?
-Solo agua embotellada. La cafetería le mandó algo de almuerzo. Lo puse en el escritorio, pero no sé si se lo comió.
-¿Ha dicho algo?
-Únicamente preguntó dónde estaba el baño – respondió el patrullero.
-Muy bien, Fausto. Váyase a casa. Yo me encargo – Pérez estrechó su mano antes de abrir la puerta. Grant estaba sentado en el escritorio del profesor. Tenía los brazos cruzados y los ojos cerrados. Roncaba silenciosamente. Santos dejó que se cerrara la puerta detrás de él. El ruido despertó al americano.
-Buenas tardes, Sam – Se dio cuenta de que la charola con la comida no había sido tocada.
-Ah, hola, Santos – Grant parpadeó repetidamente-. Buenas tardes.

Pérez observo el salón. Se veía igual que en la mañana, excepto por las numerosas bolsas y cajas apiladas en la mesa del laboratorio que estaba por la ventana. La libreta amarilla y la laptop del agente estaban en el escritorio. -¿Cómo le fue?

Grant volteó la laptop para que el capitán de la policía pudiera leer la pantalla:

Muestra de sangre #1	inconclusa
Muestra de sangre #2	inconclusa
Muestra de sangre #3 (agua)	inconclusa
Huella latente #1 (pasamano)	inconclusa
Huella latente #2 (cruz, posterior)	inconclusa
Huella latente #3 (cruz, lateral)	parcial, inconclusa.

La lista continuaba por varias páginas. Todos los elementos de la evidencia habían sido analizados y sus resultados habían sido catalogados. Ninguna muestra produjo algún hallazgo concluyente. Con excepción del botón de desplazamiento del "mouse", el salón estuvo en silencio por varios minutos mientras Santos leía y releía los resultados, esperando que algo cambiara. Finalmente, se dio por vencido. "¿Está bien esto?"

-Por supuesto, realicé cada prueba al menos dos veces. Las muestras de sangre tres o cuatro veces. No hubo nada. La sangre es siempre una apuesta fuerte, pero incluso las huellas latentes que pensé que teníamos se han esfumado.
-¿Qué pasó? Creí que sabía lo que estaba haciendo – de inmediato deseó no haber dicho eso.
El patólogo lo miró con una mirada asesina. -El trabajo de laboratorio no es mi especialidad, pero sé lo que estoy haciendo, carajo. Tengo una maestría en biología, y soy doctor en medicina. Además, he hecho estas pruebas por lo menos docenas de veces. Pero esta vez, no salió nada.
-Lo siento, disculpe mi pregunta; pero, ¿ningún resultado?
-Debe ser la sal. Está descomponiendo el plasma de la

sangre y el aceite de las huellas digitales. Todo lo que tenemos está cubierto por sal. Intenté la prueba de precipitina tres veces en todas las muestras de sangre.

-¿Prueba de precipitina? - Santos se sintió culpable de haber cuestionado las habilidades de su colega al ni siquiera conocer los nombres de las pruebas científicas.

-Sí. Es cuando mezclamos proteína pura con sangre para identificarla como animal, o humana.

-Por eso necesitaba los huevos.

-Precisamente. Pero la sangre había sido tan degradada por la sal, que todo lo que obtuve fueron huevos revueltos crudos – el gringo señaló el laboratorio improvisado –. Lo puede ver usted mismo, no salió nada.

Pérez caminó hacia la mesa. Ya estaba cayendo la noche y los salones vacíos al otro lado del patio casi parecía que estaban embrujados. *Necesitan la vida y la energía de los niños*, pensó. Volteó a ver los materiales en la mesa. Miró al microscopio, sin estar seguro de lo que vio. Tomó lo que esperaba que fuera una huella y lo puso a la luz. Lo dejó en la mesa y volteó hacia el agente. -Entonces, ¿qué significa todo esto?

-Significa..., no le puedo decir si esto fue un asesinato o no. *Técnicamente*, no puedo probar que la sangre en el suelo fuera humana, ni qué decir de quién la dejó ahí.

-Pero, tendría que ser de él.

-De acuerdo, y no tengo duda. Pero, *científicamente*, no tenemos nada. La sangre en el suelo, o la de atrás de la cruz puede ser de él, los asesinos, o de un elefante. Enviaré los resultados a su jefe en un email.

-No, no, no. Es decir, es mejor imprimir una copia aquí en la escuela y yo se la entregaré. Esto es algo oficial, así que no debe ser enviado por internet. ¿Puedo llevar su computadora a la oficina del director? Creo que una de las secretarias aún está ahí.

-Supongo que sí.

Santos tomó la computadora y dejó el salón. Regresó en unos minutos.

-¿Todo listo capitán?

-Sí, pero quiero pedirle un favor, agente Grant, digo, Sam ¿Puede guardar esto en secreto?

-¿Qué? ¿El hecho de que no tenemos nada? Claro, ¿por qué?

-Bien, usted cree que el sacerdote fue asesinado, ¿cierto?

-Esa es ciertamente mi impresión. Las cruces normalmente no destrozan un lado del cráneo de alguien con algún tipo de palo, ni después lo lavan en una pila de agua bendita. Pero, como le dije a ese tal Cárdenas, el trabajo de detective les toca a ustedes.

-Así es. Pero no tenemos evidencia.

-Nada de evidencia *física*, en verdad.

-Pero quien sea que haya hecho esto no lo sabe, ni siquiera el general.

-No creerá que...

-No, no, no – tartamudeó el capitán –, pero él está recibiendo mucha presión de arriba. Él tendrá que reportar sus hallazgos y – respiró profundo y cruzó los brazos – se filtrarán. Y una vez que eso pase--

-¿Está tratando de ganar tiempo, verdad? - Interrumpió el *G-Man*.

-Sí, al menos 24 horas.

-Parece una buena idea. En ese caso, dígale al general, y a quien más le tenga que decir, que necesito otras 24 horas para procesar los resultados.

Pérez sonrió. -Gracias. Ahora, hay que regresarlo a su hotel.

Grant apagó su computadora y la guardó junto a sus notas. -¿Qué tan lejos está?

-¿Al hotel? Desde aquí, unas ocho cuadras. Saliendo de aquí, dé vuelta a la derecha, tome la primera a la izquierda. Siga dos cuadras y después otra vez a la derecha. Está derecho a unas cinco cuadras.

-No se preocupe. Yo lo llevo.

-No, gracias, Santos. He estado encerrado aquí todo el día. Quiero caminar.

-Muy bien, Sam. Haré que mis hombres limpien esto.
-Gracias. Buena suerte con su investigación. Si alguna vez va a los Estados Unidos...

Santos estrechó la mano del gringo. -Disfrute el resto de sus vacaciones. Estoy seguro de que se irá pronto. Gracias por toda su ayuda.

Pérez vio al agente irse y después regresó a su oficina. Había mucho que hacer, y poco tiempo.

****

Sam terminó de caminar por las calles de regreso a su hotel. Las aceras estaban casi desiertas temprano esa noche. Pero había oscurecido temprano y los eventos del día anterior pudieron hacer que la gente se quedara en su casa. Le dio la impresión de estar en un pueblo fantasma al ver cosas para nadie en las tiendas, y leer los letreros de las tiendas cubiertas por cortinas de metal cerradas y aseguradas con candados. Sólo unas cuantas tiendas parecían vender artesanías locales. Pasó a una bodega donde vendían cuatro camisetas por veinticuatro mil pesos. *Me pregunto de qué color tendría que ser el billete.* Estaba ya a unas cuadras de su hotel cuando finalmente vio un restaurante abierto. Estaba al otro lado de la calle y parecía una construcción nueva. Al frente había un joven mostrando un menú, y señalando lo que parecía más la entrada de un estacionamiento que de un restaurante.

-¿Qué tiene, chico? - Le preguntó al joven.
-De todo, señor – respondió -, *poke, beef, shicken.*
Grant sonrió ante el acento del muchacho. *Nada mal,* pensó, *mucho mejor que mi español.* Sam iba a preguntar si tenían cerveza cuando algo llamó su atención. Sólo la había visto brevemente en la cárcel, pero supo inmediatamente que era ella. Era la mujer de la prisión. *¿Cómo dijo el otro manifestante que se llamaba? ¿Glida? ¿Gina?* -Sí, sí.. *I want a table...* una mesa – tartamudeó.
-*Right this way, Mister* – el joven siguió practicando su

inglés.

El gringo la volteó a ver varias veces cuando lo llevaban a su mesa, pero notó que ella no se había dado cuenta. Ella estaba leyendo algo bajo la luz tenue que daba un viejo letrero de cerveza. Su negro y brilloso cabello emitía un reflejo color rojo, lo que resaltaba sus finas facciones. No le habría quitado la mirada de encima de no ser porque tropezó con una de las mesas que llenaban la terraza. El molesto sonido al arrastrar las patas de plástico de la mesa en el piso de concreto llamó la atención de todos, como lo hace el rechinido de uñas en un pizarrón de metal. *¡Carajo!* Ella lo vio y volteó a otro lado. "Aquí está bien, aquí está bien", le dijo al joven mientras se sentaba.

-Una cerveza, por favor.
-Por supuesto, señor
Dios, ha sido un día largo. Se estiró y levantó mucho el menú, para cubrir su rostro del resto de los comensales. El mesero trajo su cerveza rápidamente. -Gracias – le dijo.
-¿Le gustaría comer algo, señor?
-Mmm, sí. ¿Qué es la Carne a la Llanera?
-Mire, señor – el mesero señaló un gran pozo de carbón en una esquina del patio. Varios trozos de carne estaban asándose en un asador abierto con forma de cono. Sam podía ver varios cortes de carne y de chancho extendidos en la parrilla. Arriba del asador había un letrero de publicidad de una compañía cervecera. Se acercó un hombre gordo bebiendo de una botella envuelta en una bolsa de papel café.
Grant comparó lo que había visto con lo que había en el menú. -Quiero el número dos, por favor – y señaló una foto en el menú.
-Sí, señor.

Estaba algo incómodo cuando el mesero se llevó el menú que había estado usando para esconderse, pero, ahora estaba contento. Ella estaba directamente en su campo visual. *No te le quedes viendo, no te le quedes viendo*, repetía en su cabeza.

Mira a otro lado. No seas tan obvio, carajo. Se esforzó para mirar a otro lado en el restaurante. Aún con la luz tenue, podía darse cuenta que el lugar estaba pintado con colores vivos, y que las sillas eran de varios colores que no combinaban, pero que hacían que el área del comedor se uniera al panorama de colores. La cocina quedaba atrás del patio, en lo que él sospechaba que era la casa del dueño. Alguien había pintado "NO CRÉDITO" en grandes letras rojas encima del alto refrigerador lleno de cerveza y bebidas no alcohólicas. Cerca, un par de loros de cerámica hacían guardia sobre una pequeña valla de bambú que separaba el restaurante del patio del vecino, que era patrullada por dos hambrientos Rottweilers.

Observaba cómo el maestro de la parrilla cortaba varios trozos de carne del lomo. El fuego color rojo y naranja se reflejaba en el plato del mesero, quien esperaba pacientemente a que cada filete cayera. El joven llevaba la comida directamente de la parrilla, y la carne humeaba en el plato caliente. El bistec y el chancho venían con papas saladas (papas pequeñas asadas en una capa de sal local), yuca frita y un plato de *ajiaco*. Empezó a comer. El mesero vio su botella de cerveza vacía. "Una más, por favor", le dijo con la boca llena de carne y papas. Se dio cuenta de que ella lo miraba e inmediatamente se cubrió la boca con una servilleta. Ella sonrió. Él saludó moviendo la cabeza y se preguntó qué hacer después.

El agente del FBI se apresuró a terminar su cena para no ser descubierto viendo a la mujer. *¿Cómo la había llamado el jefe? ¿Terrorista?* No parecía que lo fuera. *Las apariencias pueden engañar, Sam. Nadie parece un asesino en serie tampoco.* Trató de recordar su nombre. El mesero recogió el plato vacío.

    -¿Algo más, señor?
    -S;olo algo más, ¿sabe el nombre de esa mujer?
    -¿Cuál, señor?
    -Esa – miró hacia donde estaba ella tratando de no ser

obvio -, la que está por la cabaña, sentada sola.

-Ella es Guasá, señor. Ella tiene una tienda cerca de aquí.

-¿Sabe qué está tomando? - La combinación de la cerveza y el cansancio mental le habían devuelto el valor.

-Vino, señor.

-Muy bien. Por favor, llévele una copa, y a mí, otra cerveza – le dio varios billetes amarillos y verdes - ¿Es suficiente?

El hombre sonrío -Sí, señor, ya me voy – y se retiró rápidamente.

"Bien, Ulysses S. Grant", dijo en voz baja, "veamos si aún lo tienes". *¿Alguna vez lo tuviste?* Se paró de la mesa y se cruzó el patio. Cuando ella vio que venía, él quería caminar hacia la salida. *Ya pagaste las bebidas, Sam.* Respiró profundamente, se dijo "sé hombrecito", y siguió su camino, el cual parecía eterno.

****

Guasá normalmente no bebía alcohol, pero después del día que había tenido, lo necesitaba; aún cuando las cosas habían salido tan bien como se esperaba. Una vez dentro del edificio federal, había mantenido la cabeza gacha y arrastró los pies en la cola, como todos los demás. Se aseguró de mostrar las plumas de colores, y Galarza le indicó por donde. Sin hacer contacto visual, él abrió la bolsa de ella, la sacudió para mover su contenido, y la dejó pasar por los escáneres.

Inició su camino a las escaleras. Había planeado subir al quinto piso y poner la bomba fuera de la oficina del fiscal, pero cuando los trabajadores de la construcción comenzaron a llegar a las escaleras, entró al tercer piso, cuidadosa de mantener la puerta abierta con una tarjeta de crédito robada. Agitada, decidió que necesitaba plantar la dinamita y salir rápido. Entró al baño de mujeres y se encerró en un cubículo. Tomó los cables para la detonación de las plumas, apresuradamente puso la tapa del detonador, y programó el reloj temporizador antes de enviar el texto al chofer.

Salió del baño y caminó hacia la primera oficina que encontró. Sintiéndose aliviada de que el escritorio de recepción estuviera vacío, rápidamente puso los explosivos, la identificación, la llave y el teléfono detrás de un viejo sofá de piel. Pudo escuchar a la secretaria llamándola, "¡señora!", mientras se apresuraba por el pasillo, y escapaba por las escaleras.

Se aseguró de hacer contacto visual con Galarza antes de apresurarse hacia afuera. Dio vuelta en la esquina, y apenas pasó unas cuantas tiendas antes de que la bomba explotara. Volaron vidrios rotos desde el edificio y cayeron en la gente que pasaba. Ella siguió caminando y casi llegaba a la tienda de mascotas cuando los ruidosos frenos del taxi irrumpieron en el caos. Se subió al carro y se retiraron en silencio hacia la estación de autobuses al mismo tiempo que los vehículos de emergencia pasaban rápidamente en dirección contraria. En la estación, el conductor le dio un paquete, un kilo de cocaína pura, la recompensa tradicional de la FARC por un trabajo bien hecho. Lo puso en su bolso y lo cubrió con su chal. El taxi se retiró y ella esperó el siguiente bus a Zipaquirá, era solo otro rostro más en el autobús repleto de campesinos pobres.

Tan pronto regresó a Zipa, caminó directamente al restaurante y comenzó a beber, pero aún estaba tensa. Los líderes del movimiento le habían dicho que todo se iría haciendo fácil con el tiempo. Pero no era así. Ahora, tenía curiosidad de ver que el gringo se acercaba. Un mesero llegó al mismo tiempo. Puso la copa de vino en frente de ella, y volteó hacia Grant. "De parte del señor".

-*Hi*, digo, *buenes* noches – dijo Sam.
-¡Buenas noches! – ella enfatizó la pronunciación correcta.
Sam se rio de sí mismo -Claro, mi error, *buenas* noches.
Guasá veía el reflejo de la luz del fuego en la piel clara

de Sam. *Era bien parecido*, pensó, pero se veía cansado. Sintió algo malo acerca de él y su nerviosismo. Dejó que el silencio permaneciera por algunos segundos -¿Cómo se llama?

-Grant, es decir, Sam. Sam Grant – se movió de manera nerviosa.

Pasó el dedo por la boca de la copa. -¿Por qué no toma asiento, señor Grant? - Le gustó el hecho de que él estuviera nervioso.

Haló una silla y se sentó, atrayendo unas cuantas miradas descorteses de otros comensales. -Por favor, llámeme Sam. Y usted se llama... ¿Gees-da?

-Alejandra. Pero todos me dicen Guasá. Gua-sá – dijo, una vez más corrigiendo su pronunciación - ¿Cómo lo sabe?

-El mesero me lo dijo – articuló tímidamente-, además me lo dijo un tipo en la cárcel también. Creo que su nombre era Charlie, o Chili, o algo así.

-Creo que quiere decir *Chamí*. Él también estuvo en la protesta.

-Ah, OK. Él y sus amigos me ayudaron a parar cuando la policía me sacó.

-Sí, lo vi cuando lo forzaban y pasó por mi celda. Me alegro de que esté bien.

Se frotó la cabeza. El golpe ya casi había desaparecido y el rasguño estaba sanando. -Sí, yo también. ¿Por qué estaba usted--?

-Gracias, por cierto, por haber tratado de ayudarme en la Plaza del Minero.

-¡Ja! No estoy seguro de que haya sido de mucha ayuda, pero de nada. Todo lo que recuerdo es oír a la gente gritando, que la noqueaban..., y es ahí cuando todo se puso *black*. O negro en español, ¿verdad?

Levantó su copa. -Salud.

-Salud, Guasá – levantó la suya. -Ese es un nombre interesante. ¿Indígena, verdad?

Vio como tomaba un trago largo. Ella tomó un trago pequeño. Estaba un poco sorprendida de lo rápido que había aprendido su nombre. -Sí. Es de los Muiscas. Ellos se establecieron en estas tierras hace miles de años.

-¿Es usted descendiente de ellos?
-Sí. Es de ahí de donde viene mi nombre. Guasá era una reina.
-Mi nombre viene de un general borracho de la guerra civil.

El ruido de otros comensales se escuchaba. Ella esperaba a que él hablara. Lo vio tomar otro trago. Su vaso estaba casi vacío.

-Mmm, así que, Los *Musica*. ¿Son como los Mayas o algo así?
-¿Quiere decir los *M-u-i-s-c-a*? - lo corrigió sin sonreír *Musica* es música.
-Lo siento, mi español no es bueno.
-No se sienta mal. De hecho, es un idioma indígena. ¿Sabe algo de los Muisca?
-No, en verdad nada. Sólo lo poco que aprendí del tipo en la cárcel. Dijo que era un profesor.
-Sí, Chamí trabaja en la universidad local. De cualquier modo – respiró profundo como una maestra frustrada de tener que corregir a su alumno-, los Muiscas fueron el primer pueblo en esta área. Su historia se remonta a tiempos precolombinos, por lo menos ciento treinta y cinco millones de años. En algún momento, toda esta área estaba cubierta por un mar interior llamado el Tethys. Después éste retrocedió y dejó un lago salado. Cuando eventualmente se secó, éste a su vez dejó la sal que hay en la mina. Cuando los Andes se formaron, éstos envolvieron la sal y otros minerales y los desplazaron a casi quinientos metros de profundidad – observó al gringo y estaba segura de que estaba convirtiendo el sistema métrico al americano-.

Mi gente cree que es un regalo de los Dioses, y lo usó para construir un imperio. Casi los puedo ver ahora... gente alta y fuerte que trabajaba sobre sus espaldas y con herramientas de piedra hechas a mano – pausó por un momento para imaginar a los hombres de anchos hombros y a las poderosas mujeres, con bandas de oro decorando sus brazos, trabajando duro en las

calderas terrosas-. En aquel tiempo, la hervían en grandes ollas de terracota hasta que el agua se evaporaba, y después la formaban en barras. Usaban la sal como dinero.
-¿Como los antiguos romanos? - intervino Grant.
Revolvía su bebida antes de continuar. -Sí, supongo. En algún momento, el imperio se extendía por toda Colombia, y al norte, tan lejos como México. Chamí--
-¿El de la cárcel?
-Sí, él. Chamí es arqueólogo, y dice que se extendía incluso más al norte, hasta el sur de los Estados Unidos. - Esperó a que Grant interrumpiera, pero el gringo se quedó quieto, sin quitarle los ojos de encima.
-También estaban los Chicaquiches, quienes también utilizaban la sal. Ellos adoraban a la tierra y le daban al agua salada un nombre sagrado, "Guasá", que significaba "agua salada", *"water of salt"*, en inglés. - Se dio cuenta de que el rostro del gringo se animó y sonrió ampliamente. Retomó la palabra antes de que él pudiera hablar -. Sí. Es de ahí de donde viene mi nombre.
-¿Así que usted es *Chiquita*?
-Chi-ca-qui-che. No, no soy Chicaquiche, pero mis padres lo fueron, y ellos me escogieron el nombre. Pero, nuestra sangre es mestiza, así que nosotros los indígenas lo somos.
-Creo que eso es mejor que el haber obtenido el nombre en honor a un borracho.
-Dígame más sobre ese general.

Ordenaron otra ronda, y Grant hizo su mejor esfuerzo para recordar las clases de historia de la guerra civil en la secundaria. Ella le habló acerca de la historia del área, de la ciudad, y de los pueblos indígenas, pero se mantuvo al margen de hablar cualquier cosa más acerca de la mina o de la catedral. Antes de que pasara mucho tiempo, ellos eran los únicos que quedaban en el restaurante.

-Deberíamos irnos. Ya es tarde – dijo ella.
-Sí, creo que tiene razón. ¿La puedo acompañar a su

casa? - preguntó Grant.

Lo miro a los ojos. Los tenía claros, como la mayoría de los gringos, pero sentía que había algo obscuro y triste detrás de ellos. Ella quería saber qué era ese algo. -OK, agente Grant – le recordó que era policía -, pero solo vivo a una cuadra de aquí.

-Está bien. Mi hotel está a solo unas cuadras más.

Ella esperó mientras Sam hurgaba los billetes en su bolsillo. Él le pidió ayuda. Guasá tomó varios billetes – dos azules y uno rojo – de su mano para pagar las bebidas adicionales que habían tomado y los puso en la mesa. No era el primer gringo que tenía problemas ajustándose al tipo de cambio de mil ochocientos por uno. Con la cuenta pagada, salieron caminando hacia la calle ya vacía mientras las puertas del lugar se cerraban detrás de ellos.

"Por aquí", dijo Guasá, y tocó la mano de Grant ligeramente para llevarlo en la dirección correcta a su departamento. Él también apretó la mano ligeramente antes de que ella retirara la mano gentilmente. Guasá sabía que Grant buscaba alguna respuesta. Pero ella no regresó el gesto, y en lugar de eso se adelantó y entró a su casa.

****

Alejandra cerró la puerta tras ella antes de subir las escaleras a su departamento, donde Mimo la recibió en la puerta. "Hola, pequeño", dijo mientras el gato se restregaba en sus piernas al pasarse entre ellas. "Sí, si, yo también te extrañé". Se agachó para acariciar la cabeza del gato que ronroneaba. "Supongo que tienes hambre, ¿verdad? Bueno, mientras comes, yo tomaré algo más de vino. Tengo que buscar a alguien".

Encendió su computadora y escuchó cómo prendía mientras abría una lata de comida de gato. "Mmm, Carne de pollo blanco a la Florentina, ¿qué tal suena?". Puso la lata en el piso y le rascó el cuello al gato. "A veces pienso que comes mejor que yo".

Guasá batalló para usar el sacacorchos. *Ese gringo es una mala influencia.* Se sirvió una copa llena y caminó a su escritorio para darse cuenta que Mimo estaba ya sentado en la silla. Mimo maulló. "OK, pequeño, tú puedes ayudar".

Escribió el nombre en la computadora y sonrió cuando recibió más de tres millones de resultados. "¿Quién es este viejo con barba, Mimo? Ah, este es un viejo general. Es gringo definitivamente, pero no el gringo que estamos buscando. Vamos a intentar con U. S. Grant FBI", dijo mientras el gato tocaba las teclas. "Ahí esta". Se desplazó en la pantalla pasando cientos de entradas. "Bueno, gato, creo que lo que escuché es cierto. Veamos... chicas perdidas en Tampa, BTK Killer, Jessica Lunsford, Casey Anthony...". Leyó las noticias. "Creo que ya sé porqué hay algo oscuro con él". Besó al gato en la frente. "A ver, aquí vamos".

Dio clic a una liga del sitio web del FBI y encontró su foto. La imagen era de hacía algunos años, pero aún veía lo oscuro en sus ojos. Leyó su biografía. Licenciatura y maestría en biología de la Universidad de Massachusetts, grado médico de la universidad de Virginia, más de una década con la agencia. "Bueno, definitivamente no es un reportero, pero, ¿qué está haciendo en Zipa? No puede estar aquí por lo del sacerdote, ¿o sí? ¿o por la explosión en Bogotá? No, ha estado en el pueblo una semana. No, gatito, ¿cómo podría estar involucrado?". Su celular vibró en su mostrador. Puso al gato gentilmente en el piso y lo contestó.

-Buenas noches.
-Buenas, ¿qué tal?
-Nada, s;olo tomando algo de vino y viendo la computadora. ¿Por qué?
-¿Está sola?
-Solo Mimo y yo.

-¿Y el gringo?
-No sé. Caminando de regreso a su hotel, creo. Tal vez en un bar.
-¿A qué hora se fue?
-Hace unos minutos, ¿por qué?
-Nada. Sólo quiero saber dónde está, eso es todo.
-Sabes que es un policía americano, ¿verdad?, lo acabo de *googlear*.
-Sí, es un pueblo chico. Lo escuché justo después del... accidente.
-¿Por qué está aquí?
-Parece que nadie sabe. Puede ser sólo una coincidencia.
-No sabía que creías en eso.
-No creo, pero, ¿por qué más podría estar aquí? Ya estaba tambaleándose por el pueblo antes de que el sacerdote fuera asesinado.
-Sí, eso es lo que estaba pensando. Tal vez es bueno el tener a un borracho investigando en lugar de un equipo de federales.
-Sí, tal vez. Estoy segura que el capitán de nuestra policía local también está al tanto de eso.
-¿Ha escuchado algo?
-No, pero estoy segura de que escucharemos algo pronto. Oiga, alguien viene, me tengo que ir. Lo veo por ahí.
-Seguro que sí. Es un pueblo chico.

Capítulo IV: Grin Go!

La figura nebulosa maniobraba por las pequeñas calles del pueblo ya oscuro, cautelosamente, pero con un propósito. Un gorro de lana negro ayudaba a cubrir su rostro mientras se encorvaba para ocultar su verdadera estatura. Aliviado de que las calles estuvieran virtualmente abandonadas, se encaminó hacia la vereda sin pavimentar que rodeaba el parque ecológico, manteniéndose cerca de las áreas arboladas. Unos cuantos perros callejeros ladraban mientras pasaba, lo que lo hacía zigzaguear por la maleza. Los arbustos espinosos rasgaron sus pantalones, pero fuera de eso, no había despertado ninguna sospecha. Al dar la vuelta en la calle Dos Hermanos, estaba ya a sólo dos cuadras del hotel, las cuales se apresuró a cubrir cuando dos jóvenes dieron vuelta en la calle y se le aproximaban. *¡Carajo!* Se volteó hacia una puerta sin alumbrado y se tentó la playera y los pantalones como si estuviera buscando las llaves. Los jóvenes cruzaron la estrecha calle y se pasaron del otro lado, recelosos de la figura nebulosa. Los perros los dejaron seguir sin molestarlos. Esperó hasta que sus voces se perdieran antes de regresar a la oscura calle.

Media cuadra más adelante ya se veía el hotel. Podía ver que la puerta de acero estaba cerrada, pero sin seguro. El encargado nocturno estaba sentado en el mostrador, y sus ojos pegados a un pequeño televisor. La figura observaba cómo el empleado tomaba su cerveza. Observó los balcones que daban a la calle y estaban vacíos. Podía escuchar las voces de los narradores del fútbol saliendo de todas las casas de la calle. El sonido hacía eco en las calles de adoquín, con paredes de estuco y techos de tejas de terracota. Ocasionalmente, podía escuchar gritos de emoción o de disgusto dirigidos a algún jugador. Esperó unos minutos más en la calle desierta antes de que se escuchara la profunda voz del comentarista gritando

"¡GOOOOOOL, NO-NO-NO-NO!". Los gritos de júbilo hacían eco en toda la calle. Vio que el encargado se puso de pie y gritó levantando las dos manos al aire mientras tiraba del jersey con franjas rojiblancas de su equipo. Incluso desde el otro lado de la calle se podía ver un anuncio de *Paloma Café* al frente del jersey. El encargado tomó su celular y marcó un número antes de que se diera vuelta y caminara al baño.

Con lo difícil que se encontraba la economía y después del fin de semana festivo, Zipaquirá era prácticamente un pueblo fantasma. Sin embargo, pudo ver una sombra bajo un poste del alumbrado público pasar por la calle, pero estaba a más de dos cuadras de distancia, y probablemente de camino a su casa para ver el partido. El hombre de negro corrió a toda velocidad al otro lado de la calle, se detuvo un poco para pasar la puerta sin seguro, y pasó enfrente de la ahora vacía oficina para dirigirse al área de estacionamiento. Había únicamente dos carros estacionados allí, y la pequeña cantina de atrás estaba cerrada. *Bien*, pensó, *este lugar está casi vacío*. Se mantuvo cerca de la pared mientras descendía un par de escalones hacia el patio central del hotel, y observó a su alrededor. Un par de bombillas alumbraban el pasillo que rodeaba la terraza. Había unas cuantas mesas y sillas de hierro al centro. Cientos de macetas y plantas colgantes las rodeaban, junto con una colección de decoraciones rústicas que incluían un viejo yugo de buey suspendido por unas cadenas pesadas. Una docena de habitaciones rodeaban la terraza interior. *¿Qué habitación?* Casi todas las puertas estaban abiertas, señal de que no estaban ocupadas. Sólo dos, una a cada lado del patio, estaban cerradas. Lo que buscaba tendría que estar en una de esas. Se arrastró hacia la más cercana tan silenciosamente como le fue posible, alarmado incluso por el ruido más insignificante.

Cuando llegó a la primera puerta, escuchó. Tocó ligeramente la puerta, y no había ruido en el interior, sólo se escuchaba el televisor del encargado a lo lejos. Trató de abrir la puerta, pero tenía seguro. Sacó un pequeño alambre y un torquímetro de su bolsillo. Cuidadosamente, introdujo el torquímetro en la cerradura y le dio vuelta hasta que sintió presión. Insertó el alambre en la parte alta de la entrada de la llave hasta que pudo sentir las clavijas individuales dentro de la chapa. El sudor goteaba hasta sus ojos. Se frotaba el rostro con los hombros sin soltar la cerradura. Tres de las clavijas interiores se movieron inmediatamente, pero la cuarta no. Aumentó la fuerza con el torquímetro y lo intentó otra vez. La última clavija se movió. Escuchó un pequeño clic cuando se acomodó. Usando el torquímetro, dio vuelta al cilindro y quitó el seguro de la puerta. Al abrirla, maldijo el rechinido de las bisagras oxidadas. Entró y escudriñó la habitación. *¿Dónde está?* Al no querer encender la luz, se valía únicamente de la luz que iluminaba el pasillo de afuera. Había algunas cosas en la cama. Una camiseta de fútbol, calcetas sucias, y un par de shorts. ¿Un traje de baño de mujer? *¿Viajó con alguien?* No había nada en el pequeño escritorio de la habitación. El intruso abrió los cajones de la cómoda, y cada cajón producía el rechinido de madera con madera ya que los rieles de las ranuras de soporte estaban vencidos. Se secó el rostro otra vez. Sacó una camisa de la cómoda. Era chica, muy chica para ser del hombre de quien buscaba la habitación. "¡Mierda!", dijo entre dientes.

Abrió la puerta silenciosamente y salió, sin molestarse en poner el seguro tras él, y se apresuró a la otra habitación cerrada. Repitiendo la misma técnica para abrir la cerradura, estaba dentro en segundos. La cama estaba distendida, observó varias botellas de cerveza vacías ensuciando la mesita de noche. A su derecha, había una camiseta Polo de color azul oscuro con un escudo mostrando las letras "FBI" cosidas en la parte de abajo. Ahora, a encontrar lo que buscaba. El intruso rebuscó entre los papeles que estaban en el escritorio. Había unas cuantas líneas de garabatos escritas en una libreta amarilla y unas postales en blanco. Leyó las pocas líneas de texto: *hacer la lista para Pérez... Buscar los horarios del autobús... comprar el boleto de regreso.* Abrió el cajón del escritorio, estaba vacío. Abrió todos los cajones de la cómoda. Dos estaban vacíos y un tercero contenía dos pares de pantalones y algo de ropa interior. Se tropezó con una toalla sucia y se precipitó hacía la mesita de noche. Las botellas vacías tintineaban al tambalearse y golpear con el reloj. Dijo una oración en silencio cuando el ruido paró. Abrió el cajón de arriba. Las letras de oro de una biblia solitaria reflejaban la poca luz que entraba en la habitación. *¿Hay una caja fuerte?* Buscó al rededor de la parca habitación. Buscó en el baño. ¡Mierda! ¿Dónde carajo está?

****

Grant pensaba en la incómoda despedida mientras se aventuraba a su hotel. "¿Por qué trataste de besarla, Grant?", se preguntó en voz alta. "¡Idiota!". Estaba intrigado con la historia de los indígenas locales, y quedó encantado por su pasión sobre los derechos de los indígenas, incluso cuando él no entendía el conflicto por completo. Parcialmente porque era de los Estados Unidos y sabía poco acerca de Colombia, pero sobre todo porque se encontraba a sí mismo poniéndole más atención a las facciones exóticas de la mujer que a sus historias.

Se alegró de que le había aceptado la copa de vino y de que ella lo había invitado a sentarse. Ella le preguntó algunas cosas acerca del FBI, y algunas sobre el sacerdote. Él desvió la plática, pero ella no lo presionó acerca de nada. Incluso lo dejó acompañarla a su casa. Pensó que había algo de atracción mutua mientras caminaban a su departamento. Ella le explicó cómo se estaba construyendo el parque nuevo del otro lado de la calle y que sería bueno para la economía. Le comentó que la tienda se localizaba cerca, pero que ya estaba cerrada por ser noche. Cuando ella lo invitó a visitarla al día siguiente, él lo tomó como una señal y quiso besarla. Ella se volteó de inmediato. Después de disculparse media docena de veces, ella le dijo que lo olvidara, y de todas maneras le dijo que se diera una vuelta al día siguiente. Ahora, él no estaba seguro de si lo haría.

Llegó al hotel y caminó al lobby. -*Buenas* noches – le dijo al encargado, ligeramente con más confianza en su nueva y corregida pronunciación.

-Buenas noches, señor – el hombre apenas despegó la mirada de la televisión.

-¿Soccer?, quiero decir, ¿Fútbol? - Grant podía escuchar a los comentaristas hablar con la voz profunda que todos parecen tener cuando ocasionalmente los veía por cable en los Estados Unidos.

-Sí, señor, Zipaquirá – señaló el emblema en su camiseta – contra Bogotá. -El encargado mostraba el dedo medio al televisor.

Creo que esa señal es internacional, pensó Grant. -Ah, OK. *Creo ni un ataque terrorista ni la muerte del cura detiene al soccer.* Que lo disfrute. Buenas noches.

-Buenas noches – respondió el encargado. En esta ocasión ni siquiera despegó los ojos de la televisión para nada.

El *G-man* ajustó la bolsa de su laptop en su hombro y se dirigió a su habitación. Había estado un poco ebrio antes, pero la comida y el penoso incidente lo habían ayudado a recuperar la sobriedad. "Tal vez ella sí lo deseaba", le dijo a un poster que anunciaba cerveza local. La joven pareja del poster sonreía. "Quizás iré a su tienda mañana. Puedo comprar algo a Kath--", se interrumpió a sí mismo. Pasó por el área de estacionamiento y bajó las escaleras. La llave de la habitación tintineaba al golpear con la tablita de madera del tamaño de una tarjeta de crédito que le servía como llavero. Le recordó a la llave que le daban los maestros a los alumnos para ir al baño cuando estaba en la primaria.

El lugar estaba desierto con todas las habitaciones vacías, pero eso estaba bien para él ya que planeaba dormir por las siguientes veinticuatro horas. Llegó a su habitación y se preparaba para meter la llave a la cerradura cuando la puerta se abrió de golpe y un fuerte empujón lo tiró hacia atrás. El golpe casi le sacó el aire y le hizo perder el paso al caer hacia atrás. Rompió varias macetas de terracota antes de chocar con un yugo de burro que estaba colgado en la terraza. Se hubiera caído completamente hacia atrás de no ser porque la fuente de los deseos estaba situada justo detrás del yugo. Soltó un gruñido, pero pudo recuperar el paso mientras su bolso caía a su lado. Recuperaba la estabilidad en sus pies cuando algo saltó desde su habitación y quiso tomar su laptop. Él pateó la mano del individuo, lo que ocasionó que el intruso perdiera el balance y cayera hacia adelante. Con la adrenalina al máximo, el agente se impulsó del yugo y cogió al individuo por detrás, lo que envió a ambos al suelo. Él estaba arriba, pero el individuo era fuerte y pudo sobreponerse, poniendo a Grant entre sí mismo y la pared. Casi perdía el aliento, pero no soltó al agresor. Aflojó el abrazo de oso y trató de tomar el brazo derecho del individuo en un intento para halarlo y colocarlo en una posición de sometimiento. Pero en cambio, al sentir ser soltado, el agresor le dio un codazo al agente en las costillas. Grant gimió, pero detuvo al individuo del lado izquierdo con el brazo mientras éste trataba de coger la laptop. Lanzó su brazo derecho y cogió el pie derecho del sujeto quitándole el balance y haciéndole caer al frente en las macetas de terracota y la mesa y sillas de hierro forjado. La tierra de las macetas, así como piezas de cerámica volaron por el piso de losa rojo, pero el hombre de negro se puso delante de la bolsa.

Grant, quien respiraba con dificultad, se apresuró en cuatro puntos para ponerse entre el intruso y su computadora. El agresor recogió una lata de leche grande y oxidada, y se la lanzó. De manera instintiva, se agachó y el misil voló y se estrelló en una mesa de madera sin hacerle daño. Varias frutas de papel maché decolorado cayeron al suelo. Sam miró a su atacante. El hombre de negro se detuvo por un momento, mantuvo la cabeza abajo, y respiró profundamente. El *G-man* se preparaba para otro ataque, pero el individuo en cambio se volteó y se apresuró hacia las escaleras del patio.

Sam tomó su computadora antes de que sus instintos de agente federal americano hicieran efecto y comenzara a perseguirlo. Grant vio que el individuo que lo increpó no solamente era fuerte, sino también rápido. Apenas lo podía mantener a la vista mientras se apresuraba por las escaleras en su persecución. Al llegar al estacionamiento, volteó a ver al joven de la playera de soccer tirado en la entrada con una expresión de sorpresa en el rostro. La puerta de metal que bloqueaba la salida estaba fuera de su riel.

"¡Señor, señor!", le habló el encargado. El agente federal no se detuvo. "Tenga", arrojó su bolsa a las piernas del encargado, "guárdeme esto". Al pasar de prisa por la entrada persiguiendo a su agresor, le gritó "y ¡llame a la policía! ¡Capitán Pérez! ¡La policía! ¡La policía!".

Más ligero ya sin la computadora, Grant ganó mayor velocidad, pero no lograba alcanzar al individuo. La altura lo tenía ya jadeando por más oxígeno, pero la adrenalina lo ayudaba a seguir haciendo presión. Las calles seguían desiertas, pero las ventanas de cada casa alumbraban un poco con la luz de sus televisores. Los perros callejeros se levantaron para ver el alboroto. La luz tenue del alumbrado de la calle apenas iluminaba la silueta que perseguía. Al llegar a la esquina, vio que el hombre de negro cortaba camino por la construcción del nuevo parque. Grant intentó saltar la barrera de plástico naranja que rodeaba la construcción, pero se le atoró un pie, y en vez de imitar a su atacante, cayó fuertemente al suelo. Sintió que se le había salido el aire, pero hizo otro intento de seguir antes de colapsar contra una pila de ladrillos. Inhalando aire de manera desesperada, vio a la silueta oscura salir del parque por el lado más lejano. Grant vio que el individuo hizo una pausa para verlo y después desaparecer detrás de los edificios de la esquina. Exhausto, se dejó caer al suelo junto a la pila de ladrillos. *¿Qué hubieras hecho si lo alcanzas?*, se preguntó a sí mismo. "Tú me habrías ayudado, ¿verdad?", le dijo a un perrito negro que había decidido unírsele en la persecución. El perro se sentó y movió la cola. Grant le sonrió. A su derecha, notó una silueta en una ventana. Conocía ese departamento. Es donde *ella* vivía, su figura curvilínea se iluminaba por detrás. No podía distinguir su rostro, sólo su forma. Se quedó viendo a la ventana esperando ver su rostro. Fantaseó por unos segundos antes de volver a la realidad. Ella cerró las cortinas y apagó la luz.

Las sirenas y las luces de la policía empezaron a ahogar incluso los gritos y rugidos del partido de fútbol. Dos policías auxiliares llegaron al lugar primero. Les vio el rostro y pensó que eran adolescentes. No tenían pistola, pero se notaba que traían garrotes. Uno de ellos se dirigió a él. "¿Señor Grant?".

Batalló con el problema del idioma. "*Yes*, quiero decir, sí. *The bad guy, I, uh,* el bandido aquel. ¡Ahí! ¡Ahí! Señalaba la esquina del otro lado del sitio de la construcción. Los jóvenes oficiales asentían con la cabeza y volteaban a esa dirección. "*Grant stopped him*. No, *Around.*" Grant trataba de explicar con las manos haciendo la forma de un arco, maldecía su terrible español. "No corre aquí, va en la *street*. Esto no está bien". Se castigaba a sí mismo.

"Sí", dijo el oficial mientras retrocedía a la barrera y corría por la calle. El otro oficial lo siguió. Apoyándose en manos y rodillas, Grant seguía jadeando por oxígeno ante la gran altura del pueblo. Más sirenas y luces de la policía inundaban las calles mientras media docena de patrullas rechinaban los neumáticos para detenerse en las resbalosas calles empedradas. "¡Dios! Espero que alguno de ustedes sea Pérez", exclamó.

****

Al otro lado del pueblo, alguien contestaba un teléfono público antes de que pudiera sonar por segunda vez.

-Hola.

-Soy yo – dijo la voz en la línea.

-Sí. Lo sé. ¿Qué pasó? ¿La consiguió?

-No la pude conseguir.

-¡¿Qué?!

-No pude conseguir la... información – dijo el individuo.

-¡Carajo! ¿Qué fue lo que salió mal?

-Me sorprendió.

-¿Qué?

-Él me sorprendió. Había dos habitaciones en las que tuve entrar. La suya fue la segunda que registré. No había nada ahí. Registré en todas partes. No había nada en su escritorio, nada en los cajones. Vacío. Sólo ropa sucia y cincuenta botellas de cerveza vacías. Cuando estaba a punto de irme, lo escuché venir justo antes de abrir la puerta. Lo golpeé, pero no le pude quitar la bolsa. Me hizo frente. Rodamos por el piso y rompimos algunas estúpidas macetas. Perdí el paso. Tenía que largarme de ahí.

-Es un borracho repugnante. ¿Cómo pudo--?

-No deja de ser un agente del FBI, y esos tipos tienen entrenamiento, usted sabe. ¿Qué quería que hiciera? Golpearlo en la cabeza y quizás matarlo? ¿Sabe la cantidad de atención que eso traería? ¿Tal vez a los militares?

Hubo una larga pausa. -¡Carajo! Ahora no habrá forma de llegar a él, o a eso. Pondrán policías en todo el hotel y le pondrán escoltas para donde quiera que vaya.

-¿Y qué hay del reporte original?

-Ese puede que esté "perdido", pero ese disco duro... ¡maldición! - Hubo otra larga pausa - ¿Lo reconoció?

-No, traía guantes y me cubrí el rostro.

-¿Dónde está ahora? - las sirenas seguían sonando al fondo.

-En un teléfono público.

-¿Y esa sirena?

-Nada. Hay algunas patrullas pasando por aquí.

-¿Están buscándolo?

-No, tiré la chaqueta y el gorro que traía. Ahora, soy solo alguien más caminando a su casa.

-¿En el hotel? No habrá dejado nada de evidencia, ¿verdad?

-No, fui muy cuidadoso.

-Bien. Al menos no hay nada que nos relacione esta noche.

-Escuche, dejemos todo el alboroto de esta noche por hoy y tranquilicémonos. Creo que aún sé cómo lo podemos conseguir.

-Más le vale, o esa iglesia nunca cerrará, y si la policía trae más investigadores... - Continuó haciendo como si la conversación siguiera cuando vio a alguien caminando del otro lado de la calle. Se recargó en la pequeña caseta del teléfono para oscurecer su rostro. Cuando se fueron, colgó el teléfono, y caminó varias calles hacia su carro para dirigirse a casa. Se preguntaba si regresar al hotel, pero decidió irse a casa para dormir algo. Sabía que mañana sería un día muy largo.

****

El capitán Pérez llegó a la escena del crimen aún con ropa de civil. Creía que ya se había despedido del gringo más temprano ese día. Todos los del turno nocturno llenaban las calles y las multitudes se comenzaban a reunir. Había escuchado una docena de llamadas por radio mientras llegaba. Alguien se había metido al hotel. El americano había perseguido al intruso. Ahora, lo podía ver intentando frenéticamente explicar algo a sus oficiales, sus brazos se movían por el aire y su rostro estaba rojo rubí. Cuando uno de sus hombres trataba de cruzar la barricada color naranja, el gringo lo empujaba hacia atrás. La situación era tensa. Cuando llegó al lugar, uno de los oficiales estaba a punto de sacar su gas pimienta. "Espere, Galarza". Agarró al oficial por el hombro. El agente lo saludó de inmediato.

-Hola, Pérez. ¿Salió a caminar?

-Señor Grant – Santos sonrió ante la informalidad, lo cual no es normal en Colombia, pero sabía que el agente no intentaba ser irrespetuoso. Los otros policías se alejaron un poco-. Así que, ¿qué pasó aquí? - Escuchaba mientras el gringo describía con gran detalle lo que había sucedido-. Un momento – tomó su radio y llamó a los oficiales que habían ido a perseguir al atacante. Cada uno de ellos había recorrido varias cuadras, pero no habían encontrado ninguna señal de nadie, ni nada sospechoso-. Bueno, Grant, quien sea que lo haya asaltado, se ha ido. Haré que mis hombres inspeccionen el vecindario. Tal vez alguien haya visto algo – se dio cuenta de que el agente miraba hacia una ventana.

-Grant, ¿alguien vio algo?

-Mmm, no. No, solo estaba pensando.

-Mis hombres. ¿Por qué no los dejaba cruzar la barrera? - Preguntó Pérez.

-La arena, Santos. Quien sea que haya estado en mi habitación, quien sea que haya sido a quien perseguí corrió por aquí, y eso significa...

-Las huellas de sus pasos aún están aquí.

-¡Correeeecto! - El agente alargó la sílaba mientras golpeaba su nariz con el dedo. Era un poco engreído aunque aún no hubiera recuperado el aliento.

-Un momento, agente Grant – Santos llamó a uno de sus oficiales y le dio una orden. El policía se apresuró a retirarse.

-Acabo de enviar a mi hombre a traer algo de yeso, pegamento o algo para que podamos tomar algunas muestras de las huellas. También traerá una cámara digital.

El gringo le sonrió -Perfecto, pero dígale que si no lo puede encontrar, que vaya con un dentista y traiga algo de yeso piedra dental. También necesitaremos talco, platos hondos para mezclar, y cinta métrica.

-Sí, es lo que pensé. Él sabrá qué traer – contestó el capitán.

El agente respiró profundamente -¿Este no es su primer movida, o sí, capitán?

Esos gringos y sus dichos. -No, Sam, este no es mi primer caso – su nuevo amigo sonrió de todas maneras-. OK, mientras esperamos, haré que mis hombres comiencen a inspeccionar el área – dio las órdenes necesarias a un sargento que estaba cerca, antes de voltearse hacia Grant de nuevo-. ¿Qué cree que estuvieran buscando?

El americano se limpió el rostro. -Bueno, yo creo que... ¡Mierda! ¡mi laptop! Se quedó en el hotel. Tenemos que recuperarla.

-Espere – Pérez hizo otra llamada por el radio y recibió respuesta casi al instante-. No se preocupe. Está a salvo. La tiene el gerente. Dos de mis hombres están con él. Se quedarán con él hasta que hayamos terminado aquí.

-OK. Esas son buenas noticias. No me puedo permitir perder eso, porque *eso* es lo que buscaban.

-¿Está seguro?

-Claro que sí, tan pronto me sacó de balance, fue lo que trató de alcanzar.

-¿Y está seguro de que era un hombre?

El agente sacudió la cabeza. -¿Está jodiéndome? No, quizás era una mujer de doscientas libras que me tiró hacia atrás, y me sacudió de su espalda. Y, ¿después me ganó a correr? Su voz destilaba sarcasmo.

-Bueno, usted--, - se detuvo a sí mismo, pero sabía que el americano seguía su patrón de pensamiento.

-Váyase a la mierda, Pérez. Obtenga su grado médico, pase todo el entrenamiento federal en los Estados Unidos, y entonces podremos hablar.

Pérez se sintió un tanto insultado, pero él había empezado este pleito, así que tomó el golpe verbal del gringo con calma. -Usted perdone, Grant, es que... no he dormido bien. Han sido un par de días muy difíciles, y en verdad que valoro toda su ayuda.

El *G-man* suavizó su tono. - Sí, lo sé. Eso está pasando mucho por aquí.

-Siento haber interrumpido. Así que, dígame, ¿cree que estuvieran buscando los resultados de sus pruebas de laboratorio?

-Tiene que ser. ¿Qué otra cosa? Creo que solo un par de habitaciones estaban ocupadas, y ¿quién dejaría sus posesiones de valor en la habitación al haber una caja de seguridad en el lobby? No había ninguna razón para que nadie estuviera en ese hotel, especialmente alguien forzando cerraduras.

-¿Forzó la cerradura?

-Sí, incluso la vieja cerradura de la llave maestra. Para eso se necesita habilidad. Eso no lo hizo algún ladronzuelo, es decir, un criminal común y corriente.

-Así que, quienquiera que la haya querido – observó a su alrededor, y no había nadie cerca –, ciertamente *piensa* que encontramos alguna evidencia importante en la catedral.

-Debe ser. ¿Quién se metería en tantos problemas por una laptop vieja?

Un oficial se acercó y le dio a Pérez una botella de agua. Se la pasó a Grant, quien se la bebió en solo unos cuantos segundos.

-Ahhh, el agua simple nunca me supo tan bien – le regresó la botella a Santos.

-De eso estoy seguro. Se ve como si lo hubiera agarrado la lluvia. Mis hombres rodearán el área de la construcción. Nadie entrará ni saldrá hasta que haya tenido la oportunidad de tomar algunas impresiones.

-¿Yo? ¿En serio? Yo sólo quiero dormir un poco. Después de eso, planeo subirme al siguiente avión que salga de aquí. Yo no pedí nada de esto. Yo quería unas vacaciones tranquilas en la playa, con palmeras, piñas coladas y mujeres en bikini.

A Pérez se le fue la sonrisa. Podría ser que él no la quisiera, pero el jefe había dejado en claro que quería la ayuda del americano. -Por favor, Grant. Necesitamos su ayuda. Claro que mis hombres pueden hacer esto, pero nadie de ellos tiene el entrenamiento o la experiencia que usted tiene.

-¡Dios mío!, Santos, usted no es el único que está cansado.

-Por favor. Al menos dígales cómo hacerlo y supervíselos.

-¿Y usted?

-Yo me quedaré aquí y ayudaré en lo que se pueda – Observó al *G-man* secarse las cejas. El sudor le goteaba de la frente, y de la parte posterior de su mano. La tierra de donde había caído ensuciaba el cuello y las axilas de la camisa, manchándolas de un color café obscuro. Mientras esperaba una respuesta, fue con uno de sus oficiales por más agua. Se la pasó a Grant, quien la recibió con entusiasmo.

-OK, Santos. Usted gana. Pero después de todo esto, he terminado con la investigación, ¿me entiende?

-Ciertamente, hasta le compraré una cerveza mañana para darle las gracias.

-No, gracias – se despegaba la ropa sudorosa del cuerpo –, creo que la dejaré por un rato – dijo Grant.

Mientras Santos escogía a dos de sus mejores hombres para ayudar a tomar las impresiones de las huellas como evidencia, el agente del FBI navegaba cuidadosamente en el sitio de la construcción tomando fotografías de cualquier huella, así como marcando cada posición en una libreta. Una vez que estuvo satisfecho de que había obtenido todas las huellas, incluso las suyas, explicó la siguiente parte del proceso a su nuevo equipo de CSI. Primero, tendrían que hacer moldes de las huellas que había identificado en el mapa del lugar que hizo a mano. Había encontrado más de dos docenas de lo que pensaba que eran las huellas de su atacante, pero había identificado las cinco mejores para tomar impresiones. También había encontrado otras huellas que seguían en la misma dirección. Sospechaba que fueran de los trabajadores de la construcción que habían estado ahí más temprano el mismo día, pero tenía que asegurarse de ello, así que las tomarían también.

-Disculpe, agente Grant – interrumpió uno de los oficiales –, pero si ya tomó fotografías, ¿para qué necesitamos los yesos? - Pérez lo miró con molestia, pero el agente fue amable.

-Bueno, oficial, es muy simple en realidad. El molde nos dará una impresión de tamaño real de la huella, y la foto no; si nos basáramos en la foto, tendríamos que estimar el tamaño.

Además, el molde nos mostrará cualquier pequeño corte o marca en la suela del zapato, incluso si fueran microscópicas. Asimismo, las evidencias físicas siempre serán mejores que cualquier fotografía. Mañana las compararemos a las huellas de los trabajadores para ir eliminándolas, y eso nos dejará con la que pertenece al sospechoso.

-Claro – dijo el patrullero.

Pérez observaba cuando el *G-man* le daba a cada oficial un mapa hecho a mano que señalaba todas las impresiones que quería. Los hombres se desplegaron con sus materiales. Varios grupos de gente observaban. La luz de cada ventana alrededor del área de construcción estaba encendida. Podía escuchar el roce de las palas de madera en las latas de café donde sus hombres preparaban la pasta. Siguiendo las instrucciones de su amigo gringo, esparcieron una ligera capa de talco para cubrir las impresiones antes de verter la mezcla en la paleta y hacia el costado de la impresión – una técnica que Grant aseguró llenaría los cráteres de manera uniforme. Después de darle al yeso piedra dental algunos minutos para endurecerse, observó a sus hombres raspar sus nombres, la fecha, y el número de muestra en la parte superior. Finalmente, esperaron para levantar el molde. Todo el proceso duro aproximadamente una hora.

-¿Y ahora qué, Grant? - preguntó el capitán.

-Espere unos veinte minutos, y haga que sus hombres levanten los moldes para posteriormente ponerlos en algún lugar a secar. Los pueden poner ahí, sobre esa pila de ladrillos. Sólo pongan una toalla antes, y asegúrense de que nadie las toque. Deberán estar lo suficientemente duras en la mañana para que las compare con las de los trabajadores. Consiga algo de papel de carnicero, rocíe las botas de cada uno de los muchachos, y haga que se paren en el papel. Después compárelas con las de los moldes. Eso deberá eliminar las de los que trabajan aquí.

Pérez sabía que su colega tenía una corazonada. -Pero, ¿usted sabe de quién es la huella, no?

-Él no traía botas de construcción, Santos – Grant le dio un mapa –. ¿Ve los primeros números nones? Esas son de nuestro agresor. Él traía ya sea unos tenis, o algún tipo de zapato de campo-traviesa.

-¿Puede comparar una huella con alguna en una base de datos?

-Sólo en la TV – el agente movió la cabeza de manera burlona.

-OK – Pérez se rio de su propia pregunta –. Tomaré una impresión, revisaré las de los trabajadores, y verificaré con las tiendas de zapatos locales. Tal vez alguien que trabaje allí las pudiera reconocer.

-Quizá es un Brunoi Magli.

-¿Grant?

-Oh, nada, sólo decía un mal chiste. ¿Vieron el juicio de O.J. Simpson aquí en Colombia?

-Tristemente, sí. Sus zapatos, ¿verdad?

-Así es.

Santos sonrió. -Probablemente su atacante no traía unos zapatos de diseñador de quinientos dólares. Pero verificaré con las boutiques más costosas para asegurarnos.

-Buena idea – Grant bostezó.

-Grant, ¿por qué no regresa a su hotel? Yo lo llevo.

-Está a solo unas cuadras, y normalmente me gusta caminar – estiró los brazos y las piernas –, pero después de toda la diversión de esta noche, no parece mala idea que me lleve.

Pérez dio instrucciones a sus hombres para terminar el proceso y proteger la evidencia antes de llevar al americano a su hotel. El encargado seguía al frente de la recepción resguardado por dos policías. Corrió hacia Grant, y le entregó la laptop.

-OK. Nos vemos mañana. Dejaré a los dos oficiales aquí, sólo para estar seguros.

-Muy bien. Aunque no creo que nuestro amigo regrese.

-Más vale asegurarnos. Si algún día regresara a Zipa... - estrecharon las manos – Cuídese, Sam.

-Usted también, Santos.

Pérez observó al agente cojear para bajar las escaleras hacia su habitación. Los dos policías lo siguieron. El americano había sido un dolor de cabeza, pero se alegraba de haber contado con su ayuda. Hizo una llamada por el radio y ordenó que una patrulla se estacionara en frente del hotel antes de que regresara a la escena. Aún había trabajo por hacer.

Capítulo V: Cada vez que trato de salir...

Grant empacó su bolsa y miró por última vez la habitación. Se rió de sí mismo. "*La habitación es de tres metros por tres metros, Grant. ¿Qué podrías olvidar?*". Cerró el bulto de su computadora y se dirigió a la recepción. Sabía que había estado en Zipaquirá por más tiempo, pero los últimos tres días serían los que verdaderamente no olvidaría. Era hora de irse a casa. Se detuvo un momento en la recepción para pagar su cuenta; tres billetes verdes y dos azules. Ya había despachado a los dos jóvenes oficiales que habían pasado la noche afuera de su puerta. El encargado se ofreció a llamar un taxi, pero él había decidido caminar y sólo se conformó con las instrucciones de cómo llegar a la estación de autobuses. Mientras iba caminando por el pueblo esa mañana, se percató de que era la primera vez que lo veía de día. Se maravillaba de los balcones antiguos y por las calles conservadas tan meticulosamente. Vio que un perrito lo seguía. Era su amigo de la noche anterior. "¿Tú? ¿Qué estás haciendo aquí? ¿Qué es lo que quieres, Horacio?". De inmediato nombró al perro en honor a un investigador de crímenes de una serie televisiva de ficción. La serie que estaba seguro que la mayoría de los reporteros de noticias creía que era real. "*Are you hungry?... How do you....?* ¿Cómo se dice? ¿Tienes hambre?", le preguntaba al flaco perrito. "Mírate nada más. Claro que tienes hambre". Se alegró de que aún recordara algo del español.

Respiró profundamente, y se sorprendió de lo bien que se sentía. "Ah, Horacio, un buen sueño en la noche, ese es el boleto. Perdón por haberte dejado en el parque ayer". Le sonreía al perro. "Debes estar hambriento. ¿Qué te gustaría almorzar?, yo invito". El perro movía el rabo con entusiasmo. "Muy bien, vamos". Los dos amigos se abrieron paso por el ahora bullicioso pueblo. Caminaron varias cuadras, pero el americano dio vuelta atrás antes de llegar a la plaza de la noche anterior. "Vamos, pequeño", le dijo a su nuevo compañero, "encontraremos un lugar". Los dos amigos pasearon por algunas cuadras más antes de encontrar un restaurante abierto. "Espera aquí, Horacio", le dijo a su acompañante. Regresaré con algo para ti". El *G-man* entró y tomó asiento. Un hombre mayor se acercó.

   -Buenos días, señor Grant. ¿Lo de siempre?
   -¿Qué? – Grant se despabiló –. *¿Cómo es que me conoce? ¿En verdad este pueblo es tan chico?* ¿Lo de siempre? Espere, ¿cómo sabe mi nombre?
   -¿Señor? Usted ha venido aquí casi todos los días por una semana – el mesero se le quedó viendo –, a excepción de ayer.
   Hijo de puta. Ni siquiera me puedo acordar de haber estado aquí. Observó el pequeño restaurante, y nada se veía familiar. Las paredes estaban pintadas de color blanco pálido, y decoración sólo había unos cuantos platos color terracota que colgaban a sus anchas. -Si usted lo dice – sacudió la cabeza – creo que pediré lo de siempre. ¿Qué es?
   El señor fue amable, aunque estaba un poco confundido. -Pues usted ha pedido la misma cosa todos los días, señor: sopa, filete de carne a la parrilla, y papas asadas – sonrió –, ah y cerveza.
   -¿Cerveza? – ya no estaba tan sorprendido – ¿cuántas?
   -Mmm, bueno, señor Grant – el mesero hizo una pausa temiendo ser grosero –, normalmente diez o doce.
   -¡Santo cielo! – Se reía de sí mismo –. Creo que pediré lo mismo hoy también. Pero no me traiga las cervezas. Tomaré solo café, por favor.
   -Claro que sí – respondió el hombre, y regresó con la comida en unos cuantos minutos.

   Sam comió rápidamente, dejó un pequeño varios billetes color naranja en la mesa, recogió las sobras en una servilleta y las llevó afuera para Horacio, quien había esperado pacientemente bajo un banquillo. "Aquí tienes, Horacio. Perdón de que no hay cátsup". El pequeño canino devoró los restos y comenzó a roer una costilla de ternera. "OK, Horacio, pórtate bien". Tomó sus cosas y empezó a caminar. Horacio recogió el hueso y comenzó a seguirlo. "No puedes venir conmigo, muchacho. Voy de regreso a los Estados Unidos". El perro volteó hacia un lado, y lo miró con curiosidad, pero aún lo seguía. Caminaron otra cuadra. Una vez más, trató de ahuyentar al perro. Horacio retrocedía un poco, pero al final continuaba siguiéndolo a unos cuantos pasos. Llegaron a la plaza central y Grant decidió detenerse. "OK, compañero, te voy a comprar un *hotdog*, y mientras te lo comes, yo me iré a la estación de autobuses, solo". Grant estaba seguro de que el perro había entendido. El perro soltó el hueso y se sentó. Grant puso en el suelo sus cosas, caminó unos metros hacia un vendedor para comprar el *hotdog*, y lo llevó al entusiasmado perro. "Aquí tienes. Disfrútalo. Estoy seguro de que alguien te cuidará". Tocó la cabeza del perro, pero no obtuvo ninguna respuesta, ya que Horacio estaba concentrado en la comida. Recogió sus cosas y cruzó la plaza. Apenas había dado algunos pasos cuando dos camionetas de la policía dieron vuelta en la esquina cercana a la iglesia central y se dirigieron hacia él. Rechinaron los neumáticos para detenerse justo en frente de él. *¡Qué demonios!*

    Sonrió cuando vio al pasajero en el vehículo líder. -Hola, Santos – dijo de manera irónica mientras el capitán de la policía se bajaba del vehículo.

    -Hola, Sammuel, ¿cómo le va?

    -Bien. De camino a la estación de autobuses. ¿Qué lo trae por acá en un día tan hermoso? – miró al cielo y entrecerró los ojos ante el sol radiante.

    -Sí, está bonito el día. ¿Dónde están los hombres que deberían estar cuidándolo?

    -Los mandé a casa. No necesito niñeras. Además – levantó su maleta más alto –, ya me voy de aquí. Voy de camino a la estación ahora mismo. ¿Vino a despedirme? Pudo haber llamado solamente.

    -Ese es el asunto, Sam – Pérez intercambió miradas con uno de los oficiales –. No puede irse ahora.

    -¿Qué? ¿Que no me puedo ir? ¿De qué está hablando? ¿O qué, estoy bajo arresto?

    -No, claro que no. Es sólo que necesitamos más de su

ayuda.

-¡Hombre! Ya recogí la evidencia en la escena del crimen. Ya hice los análisis. Fue inútil ¿Qué más puedo hacer?

-Necesitamos que realice una autopsia.

-¡¿Una qué?! Ah, no. Tiene que estar bromeando.

-Lo siento, es--

-¿Una autopsia? ¿En verdad? ¿No pueden hacer eso en Bogotá?

-Es por la bomba. Todo está atrasado y Cárd--, quiero decir, el general quiere que se haga ya mismo.

¿Cárdenas? ¿Por qué tiene tanta prisa de que esto se haga ya? Sacudió la cabeza –No lo sé, Santos. Eso es un dolor de cabeza mayor, y ni siquiera tengo licencia en Colombia. Tal vez podrían mandarme a la cárcel – dejó caer su bolso al suelo.

-No se preocupe por eso, ya todo está arreglado con el gobierno.

-¿Está seguro de que no hay nadie en Zipaquirá que lo pueda hacer? Eso es como una especialidad, aunque no es tan complicado. ¡Carajo! Algunos forenses que lo hacen en los Estados Unidos ni siquiera son doctores.

-Preferimos a alguien con su entrenamiento y su experiencia. Tenemos un doctor que le dejará usar su consultorio, pero él es un médico general y no tiene experiencia forense. Por favor, Sam. Necesitamos de su pericia. Usted es nuestra única opción en este momento.

Por costumbre, Sam miró su reloj. -Creo que se siente bien sentirse necesitado.

-Entonces, ¿lo hará?

-Lléveme, capitán.

****

Grant sabía que una traducción simple del griego de la palabra "autopsia", sería "ve por ti mismo", y realizaba cada una con esa actitud, aunque hacía ya tiempo desde la última vez que había realizado una autopsia. Sabía que todos los involucrados en el caso, y probablemente todos en Zipaquirá, tenían su propia opinión de lo que había pasado, pero su entrenamiento como patólogo le había enseñado que se tenía que enfocar en la verdad de la ciencia, en vez de en la conjetura. Había aprendido hace mucho a poner sus opiniones propias a un lado y a seguir los datos científicos.

Después de unos minutos en el vehículo de la policía, se detuvieron en una pequeña clínica. Si Pérez no se hubiera detenido, el agente del FBI no se habría dado cuenta. La clínica estaba en medio de un salón de belleza y de una pequeña bodega. Grant notó que había un refrigerador lleno de cerveza, en hileras de cinco. Se alegraba de tener algo más en qué concentrarse en lugar de tomar. Llevaba sin tomar apenas un poco más de veinticuatro horas, y las ganas de tomar le seguían carcomiendo. Un hombre con una bata blanca esperaba al frente. Dos policías bien armados estaban a su lado. La luz del sol se reflejaba en los excelsamente pulidos cañones de sus fusiles. Ambos saludaron al capitán asintiendo ligeramente con la cabeza. Estaban allí para su protección, no para hacer cumplidos.

Al irse acercando al hombre, Grant pudo leer lo que estaba bordado a la altura del pecho, en su bolsillo, "Dr. Alberto Guzmán León". Santos los presentó. "Dr. León, él es el agente del FBI, Samuel Grant. Sam, él es el Dr. León". Estrecharon las manos mientras Pérez continuaba. "Esta es su oficina. El doctor ha sido muy amable al dejar que se utilice para la autopsia".

-Gracias, doctor.
-Es un placer, agente Grant.
-Por favor, llámeme Sam.
-Muy bien – sonrió Guzmán –, agente Grant. Entremos. El cuerpo ya está aquí. Nunca he hecho una autopsia, pero creo que todo está listo.

Los tres hombres entraron a la oficina. El área de espera estaba vacía y una joven enfermera, quien vestía un uniforme que le quedaba al menos una talla más chica, les detuvo la puerta que los llevaba a la parte posterior del lugar. Grant siguió a Guzmán a una habitación al fondo del edificio, donde éste abrió una puerta con un letrero improvisado con un marcador negro que decía "Autopsia". Ya adentro, en el centro del cuarto, yacía un cuerpo cubierto con una sábana blanca en una mesa plegable grande, cuya superficie estaba cubierta con papel encerado. El cuerpo se veía casi plano. Un conjunto de artículos necesarios para la autopsia había sido reunido apresuradamente: unas cuantas cubetas de metal habían sido colocadas bajo la mesa, varias bases para fórceps, sierras quirúrgicas, recolectores de fluidos, una báscula electrónica, así como diferentes piezas de equipo quirúrgico que habían sido colocados en una charola elevada, junto al cuerpo. Una lámpara colgante de acero inoxidable emitía una luz blanca en la sábana. La lámpara tenía un micrófono pegado con cinta adhesiva; su cable estaba enrollado en la cadena que la sostenía, y daba a la grabadora digital, que a su vez estaba atada a la lámpara con hilo quirúrgico. La sangre ya había empapado la sabana y se había producido una imagen del Sudario de Turín en color rubí. El cuerpo había tomado ya un color de algodón de azúcar bañado en ácido.

-Es nueva – dijo el Dr. Guzmán –, la lámpara pasada era solo una bombilla vieja atornillada al techo.
Grant sonrió. -Buena idea, doctor. Debió haber leído mi mente – le dijo a su colega médico.

A su derecha, las luces de la máquina de rayos X parpadeaban alternando los colores rojos y verdes. Una asistente que ya vestía protección para la radiación, estaba al pendiente. Grant se sentía como en un garaje adaptado y sabía bien que no eran las mejores instalaciones, pero se las habría de arreglar con eso.

-Me imagino que este es el sacerdote – señaló la mesa, mientras observaba de reojo a Santos persignándose.
-Sí, lo entregaron hace aproximadamente una hora. Lo colocamos aquí y lo cubrimos. Esta es mi primera autopsia,

Grant. Espero que hayamos hecho lo correcto.

-Dr. Guzmán – se acercó al cuerpo –, eso es exactamente lo que tenían que hacer – se acercó a la mesa y haló la sábana. De manera inmediata, tuvo recuerdos recurrentes de la escena del crimen. El cura se veía justo como lo había dejado el día anterior. La única diferencia era que la sangre en su rostro se había secado y se había embarrado en los ojos. Grant se alegró. No importaba cuántas autopsias hubiera hecho, los ojos de cadáveres viéndolo directamente siempre le habían causado incomodidad. *Dios, por favor déjame morir con los ojos cerrados.*

Grant caminó hacia un pequeño lavabo en la pared al fondo de la habitación, y comenzó a lavarse. En una mesa, junto al lavabo, había varias botellas de antiséptico quirúrgico y guantes de hule. Ya casi por terminar, se dio cuenta de que el otro doctor no había hecho lo mismo. "Dr. Guzmán, ¿le importaría ayudarme? En realidad me vendría muy bien su ayuda".

-Claro que sí. Gracias – Sam podía darse cuenta de que el médico general estaba un poco sorprendido, pero emocionado con la oferta.

-De acuerdo, lávese y comience por encender la grabadora. – Volteó hacia al capitán –. Esto puede llevar algunas horas, Santos. Se puede quedar si gusta, pero no será agradable. ¿Por qué no sale a comer su lunch? - Observó cómo se estremecía la manzana de Adán de su amigo.

-De hecho, hay otras cosas que debo atender – tomó su celular –. Haga que el Dr. Guzmán me llame cuando haya terminado.

Grant sonrió, y por poco suelta una carcajada. -Seguro que sí, Santos. Sé lo atareado que es un trabajo de capitán de la policía – observó al capitán retirarse rápidamente antes de regresar su atención a la mesa. Guzmán lo esperaba –. OK, doctor, empecemos.

-¿Por dónde empezamos, agente Grant?

-Llámeme Sam, por favor.

-Perdón, Sam. ¿Por dónde empezamos? Ya encendí la

grabadora.
　　　-Bien. OK. Comenzamos con un reconocimiento externo. Por favor, quite completamente la sábana – Guzmán siguió la instrucción. Mientras Grant examinaba el cuerpo, hablaba lentamente a propósito, asegurándose de que la grabadora capturara cada palabra.
　　　-El sujeto es masculino, es adulto, blanco, de aproximadamente setenta y cinco años. Confirmar y obtener edad correcta. El cuerpo muestra señales obvias de la edad, pero está bien nutrido. El cuerpo mide setenta pulgadas y pesa... ¿lo pesó?
　　　-Sí. 72.4 kilos – respondió el doctor colombiano.
　　　-El cuerpo no ha sido embalsamado, pero está bien conservado, y está frío al tacto. ¿Estuvo refrigerado?
　　　-Sí. Ha sido mantenido en frío desde anoche. El cuerpo ha estado aquí, en este cuarto, por unas dos horas.
　　　-Habla inglés muy bien, doctor.
　　　-Gracias. Estudié en Panamá, pero los cursos eran en inglés
　　　-Muy bien, es bueno saberlo – comentó el agente –. ¿Dónde nos quedamos? Ah, sí. El cuerpo esta frío al tacto debido a la refrigeración previa. El rigor *mortis* parece haber sido desarrollado en todos los grupos musculares mayores. La piel muestra abundantes señales de trauma, incluyendo laceraciones posiblemente causadas por una fuerza exterior – como el resto del pueblo probablemente había ya escuchado, él sabía exactamente qué había sido esa fuerza.
　　　-El cabello del cuero cabelludo es gris y mide hasta dos pulgadas y media de largo en la parte frontal, y hasta cuatro pulgadas de largo en la parte central y posterior de la cabeza – Raspó la sangre seca de los ojos –. El iris de los ojos es café y las pupilas son iguales, cada una midiendo 0.5 centímetros de diámetro. La córnea izquierda está limpia, pero la derecha está llena de sangre. La nariz y la boca están intactas, y los oídos externos no muestran lesiones. Al parecer, hubo perforaciones en el oído derecho; pero no hay presencia de aretes o joyas – pausó para tomar aire –. ¿Está de acuerdo, doctor Guzmán?
　　　-Sí, pero ¿qué hay acerca del pecho?

-Ya llegaremos a eso – el americano siguió describiendo el cuello y los hombros del cadáver del cura antes de volver a ver a su colega –. ¿Cómo describiría el pecho, doctor?

-Bien, obviamente ha sufrido un traumatismo mayor. La caja torácica y algunos órganos están expuestos. La cavidad torácica no tiene más de doce centímetros de elevación.

-¿Doce centímetros?

-Sí. Eso es aproximadamente... – Guzmán pausó para hacer un cálculo mental – Cuatro pulgadas.

-Ah, muy bien – dijo Grant –, el abdomen plano parece no tener ninguna lesión adicional. Los genitales parecen con desarrollo normal para un adulto masculino. No hay señal de lesión. Espere, ¿qué tenemos aquí?

-¿Doctor?

-Eche un vistazo, Dr. Guzmán, ¿qué le parece que sea eso?

-¿Acaso son...?

-Así es.

-¿Verrugas genitales? ¿En un cura?

-Ciertamente. Al parecer el padre Quinn rompió al menos uno de los mandamientos.

-¡Que bárbaro! - Guzmán se persignó

-Un poco tarde para eso, doctor. Necesitaba eso hace años. Lo bueno es que estamos usando guantes de hule, pero qué tal si – Sam dejó el chiste de lado –. OK, de regreso al examen. ¿Quiere continuar?

-Claro que sí. Gracias.

-Tal vez quiera cambiarse de guantes primero.

-Sí, un momento.

Sam sonrió cuando su colega continuaba con la inspección.

-Este es el Dr. Alberto Guzmán León en la autopsia del padre Phillip Quinn. Las extremidades superiores son simétricas y no presentan lesiones, excepto por los hombros. Las uñas de las manos se presentan largas y limpias. Los brazos no tiene señas particulares, excepto por un pequeño tatuaje en el antebrazo izquierdo. Al parecer tiene forma de un triángulo, como un laberinto dibujado en una línea.

-¿Qué? – Grant había estado siguiendo la descripción del cadáver, aunque casi como un observante desinteresado. Pero la descripción del tatuaje lo sacudió.
-¿Agente Grant?
-¿Puede repetir eso?
-¿Qué?
-La parte acerca del tatuaje
Las manos de Guzmán temblaban mientras angulaba la luz para dirigirla al brazo. -Mmm, creo que es un triángulo. Desteñido. De color azul. Al parecer está hecho en una sola línea.

Grant se acercó y tomó el brazo del difunto cura. Se quedó viendo la marca. -¿Sabe lo que esto significa, doctor. Guzmán?
-No, ¿qué es?
-Este hijo de puta era un pedófilo.
-¿Qué? ¿Se refiere al cura? ¿Cómo así?
-No soólo soy patólogo, también soy investigador. Y he trabajado en suficientes casos de niños perdidos como para saber lo que eso significa. Es un pedófilo. Le gustaban muchachos jóvenes. Eso – levantó el brazo a la luz – es una señal para otros como él.
-Así que, ¿es un pederasta?
-Ciertamente parece de esa manera – dejó caer el brazo del cadáver y azotó fuertemente en contra del papel encerado. El sonido estalló en toda la habitación.
-Pero... ¡era un sacerdote!
-¿Acaso no lee las noticias? La mitad de los malditos curas en Estados Unidos son timadores.

Guzmán solo podía asentir con la cabeza mientras Grant tomaba una fotografía.
-¿Observó alguna otra marca?
-No, solo esa.
-Bien. Entonces, continúe y termine la inspección externa para luego ponernos a trabajar en serio.

Grant esperó a que su colega inspeccionara el resto del cuerpo. El colombiano no encontró ninguna otra característica distintiva.

-Póngase la máscara, doctor. Guzmán – le dijo Sam mientras tomaba un bisturí de la charola –, estamos a punto de echar un vistazo por dentro de este pedazo de mierda.

Hizo una incisión en el cuerpo en forma de "Y" desde los hombros, pasando por la parte media del pecho, y llegando a la región pélvica. En varios puntos, tuvo que sostener y estirar la piel en el torso plano. Ambos notaron que, con la excepción del traumatismo exterior, los órganos tenían una apariencia normal. Cada órgano fue removido y pesado. Tomó muestras de cada uno para pruebas posteriores antes de rebanar el hígado para examinarlo internamente.

-El hígado está graso, lo que sugiere una vida de consumo excesivo de alcohol – dijo Sam mientras veía a su colega –, es probablemente lo que dirán en mi autopsia. – El doctor Guzmán sonrió de manera incómoda. Grant cortó con la sierra quirúrgica a través la caja torácica y continuó– los cartílagos habían comenzado a convertirse en hueso. Este efecto es consistente con la edad – tomó una muestra de sangre del corazón –. Doctor Guzmán, fuera de la presión exterior que lo aplastó, el cuerpo parece normal, ¿no es así?
-En mi opinión, así es. Estoy de acuerdo.
-En este caso – el americano se aseguró de hablar directamente al micrófono –, veamos el cráneo. Tendremos que utilizar la sierra quirúrgica sólo un poco, porque alguien ya hizo la mayor parte del trabajo por nosotros – inmediatamente comenzó a remover fragmentos de hueso de un lado del cráneo. Inspeccionó cada uno visualmente antes de colocarlos en una charola –. Por favor, que su asistente tome radiografías de rayos X de los fragmentos – le dijo a Guzmán.

Se bajó la máscara para respirar profundamente en el aire impregnado con formaldehído y secarse el sudor. Volvió a colocarse la máscara y continuó con la autopsia. Cortó la piel que quedaba en el cráneo. Removió cuidadosamente el cerebro y lo pesó.

-El cerebro sufrió lo que parece una contusión grande en el lado derecho, consistente con un golpe sólido. De ahí en fuera, parece normal – lo colocó en una charola –. Por favor que también le tomen placas de rayos X.
 -Tomará unos minutos.
 -OK, en ese caso, voy a salir un momento para respirar aire fresco. Llámeme cuando estén listos los rayos X.

Grant se quitó los guantes de hule y dejó el cuarto. Una vez fuera, respiró profundamente. Se quedó viendo al mostrador con cervezas en la bodega contigua. *Podría tomarme solo una, ¿o no?* Se acercó a la puerta cuando algo le sorprendió. Escuchó un ladrido agudo. Volteó a la calle y vio a Horacio caminando hacia él. Sacudió la cabeza por la sorpresa "¡No es posible, Horacio! ¿Cómo me encontraste aquí?". Su amigo canino se sentó y lo miró. "Este pueblo sigue haciéndose cada vez más chico", comentó el agente. Miró cómo el perro callejero se mojaba los bigotes, "¿Aun tienes hambre?". El perrito movió la cola. "Increíble, sin lugar a duda, un pueblo muy chico, amigo". Se rascó la frente. "OK, déjame ver qué tienen por aquí". Entró a la bodega y buscó en el mostrador, donde además de cerveza, tenían diferentes cortes pequeños de carne y algunas salchichas. Compró una salchicha y se la dio afuera. Pedazo por pedazo fue alimentando al perro sarnoso, mientras éste veía el refrigerador.

-Señor Grant – la recepcionista le rompió la concentración –, el doctor Guzmán ya tiene los resultados.
 -¿Ah?, OK – no conocía a la mujer, pero algo le hizo sentir culpable de que lo había sorprendido viendo el alcohol de esa manera. Pidió dos Coca-Colas para mitigar ese sentimiento. Siguió a la mujer de regreso al cuarto de la autopsia –. Tú te quedas aquí, Horacio. Tengo que trabajar – el perro apenas quitó la vista de las sobras.
 Una vez adentro, le dio a Guzmán una soda. -Creo que encontramos algo interesante – dijo el colombiano.
 -¿En verdad?
 -Sí, ¿ve esto? – puso una placa en la lámpara –. Esta es la

placa de los fragmentos del cráneo.

Grant vio de inmediato un pequeño punto brillante que indicaba algún tipo de material ajeno.

-Y esto – Guzmán colocó otra placa junto a la primera –, es del cerebro.

-Esos puntos. No son naturales.

-No, es lo que pensé. Me tomé la libertad de removerlos mientras estaba afuera – y los señaló en una pequeña charola de acero inoxidable.

Grant dejó su soda y caminó hacia la mesa. Inspeccionó los contenidos de la charola con una lupa. - Posiblemente sean fragmentos de oro, pero diré que es oro de los tontos, pirita.

-Sí, también yo creo que son piezas de pirita. ¿Cómo lo supo?

-Bueno, me enteré de eso en la mina ayer. Esta por todo Zipaquirá, ¿verdad?

-Sí. Está en los cerros y en las minas del área.

-¿Algo más?

-Había rasguños y perforaciones en algunas de las piezas de hueso. Hice una nota en la grabadora.

-¿Y del resto del cuerpo?

-No fue fácil, pero tomamos radiografías de todo el cuerpo. No observé nada más fuera de lo ordinario, claro, quitando lo del torso destrozado – le pasó un sobre manila tamaño legal.

Grant revisó todas las placas de rayos X y confirmó los hallazgos de su colega. -Buen trabajo, doctor – estrechó la mano de su colega –. Ahora encontremos a Pérez. Estoy seguro de que querrá un reporte completo.

****

Llegaron a la entrada principal de la planta de sal y se detuvieron en la puerta. Mientras esperaban a que el guardia les diera permiso para entrar, Grant estudiaba un gran mapa que mostraba los suelos del lugar. No podía hacerse una idea precisa del tamaño del lugar basado el mapa, pero era obvio que las instalaciones cubrían cientos de hectáreas.

-Eso es muchísima sal – dijo en voz alta.
-¿Qué? – preguntó Santos.
-No, nada. Hablaba conmigo mismo.

Después de revisar las acreditaciones de Santos, el guardia les dio paso y siguieron las flechas hacia el edificio administrativo. Se detuvieron varias veces para ceder el paso a los enormes camiones amarillos de desperdicios y a los tractores que hacían ver pequeña su camioneta tipo "pickup". Le recordó a Grant los juguetes Tonka con los que jugaba cuando era un niño. Un vehículo todoterreno de la policía estaba estacionado al frente del edificio administrativo principal. Dos oficiales de la policía armados con rifles semiautomáticos flanqueaban ambos lados.

-Ese es el auto del general – dijo el capitán.
-Fue lo que pensé – respondió Grant.

Entraron al edificio y subieron las escaleras hacia el piso ejecutivo. La secretaria les sonrió y les mostró la puerta, ya abierta, de la oficina del Director Ejecutivo, la cual cerró detrás de ellos. Grant observó el lugar. No tuvo tiempo para admirar las grandes piezas de arte en las paredes adecuadamente. No era crítico de arte, pero se dio cuenta de que las piezas eran de calidad con tan sólo verlas. Había pasado mucho tiempo en museos de Washington y había visto trabajos de algunos de los más grandes artistas del mundo. Estaba seguro de que las piezas eran originales. De manera extraña, pensó Grant, había una impresión de la Última Cena de Miguel Ángel entre las obras, la cual era más pequeña que todas las pinturas al óleo.

También había un gran número de piezas a lo largo y ancho de la oficina y notó que había una colección de artesanías indígenas en una mesa. Había máscaras, figuras de oro, varias espadas, y lo que parecía un cetro ceremonial, una pequeña pieza de pino del tamaño de un bate, decorada con varias piedras y conchas. Se veían justo como las copias que había visto a la venta en el pueblo, pero podía reconocer que estas piezas no eran de oro de los tontos. Algo le llamó la atención y se acercó a tocarlo.

—Agente Grant – dijo Cárdenas –, esas son artesanías genuinas, por favor no las toque.

Sam retiró las manos instintivamente. Se sintió como niño regañado, y eso no le pareció una actitud amable. Le dio la cara al ejecutivo. -Perdone, no lo sabía. Normalmente, si un artículo es importante para alguna cultura, debería estar en un museo para que todo mundo lo pueda apreciar, no en la oficina de alguien – le sostuvo la mirada y estaba preparado para que el director de la mina le respondiera al menos con un "váyase a la mierda".

El General percibió la tensión, que era obvia, e intervino. -Por favor, caballeros, ¿nos podemos concentrar en la razón por la que estamos aquí?

El *G-man* respiró profundamente. Cárdenas no dejó de mirarlo fijamente. Grant se dio cuenta de que el ejecutivo y él tenían una estatura y un peso similar. Ambos trataron de exaltar sus cualidades físicas. La tensión era palpable. *No hay necesidad de intensificar esto*, Grant pensó para sí mismo. -¿Tiene agua?

-Por supuesto – Cárdenas bajó la guardia, pero sólo por un momento –, a menos de que prefiera algo más – las implicaciones eran obvias para todos los presentes.

-No, gracias – Grant se propuso mantener la compostura –, sólo agua.

-¿Alguien más? – Santos y el general aceptaron moviendo la cabeza.

-Muy bien, por favor siéntense – dijo Cárdenas antes de pedir a su secretaria que trajera el agua.

El general tomó la palabra primero, pero era obvio que era la junta de Cárdenas. -Agente U.S. Grant, sus últimas veinticuatro horas han sido muy interesantes, ¿no es así? Siento que haya sido la víctima de un ataque. Lamentablemente, incluso las calles de Zipaquirá tienen problemas a veces – dijo con un tono casual y amigable.

-Sí, creo que se pudiera decir eso – Grant no estaba sorprendido de que el general supiera de lo del ataque, aunque sí lo estaba un poco de que lo dijera en frente de Cárdenas.

-¿Lo lastimaron?

-No, general, solo un par de moretones por aquí y por allá. Nada serio.

-¡Qué bueno! Usted es un *invitado* aquí en Colombia. No nos gustaría que se fuera de aquí con malos recuerdos.

Grant notó que Cárdenas sonrió por un momento. Hizo como si tosiera y levantó la mano para cubrir su boca. Era obvio que el énfasis en "invitado" era intencional y que había surtido efecto. Sam anheló estar en casa aún más.

La secretaria entró a dejar el agua, sirvió un vaso grande a cada uno antes de salir. Álvarez preguntó acerca de la evidencia. Grant escuchaba a Santos explicar cómo fue lo de haber tomado las impresiones de los zapatos y cómo las compararon con las de los trabajadores.

-Pero, el zapato en sí mismo, el--

-Bueno – el *G-man* interrumpió –, hicimos una copia de la impresión. La mandé por fax a un amigo en Quantico – observó a Cárdenas –. Es ahí donde analizamos la evidencia. La va a analizar en la base de datos de impresiones de zapatos, y me dirá qué encontró, tan pronto sea posible. El sistema tiene una tasa de éxito del noventa y nueve por ciento. Me imagino que sabremos algo en unos cuantos días.

-Pero usted dijo--

Grant interrumpió una vez más. -No se preocupe, capitán. Lo pedí como un favor. Él me debe una – su amigo lo vio con rareza. Sam continuó –. Pero ese es únicamente un tipo de evidencia. Es una buena forma de identificar sospechosos, pero se necesitará mucho más trabajo de investigación en el campo para poder resolver el caso.

Grant notó que Cárdenas se impacientaba, ya que estaba golpeando ligeramente con los dedos la orilla de la mesa.

-Y, ¿qué hay de la autopsia? – preguntó el ejecutivo, no a Grant, ni al capitán, sino al general Álvarez. Sin embargo, todas las miradas se centraron en el agente.

Grant sabía que querían su reporte y el americano tomó esta oportunidad para regresar la falta de respeto anterior. Se inclinó un poco para levantar su vaso de agua. De una manera dramática, tomo un trago muy largo antes de detenerse a contemplar el mismo. Le costó trabajo no hacer un fuerte sonido de "ahhh" antes de poner el vaso de vuelta en la mesa. En realidad, sí estaba sediento y necesitaba el agua, pero el drama fue para Cárdenas. -En realidad no tendremos nada definitivo, sino hasta que regresen los resultados de las pruebas. Las pruebas de toxicología pueden tardar semanas. Pero, en su mayor parte y considerando su edad, él era un hombre sano.

-Entonces, ¿no tienen nada? – dijo Cárdenas.

-¿Sabe qué? No necesito esta mierda. General, no quiero faltarle al respeto, pero estoy haciendo esto como un favor y no aguantaré insultos de este... – se mordió la lengua y dejó la reunión furioso.

Cuando Santos salió, sólo pudo sacudir la cabeza en desapruebo. Grant sabía que Santos estaba molesto, pero esperó hasta que estuvieran en el vehículo y pudiera encender un cigarrillo antes de dirigirse a él. -Lo siento mucho, ¿Santos?

El colombiano permaneció en silencio.

-Dije que lo sentía.

-Lo escuché.

El silencio se prolongó du8rante el camino.

-Ha sido un día largo y permití que ese tipo me afectara. Eso fue todo.

El policía encendió un cigarrillo. -Vamos, lo llevaré a su hotel.

****

El ejecutivo de la mina caminó con el general de la policía a su auto. -Lo siento muchísimo, general Álvarez – dijo fingiendo arrepentimiento –, no debí haber generado antagonismo con el gringo.

-Bueno, señor Cárdenas, al menos él terminó la autopsia antes de que todo esto pasara.

-¿Ha visto el reporte final?

-Aún no, estoy seguro de que el capitán Pérez me lo entregará de inmediato, y entonces lo mandaré a las oficinas centrales en Bogotá.

-Agradecería que me mantuviera informado.

-Lo haré, siempre y cuando eso no ponga en riesgo la investigación.

-Por supuesto, general – contestó mientras le abría la puerta.

-Buenas noches, señor Cárdenas.

Cárdenas cerró la puerta y observó al general alejarse en el vehículo. Su celular vibró en su bolsillo: "ven al museo".

"¿Ahora qué?", dijo en voz alta. Llamó por teléfono a su secretaria y le dijo que podía activar el correo de voz y salir temprano, que tendría que atender una junta que no estaba en su calendario.

Las calles del pueblo comenzaban a vaciarse, las tiendas cerraban y la gente comenzaba el camino de regreso a casa para cenar con la familia. Pasó por la nueva plaza, y no pudo evitar mirar las botas de los trabajadores de la construcción mientras éstos se subían a un viejo autobús escolar que los llevaría al pequeño vecindario de chozas que ensuciaba las colinas alrededor del pueblo. Unos minutos más tarde, se detuvo en el estacionamiento del museo de la mina, que ya estaba desierto.

Entró usando la llave maestra y puso el seguro una vez adentro. Pasó junto a varias pinturas al óleo antiguas que mostraban las diferentes eras de la historia colombiana. Rara vez visitaba museos, pero cuando lo hacía, tomaba su tiempo para admirarlos, especialmente la obra maestra de la artista indígena, Nagely Rosario. Sobresalía una obra donde había un gran sol iluminando tres figuras Muisca. Una mujer –que él siempre imaginaba que era Guasá, pero que cuando conoció a la artista, ésta fue evasiva al respecto– parada en agua salada sosteniendo la mano de su hijo. Dos grandes serpientes verdes rodeándoles, y junto a ellos, un guerrero sosteniendo un cetro ceremonial de oro sobre su cabeza, mientras flotaba sobre una balsa cargada con vasijas color terracota derramando sal y oro. Todos vestían solamente un pequeño taparrabos tejido y un talismán de oro alrededor del cuello.

Siempre lo tomó como un símbolo de cuando los indígenas fueron echados del Edén por su adoración de la tierra. "Si ese es el caso", dijo en voz alta, "me voy con gusto". Subió unas escaleras que llevaban al salón principal, donde se mostraban prendas, herramientas, vasijas de barro y diferentes artesanías precolombinas de toda la región.

Llamó a Chamí, "Chamión, ¿dónde está? ¡Chamí!". Observaba una vitrina inclinada cuando Chamí salió de abajo de la misma. Su ropa estaba empapada de sudor y cubierta de sal.

-Estaba esperándolo en el túnel. ¿Se estacionó afuera?
-Bueno, no puedo correr por la mina en un Armani, ¿o sí?
-¿Qué hay de la encargada del museo?
-No se preocupe, ya se fue a su casa. ¿Qué demonios hace usted en el museo?
-Tenía que evadir el interior de la mina. Me empezaba a preocupar de que alguien eventualmente me viera.
-Esté tranquilo, hermano. La investigación está por concluir y todo volverá a la normalidad.
-¿La compañía le permitirá cerrar la catedral?
-No, eso no sucederá.
-Entonces fracasamos.
-Quizás por ahora, Chamí – Cárdenas contestó –, pero tendremos otras oportunidades.
-¿Y el gobierno?
-Mucho dinero de los impuestos. Ellos también la quieren abierta.

-¿Y la FARC?
-Ellos dicen tener otras prioridades. Tuvimos suerte de obtener la bomba que conseguimos.
-¿La que mantuvo al agente del FBI en Zipa?
-Hicimos lo que pudimos. Al menos el bastardo del cura está muerto. Eso es algo. No le hará daño a nadie más, Chamión. Todo mundo está a salvo ahora.
-¡¿A salvo?! ¡¿A salvo?! Usted siempre ha estado a salvo. Yo he sido el que ha padecido – las lágrimas se formaban en los ojos del profesor.
-Tiene que ser valiente, Chamí. Esos días han terminado.
-¡Fue ese gringo hijoeputa! ¿Por qué lo mantiene aquí?
-Mire, es un ebrio. Usted lo vio por todo el pueblo en la semana. Es mejor hacer que trabaje con Santos, en lugar de algunos de esos fascistas del gobierno de Bogotá.
-¿Y el reporte forense?
-¿Quiere decir la autopsia?
-Sí.
-No se preocupe, hasta donde tengo entendido, no tienen nada. Si encontraran algo, nos las arreglaremos para detenerlos.
-¿Qué quiere que haga?
-Nada. Lo mejor que se puede hacer es no llamar la atención. Quizás debería quedarse aquí hasta mañana.
-Podría salir por la puta torre de escalar.
-No, estoy seguro de que la policía está buscando en el parque, y es probable que los helicópteros pronto estén volando el área.
-No puedo dormir en el museo.
-Bien. ¿Tiene su equipo de minero y su identificación?
-Sí, en mi mochila.
-OK, espere hasta el inicio del siguiente cambio de turno y baje para dirigirse a mi oficina. Mi secretaria ya se fue. Puede quedarse ahí. Hay mucho que comer en el refrigerador. Podrá regresar a su camioneta en la mañana.
-De acuerdo. Me quedaré ahí toda la noche.

Sin decir más palabras, el profesor de antropología bajó a

la mina. Cárdenas manejó a su casa mientras se preguntaba en qué terminaría todo.

****

Una suave luz blanca iluminaba el abismo en donde el santuario había sido colocado. Más de una docena de cascos mineros de barro, cada uno hecho a mano, representaban cada vida brindada a la mina. Cada uno había sido marcado con tintas hechas de plantas e insectos locales. Uno tenía sólo una franja al descubierto en medio, otro tenía una línea ondulada que aludía a las aguas bautismales que se filtraban en la catedral. Otro tenía la huella de un jaguar. Todos ellos rodeaban una gran roca de pirita sobre la cual colgaba un antiguo pergamino que conmemoraba su sacrificio. Chamí lo había leído un millón de veces y podía recitar de memoria la proclamación que reconocía el sacrificio de todos los hombres que habían muerto en la mina, la tierra, y el campo:

Son raíces, son pieles,
son hojas, son animales,
son símbolos -Muisca-
son minerales,
son semillas,
son gente...
Quienes han dejado su marca en sus cascos,
cascos que han sido olvidados.
Cascos pertenecientes al hombre que se enfrenta
a la roca para darle forma
y que la convierte en un mundo de oscuridad.

Mientras se adentraba más en la mina, no pudo evitar persignarse cuando se detuvo frente de la escena de la natividad. Hecha de sal, como las otras obras, muestra un ángel de más de dos metros que parece flotar sobre el niño Jesús.

Figuras de María y José lo adoran en los lados, sus rostros y sus batas fueron tallados de manera intrincada para mostrar los detalles más finos. Sus ojos parecen seguir a los visitantes que pasean en la catedral. Un buey y un burro se observan en la parte de atrás. La luz que se proyecta desde el pesebre ilumina la oscura caverna y refleja grandes sombras contra el solemne fondo de la escena. Era el lugar más popular de la catedral donde los peregrinos se detenían a arrodillarse y a rezar antes de cada misa.

Cuando escuchaba voces, se colaba a un pequeño cuarto, justo afuera del templo principal, donde se podía ver lo que parecía ser otro altar. Bajó las escaleras y llegó al piso hundido, que estaba cortado y pulido de una manera que lo hacía parecer azulejo. Al irse acercando al centro, pudo darse cuenta de que lo que pensó que era otro altar, era de hecho otra pileta bautismal. La pileta de nueve pies cuadrados descansaba llena de agua bendita sobre una base ornamentada. Frente a ella, había un portal de cristal que expone el agua que emana de la tierra en la catedral, y que fluye por debajo de sus suelos. Detrás, una pared que había sido dejada intacta, que permitía a sus cráteres mostrar las sales en su estado natural. Era porosa y agrietada, con una superficie con partes claras y oscuras donde la sal y la roca habían colisionado. Tenía un tono morado, resultado del reflejo de una luz cercana. En la parte alta, había dos manchas inexplicables de color rojo oscuro que arruinaban la superficie. Eran un recordatorio de origen natural de los estigmas de Jesús.

Viró a la derecha, pasó el altar principal, bajó por una rejilla de la catedral y entró a la mina. Pasó junto a una fila de baños portátiles intencionalmente antes de agacharse por detrás de éstos, y abrir una puertita que estaba construida con el objetivo de lucir como si ésta sellara un pozo abandonado de la mina. Gateó por algunos minutos antes de poder llegar a una escotilla, la cual abrió para entrar a la oficina principal de la mina. Se duchó, cogió algo de comer y de beber del refrigerador, y se sentó en la silla de piel afelpada para observar las luces de la plaza del minero brillar a la distancia. Lo tenía que aceptar, Sebastián Cárdenas Tinjacá se consentía mucho.

****

Sam caminaba por el pueblo esperando a que Santos lo encontrara y lo llevara a la universidad. Sabía que el policía colombiano tenía razón. No tenía nada más que una corazonada para continuar con el caso, y eso no era lo mismo que tener indicios de criminalidad y mérito. Seguía pasándole por la cabeza lo que sí sabía, hasta que un rechinido de frenos lo hizo saltar. Volteó para darse cuenta de que Guasá estaba detrás del volante de un Jeep convertible, lleno de lodo a los costados. Su sonrisa era cálida.

-Agente Grant – le dijo detrás de unas gafas de diseñador que cubrían sus ojos seductores, pero que no podían evitar que Sam sintiera atracción.
-Llámeme Sam, por favor.
-De acuerdo, Sam. ¿Qué hace?
-Solo alimentaba a mi nuevo amigo – y le enseñó al perro. Horacio había estado esperándolo afuera del hotel esa mañana –. No sé qué será de él cuando me vaya.
-¿Entonces ya se va?
Se cubrió los ojos del fuerte sol. -Eventualmente. Ya veremos. Quizá en unos días.
-Bueno, ¿y hoy? ¿algún plan?
-No, creo que sólo--
-¿Quiere dar un paseo?
Sam sonrió. -¿Un paseo? Claro, suena divertido. *No te muestres muy emocionado, Sam.*
-Súbase – le contestó, y volvió la vista al camino.
Sam le dijo adiós a Horacio y se subió al asiento de copiloto. El Jeep ya estaba arrancando antes de que pudiera abrochar el cinturón de seguridad.
-¿A dónde vamos?
-Ya lo verá cuando lleguemos – le respondió con una sonrisa cálida –. Espero que le guste caminar.

Rebotaron por las calles empedradas y por los callejones al abrirse camino para salir del pueblo. Mientras ella se concentraba en los callejones angostos y las vueltas cerradas, Sam le admiraba. Su grueso cabello negro se arremolinaba en la cabeza con el aire que producía la velocidad del Jeep. Apartó la mirada antes de volverla hacia ella cuidadosamente para observar sus senos. Eran redondos y firmes. Apenas se movían, incluso cuando el vehículo rebotaba sobre las calles sin pavimentar. Estaba obsesionado con sus pezones, color café obscuro, que contrastaba con su camiseta sin mangas color blanco sal. Parecía que absorbía la luz del sol. Sam redescubría viejos sentimientos y emociones que creía perdidas. Tampa, los asesinatos, Karen; todo eso finalmente parecía tan lejos como en verdad lo estaba.

Se alejaban de la carretera. Sintió un bajón en la velocidad y se tambaleaba hacia adelante cuando la escuchó gritar sobre el ruido del motor y del tráfico que pasaba.

-¡Bruto, maneje bien! ¡¿Dónde le regalaron la licencia?! ¿Qué, se ganó la licencia en la lotería? – le gritaba al conductor de un camión destartalado cargado de chatarra.
    Grant aun no le quitaba la mirada.
    -Perdón, no quería--
    Sam se dio cuenta de que ella dejó de hablar cuando notó que la estaba mirando. Rápidamente volteó la mirada hacia el frente del carro. -Oh – jugueteó con el cinturón de seguridad –, ¿a dónde dice que vamos?
    -No le dije – dirigió su atención al pesado tráfico –. No se preocupe, lo sabrá pronto.

Antes de que Sam pudiera responder, Guasá dio un volantazo a la izquierda que los hizo patinar por el camino en sentido contrario, llegar al arcén del lado opuesto, y entrar a una vía de acceso a una vereda. Grant se aferró al asiento con una mano, y se apoyó en el tablero con la otra mientras las cuatro ruedas del vehículo se despegaban del suelo. Unos cables sueltos golpeaban los costados de las bocinas de las puertas. Las mochilas se voltearon en el compartimento de cargo, desafiando la delgada red que los mantenía abordo.

El motor rugía mientras el vehículo rebotaba en la empinada pendiente, que era tan pronunciada que Sam se preocupó de que el Jeep pudiera caer hacia atrás, e irse abajo en la colina. Guasá esquivaba los gigantescos baches, las rocas que sobresalían en el camino, así como largas ramas de los árboles mientras las copas de los mismos se elevaban y comenzaban a cubrir los intensos rayos del sol. Sam alcanzó a ver la fábrica de sal y el pueblo antes de que la selva se hiciera más espesa y los ocultara. El cielo apenas se veía y su guía tuvo que encender las luces para seguir.

Sam dejó escapar una señal de alivio cuando llegaron a la parte más alta. Volteó para sonreírle a su compañera. Ella extendió el brazo y lo empujó hacia su asiento. "Espere, Grant". Al llegar a la cima de la montaña, él dejó escapar un leve grito, como un niño en la montaña rusa, cuando empezaron a descender por el lado opuesto. Sam pegó los pies al suelo y apoyó las manos en el tablero mientras aceleraban en la bajada, que era más irregular y oscura que la vereda que los había llevado a la cima. Sam se quedó viendo a Guasá, su rostro y los nudillos estaban blancos. Ella sonrió, pero mantuvo el rostro viendo al frente. Él la seguía viendo mientras se movía por todo el vehículo. Finalmente, ella volteó a verlo. "Hemos llegado", le dijo.

El Jeep rechinó los neumáticos al detenerse en frente de una maraña de árboles gigantes. Guasá apagó el vehículo. La jungla estaba en silencio, excepto por el graznido de unos cuantos tucanes curiosos. Se levantó del asiento y tomó una mochila del asiento de atrás. "De aquí nos vamos a pie, gringo", dijo de manera juguetona. "Esta mochila es para usted".

Grant bajó del vehículo y tomó la mochila, haciendo todo

lo posible para ocultar la ansiedad que había sentido. Necesitó ambas manos para levantar la mochila.

-¿Siempre maneja así?
-No siempre, pero este es un lugar especial y nosotros no queremos que nadie pueda llegar aquí, ¿o sí?
Sam se preguntó a quién se refería con "nosotros". -¿A dónde vamos? – el peso de la mochila lo sacó de balance.
Guasá sonrió. -Hacia allá – le dijo mientras le señalaba el otro lado de los árboles que bloqueaban el paso –. Tomaremos camino del otro lado de aquél árbol. Después de unos kilómetros encontraremos una vereda – comenzó a caminar.
-¿Y luego?
-¿Y luego, qué?
-Y luego, ¿a dónde nos llevará esa vereda?
-Eso, Sam, es una sorpresa – contestó sin detener el paso.

La selva era impenetrable por la maraña, casi como si así lo hubiera diseñado Dios. Grant se apuró para alcanzar a Guasá.

-¿Supongo subiremos?
-Sí, sólo sígame.

Guasá tomaba las ramas y utilizaba los huecos en el tronco como escalones para ascender rápidamente al viejo árbol. Grant batallaba para hacerlo, siempre varios metros detrás de ella. El agente vio una serpiente roja y negra deslizarse por la vereda.

-No la toque. Es una serpiente de coral, muy venenosa.
-Gracias. No había planeado hacerlo. ¿Hay más?
-Probablemente, así que tenga cuidado.

Sam tomó su tiempo para subir al árbol, y cuando llego a lo más alto, miró a su alrededor. El árbol se extendía unos 30 metros en todas direcciones antes de ser envuelto por la exuberante vegetación tropical.

-¿Qué tan viejo es esta cosa?
-¿El árbol?
-Sí.
-Nadie lo sabe a ciencia cierta, pero nuestras leyendas dicen que este árbol es tan viejo como la sal. Pero probablemente tenga unos trescientos años.
-Trescientos años. Eso es muy viejo.
-Supongo que sí. ¿No tienen árboles viejos en Estados Unidos?
-Sí, eso creo, en California. La gente incluso puede manejar a través de algunos de ellos.
-Ah, ¿se refiere a las Secoyas?
-Sí, a eso mismo. Me gustaría ir a verlos con alguien algún día.

Sam siguió a Guasá hacia abajo del tronco gigante por el lado opuesto y batalló para mantener el paso mientras ella se apresuraba por el follaje de los eucaliptos. Sam podía mantenerse a unos pasos de ella, y no hacía el esfuerzo de alcanzarla cuando se daba cuenta de la vista que tenía de ella. De su forma atlética marcada por los pantalones cortos y el tono muscular de sus piernas bronceadas. Siguieron por el estrecho camino, escalando rocas y dándose paso por la selva virgen que les desgarraba la ropa. El peso de la mochila empezaba cansar al agente. Guasá se adelantaba más. Él se tenía que detener. Le gritó, pero ella no lo escuchó, o prefirió ignorarlo. Respiró profundamente varias veces antes de intentar alcanzarla. Pero ella había desaparecido detrás de una pequeña colina. Cuando llegó a la cima, pudo ver el final del camino.

Grant siguió detrás de Guasá, el espesor del suelo era grueso, imponente. El follaje sofocante había traído la oscuridad de la noche al suelo de la selva. Todo tipo de aves y monos gritaban desde lo más alto de las ramas. El agente del FBI se acercó a su guía mientras la vegetación de matorrales desgarraba su piel expuesta. La mochila comenzaba a pesarle, pero temía perder a Guasá en la maleza exuberante. Mientras batallaba por seguirle el paso, ella desaparecía una vez más alrededor de un ligero terraplén. Sam finalmente salió tambaleante de la gruesa maleza y permitió que sus ojos se ajustaran a la luz que volvía a emerger. Cuando finalmente se ajustaron, sintió como si hubiera caminado mil años atrás.

Le costó trabajo no deshacerse de la pesada mochila, y se detenía para inhalar el aire enriquecido con eucalipto. Después de respirar profundamente varias veces, sus pulmones parecían abrirse. Estaba tentado a regresar al Jeep de Alejandra, pero el sólo hecho de mirar la oscura selva lo hacían darse cuenta de que era más probable que se perdiera, a que lograra encontrarlo. "¡Carajo!, no se puede quedar parado ahí todo el tiempo, Sam". Grant comenzó a descender la pendiente hacia la aldea.

Solo algunos aldeanos se dieron cuenta de que Sam entraba al asentamiento cuidadosamente. Grant hizo contacto visual con una mujer mayor y le sonrió. La señora le respondió con una sonrisa sin dientes. Había hombres musculosos lanzando con ritmo sus zapapicos contra la tierra endurecida por la sal. El sonido que hacían le recordaba el sonido de un reloj de caja. Otros individuos, igualmente musculosos y quemados por el sol, cargaban grandes cantidades de sal en las carretillas y las empujaban a través del complejo. Unos cuantos se quedaban viendo al extranjero, algunos se tomaban el tiempo para estudiarlo, y seguían caminando, pero la gran mayoría lo ignoraba.

Sam deambulaba por la vereda y se maravillaba con las chozas tejidas de fibra de árbol. Algunas eran de tres pisos de alto. Salía humo de muchos de los techos y éste generaba una ligera sombra sobre él. Aún sentía que el sudor le ardía en los ojos y se los limpió con la manga de la camisa antes de desabotonársela. "Si tenías algo de alcohol en ti, ya lo has sudado", dijo en voz alta mientras respiraba profundamente el aire húmedo y salado.

Más adelante, entre las chozas, había una casa comunal sin paredes, donde las mujeres ponían grandes cantidades de sal en unas enormes calderas de agua hirviendo. Otras le daban forma a los residuos de la sal y los convertían en grandes bloques circulares blancos que acomodaban a un lado en pilas de seis pies de alto. Una mujer joven, con una cola de caballo trenzada que le llegaba a la cadera, sintió pena por él y le ofreció agua en un vaso grande de barro. Al tomar el agua con gusto, admiraba la majestuosa figura debajo del vestido de cáñamo blanco y naranja. Le ofreció más, y él aceptó. Le llenó el vaso una vez más, y Sam lo vertió sobre su cabeza. Una vez que se limpió la sal de los ojos, pudo ver la figura de un hombre alto.

-¡Ey! – lo llamó –. ¡Oye tú! – el indio siguió caminando–. Oye tú, ¿a dónde vas?

Sam corrió a toda velocidad por el camino inclinado en búsqueda de la silueta que se alejaba velozmente. La tierra roja detenía sus zapatos. No podía alcanzar al hombre, pero tampoco se estaba quedando atrás, lo que atribuía a su nueva sobriedad. El Muisca, alto, desapareció la mitad de la colina, detrás de una columna de grandes cabañas. El americano aflojó el paso al dar la vuelta en la esquina. La hilera de casas estaba vacía.

Sam regresó a la vereda rápidamente buscando movimiento o voces. Pudo ver un ligero movimiento a lo lejos. "Ey. ¡Ey!". El hombre volteó y le dio la cara. A Sam se le hizo familiar, pero su ropa era diferente a la del hombre que había perseguido. Su rostro estaba pintado con una serie de puntos y franjas.

-Ah, hola – saludó el individuo –. ¿Cómo está, agente Grant?
Grant se detuvo para mirarlo.
-Soy yo – dijo el hombre –, Chamí. – se recogió el cabello hacia atrás –. Lo tenía en una cola de caballo.

Sam sonrió – se sintió un poco apenado y se rio –. Ah, claro. ¿Cómo podría olvidarlo? – estrecharon las manos. Al agente le costó trabajo apretar tan fuerte como Chamí –. Lo siento, hola. Creí haber visto a alguien que conocía. De hecho, se parecía un poco a usted. Sólo que estaba vestido de diferente manera, ¿qué son esas, togas? Era gris, tenía un gorro. Creí que--
    -Todos somos Muiscas, agente Grant. Probablemente los gringos nos ven muy parecidos entre nosotros.
    -Mi intención no era--
    -De todas formas, ¿por qué está aquí? ¿Cómo llegó aquí?
    -Me trajeron, es decir, me invitaron... Guasá.

Enderezó la espalda para alcanzar la estatura de Chamí. Podía ser que no fuera bienvenido, pero lo habían invitado, y no iba a dejar que lo intimidaran. Un grupo de niños se juntó alrededor de los dos hombres. A diferencia de los adultos, los niños sí estaban interesados en el gringo. Una niña que vestía un vestido tejido a mano le masajeó el antebrazo, y lo puso contra el de ella. Sam le sonrió. "Soy americano", le dijo. La niña le sonrió. El indio no quitó la mirada. Grant volvió a mirarlo.

El sonido de unos tambores rompió la tensión. La gente comenzaba a salir de sus chozas y a caminar hacia el centro de la aldea. Los niños, algunos con taparrabos y los más pequeños desnudos, corrían sonriendo y simulando jugar con arcos y flechas en el aire. Sus padres los seguían de cerca. Sam tuvo que dar medio paso apresuradamente para no perder el balance cuando Chamí lo hizo a un lado al pasarlo. Sam notó unas marcas oscuras en su espalda mientras Chamí se alejaba. En la oscuridad, él los había confundido con tatuajes.

"Venga", le gritó el antropólogo por encima del hombro. "Si Guasá lo invitó, entonces ella querrá que esté en la ceremonia". El americano siguió la procesión por el camino naranja, y pasó por una ladera llena de cultivos indígenas: maíz, algodón, calabaza y aguacate. Había hojas de tabaco secándose colgadas de postes altos. Sintió un ligero rocío mientras seguía al Muisca. Cuando comenzaban a desaparecer tras una curva, escuchó un suave sonido de agua corriendo. Una vez que pasó la cordillera y tuvo una vista clara, se maravilló ante la estructura que tenía enfrente de él. Como las otras chozas, ésta estaba construida de troncos y paja, pero su pináculo se elevaba unos tres pisos en el aire. Y a diferencia de las otras casas, ésta estaba pintada de franjas rojas y blancas. En frente, había un pequeño ejército de guerreros vestidos con pieles de venado y máscaras de oro. Y al frente de ellos, había un pozo circular rodeado por pequeños troncos con fuego ardiendo al centro.

A su izquierda, había una poderosa caída de agua que engrosaba el aire de la montaña antes de estrellarse con las rocas y alejarse más allá de lo que se podía ver. *¿Cómo pude no haber visto esto cuando llegué aquí?* Siguiendo a la gente, pasó por la corriente de agua y se dirigió al círculo. Perdió a Chamí entre la gente que estaba al frente de él, y se alegró cuando un amable hombre mayor lo sentó en un tronco con la tribu.

Los Muiscas se pasaban recipientes con pintura mientras el fuego alumbraba sus rostros con un color naranja. Mientras lo hacían, cada miembro se marcaba el rostro. Sam se sentía incómodo y no deseaba participar en la ceremonia, hasta que un niño sentado junto a él metió el dedo al recipiente con pintura –una mezcla de pigmentos de insectos y agua– y le pintó una línea pequeña debajo de su ojo izquierdo. "Gracias", le dijo Sam. El niño simplemente le sonrió y siguió pasando el recipiente. El niño marcaba el rostro de Sam cada vez que llegaba el recipiente a su lugar. El agente comenzó a sentirse un poco más relajado. Miraba al rededor y admiraba los rostros que veía. Afilados, simétricos, nobles. *Debe ser difícil mantener tu cultura viva después de quinientos años de intrusión,* se dijo a sí mismo. Del lado opuesto, vio un rostro que se le hacía familiar, pero el fuego, el humo, y la pintura en el rostro no le permitían estar seguro.

El fuego era alimentado con más troncos mientras los tambores sonaban más rápidamente. Los sonidos de flautas, al igual que del profundo zumbido de caracoles, se unían. Sam estaba seguro de que el hombre que veía a través del humo y las brazas que se elevaban, era el hombre a quien había perseguido antes ese mismo día. Buscó a Chamí. Se había movido de enfrente de él. Vio otro alto Muisca que se movía entre las filas de los aldeanos. Parecía que algo no andaba bien, pero olvidó su preocupación cuando las puertas del churo se abrieron y una escolta de honor, cubierta con pieles, dirigió la procesión hacia el círculo. La escolta se separaba cuando llegaban a la gente y rodeaban a la tribu que estaba sentada. Grant miraba con asombro como Guasá llevaba al grupo de danzantes, magníficamente adornados, al fuego.

Los danzantes, vestidos en poco más que taparrabos y tops de bikini, rodeaban las flameantes llamas, brincando y girando frenéticamente cuando el ritmo aceleraba. Todos eran atléticos, estaban en forma y tonificados, pero Sam estaba atraído a ella. Su tocado era impresionante, al menos treinta centímetros más grande que el de los demás danzantes. El resplandor ámbar del fuego se reflejaba en su piel aceitada y su cabello ónice. En el cuello llevaba un refinado cordel con cortes de nuez de tagua y semillas de asaí teñidas para combinar con sus brazaletes de bronce obscuro.

Un niño haló la camisa de Sam. Volteó a ver al jovencito, quien tenía una sonrisa de oreja a oreja. Tenía un recipiente en sus manos, y se lo ofrecía al americano. "No, gracias", dijo Sam. El niño le ofrecía el recipiente otra vez. Su sonrisa contagió a Sam. "Gracias, hombrecito, pero no puedo". El niño desnudo observó a su alrededor. Sam hizo lo mismo y se dio cuenta de que casi todos aldeanos lo estaban viendo. Varios le hicieron señas de que tomara lo estaba en el recipiente. Sam sonrió cortésmente y dijo que no con la cabeza.

La danza continuó mientras las estrellas pasaban por encima. Todos los niños se aproximaban para poder ver de cerca al gringo. Las personas mayores le sonrían amablemente. El fuego empezaba a morir y la música comenzaba a alentarse. La procesión real marchó de vuelta a las chozas, y las chimeneas se empezaban a llenar de humo. Un hombre mayor se acercó y le ofreció una calabaza llena de una substancia lechosa. Esta vez sí la bebió. Sintió el comienzo de la embriaguez, pero a diferencia de cualquier cosa que había sentido antes, el calor subió desde el estómago hacia la cabeza. Sintió como el rostro se sonrojaba.

Observó cuando se abrían las grandes puertas de la choza principal y vio a Guasá salir. Trató de aclarar su mente cuando ella se acercaba. No podía hablar cuando ella tomó su mano y lo ayudó a ponerse de pie. Caminaron por las calles de la aldea, que ahora estaban vacías. "Está bien, Sam. Yo lo cuidaré". Entraron a una choza de paja, y ella cerró la puerta. Sam se recostó en una manta grande y sintió los labios de ella en los suyos. Se dejó llevar por la dicha.

Capítulo VI: Recuerdos

El capitán Pérez se paró silenciosamente frente a la puerta de la habitación donde se estaba hospedando el gringo para ver si escuchaba algún sonido. Ya era tarde en la mañana y esperaba escucharlo moverse, o al menos, escuchar la televisión. Había confirmado con la recepción que el americano había regresado al hotel temprano por la mañana, y se había dirigido directamente a su habitación, que no había llamado, como normalmente lo hacía, para pedir su desayuno.

-Es raro – dijo la persona en recepción –, los americanos siempre piden la comida que es gratis.
-Sí, la mayoría son gordos. Muchas *Big Macs* y Taco Bell.
El recepcionista sonrió mostrando estar de acuerdo.
-¿Cómo se veía? Su ropa, ¿había algo diferente? Su rostro, su expresión, ¿algo fuera de lo normal? – preguntó Santos.
-No, señor. Se veía un poco cansado. Ah, y parecía que había estado sudando mucho, pero es la temporada de calor.
-Claro. Me gustaría que pudiéramos usar shorts, como los niños.
-Al menos los días de partido de fútbol – respondió el recepcionista –. De nuestro fútbol, no del americano.
-Seguro, algún día se harán machos – dijo Santos –. Además de su expresión, ¿algo más que notara diferente? ¿Dijo algo? ¿Dijo dónde había estado? ¿Dijo si se había encontrado con alguien?
-No. Solo pasó caminando como zombi. Ni siquiera dijo "hola". Normalmente es muy amigable – dijo el recepcionista.

Ahora, en la puerta de la habitación del americano, Santos esperó unos minutos más. Tocó ligeramente la puerta. No hubo respuesta. Tocó más fuerte. Se escuchó un crujido adentro. "¿Grant?, soy yo, el capitán Pérez. Santos". Escuchó que se cayó el control remoto de la televisión, y el sonido de las baterías rodando por el suelo se amplificó ya que la habitación tenía pocos muebles.

-¿Está bien? Despierte. Hora de levantarse.
Se abrió el seguro oxidado de la puerta, y ésta se entreabrió. -Pase – se escuchó una voz grave –. Pudo solo haber llamado.
-Estamos en las montañas. Los celulares no siempre funcionan – vio cómo se desplomaba la cabeza del gringo en la cama, del lado contrario al de las almohadas – .¿Qué demonios le pasó, Sam?
-Ah, no lo sé. Estuve caminando afuera ayer. Las tripas me estaban gruñendo, así que fui a cenar algo. Creo que también le di de comer a Horacio.
-¿Horacio? ¿Quién es Horacio? ¿Es también un agente americano?
-Sí.
-¿Qué? ¿Cuánto tiempo ha estado en Zipa? ¿Le dijo todo lo del caso?
-Espere, ¿qué? No, no quise decir eso. No es del FBI. Es un perrito negro que ha estado siguiéndome.
-Ah, OK – el capitán olió la habitación y retrocedió para estar más cerca de la puerta –. Así que salió a comer, alimentó al perro, ¿y luego? – tomó aire fresco de afuera.

-Eh, no lo sé – Sam tocó sus sienes –. Es todo lo que recuerdo. Estoy seguro de que comí, estoy seguro de que vomité hace un par de horas. Más o menos puedo recordar estar hablándole al perro, una calle empedrada... Y ahora usted está aquí.
-Casi todas las calles en Zipa son empedradas – dijo Santos y se rascó la nariz –. Bueno, lo importante es que llegó a casa a salvo, incluso aunque no pueda recordar nada – Colombia no produce cocaína únicamente, también hay mucha marihuana circulando. El capitán miró alrededor de la habitación buscando algo de alcohol o algo de contrabando. Olfateó el aire de la habitación tratando de detectar rastros de humo. No esperaba encontrar nada, pero no se perdía nada si lo hacía – ¿Puedo usar el baño? – Preguntó Santos.

-¿Qué?

-El baño, ¿lo puedo usar?

-Ah, sí. Claro. Es un país libre, según sé – el americano apenas levantó la mano para mostrarle dónde estaba el baño.

Santos abrió la llave y miró a su alrededor. La regadera estaba vacía, excepto por una pequeña barra rota de jabón del hotel, y una botellita de champú. El lavabo estaba vacío, excepto por una bolsita con artículos de baño. Abrió el cierre, y esculcó la pequeña bolsa. Un rastrillo desechable, un cepillo de dientes gastado, un tubo de pasta de dientes pequeño, y un pequeño de crema de afeitar. Le quitó la tapa a la pasta dental y la apretó para sacar un poco, la puso en su dedo, y la olió. Nada más que menta ordinaria. Tomó el pote de la crema de afeitar, y la quiso abrir, buscando un compartimento secreto o algo, y al no poder, presionó la tapa y salió espuma blanca que se expandió en su mano. Podía percibir el mentol. Palpó la camisa y el pantalón que colgaba en la puerta de la regadera. Estaban vacíos, excepto por unas monedas en el bolsillo derecho. Se enjuagó las manos. Al salir, Sam ya se había levantado, y estaba sentado en el escritorio.

-¿Encontró algo, capitán?

-¿Eh? No. No estaba--

-No me joda, Santos. Los dos somos policías. Yo hubiera hecho lo mismo.

-Bueno – tomó un momento –, es que parece que estaba ebrio. El de la recepción dijo que llegó muy tarde. Dijo que no había dicho ni "hola", que parecía que no se daba cuenta de nada que pasara a su alrededor, y que no tomó desayuno.

-¿Por qué tendría que haber tomado desayuno? Está incluido en el precio. Además, tengo mucho dinero.

-No, lo siento. Quise decir *comer*. En español decimos *tomar*. Quiere decir *to take*.

-No se preocupe. Debería saberlo, pero todo lo que aprendí de español en los tres años de preparatoria parece que va y viene. De todos modos, no estuve bebiendo. Al menos creo que no lo hice. Si lo hubiera hecho, me sentiría mareado, y en realidad no tengo nada de resaca. Me siento, no sé, como perdido, creo.

-¿A dónde fue? ¿Estuvo en algún bar? Alguien le pudo haber metido algo. A veces pasa eso aquí.

-Eso pasa en todos lados, igual que otras cosas peores – refunfuñó Grant –. Pero no fue eso. Estoy seguro de que me habría dado cuenta de haber visto a alguien tratando de hacerlo. Sólo recuerdo que se estaba poniendo el sol, empezaba a oscurecer. Creo recordar un carro, el sol en los ojos, árboles. Como dije, eso es todo. Ahora me duele la cabeza.

-¿Qué tipo de carro?
-Una camioneta pickup alta, pero no lo podría testificar.
-No lo tiene que testificar, Sam. Solo trataba de--
-¡Ja! No, no quise decir eso. Es solo una frase – el americano se quitó las lagañas de los ojos –. Dios mío, me va a estallar la cabeza.

-De acuerdo, entendí mal – dijo el capitán –. En cuanto a dónde estuvo, preguntaré por ahí. Quizá alguien lo haya visto. Este es un pueblo chico – esperó a ver la reacción del agente. Se alegró de verlo sonreír.

-Carajo, Santos. No me haga reír. Me duele más la cabeza.

-Vi que tenía aspirinas, ¿cree que eso le ayude?
-Sí, eso deberá ayudar.
-¡Qué bueno!, porque tenemos una junta en un rato – Santos sonrió.
-Tiene que estar bromeando. ¿En serio? ¿Una junta?
-Sí, con el Dr. Arroyo.
-¿El de la autopsia?
-No, el antropólogo.
-Ah, ¿se refiere al profesor?
-Sí. Usted dijo que quería hablar con él.
-Sí, lo recuerdo. Pensé que solo lo llamaría.
-No estaba seguro de a qué hora se levantaría. No tengo todo el día, Sam.
-Está bien. De acuerdo. Dormí de más – dijo Grant –. ¿Podríamos detenernos a comer algo primero?
-Claro que sí. Podríamos ir a la plaza principal, nos queda de camino. ¿La recuerda?

-Vagamente.
-De todos modos hay una docena de restaurantes en el centro. Incluso tienen hamburguesas.
-Cualquier cosa estará bien.
-Bueno. Ande, alístese. Estaré allá afuera – el capitán salió a la terraza y en cuanto escuchó la regadera, le mandó un mensaje de texto a su jefe. El sol comenzaba a calentar los ladrillos del patio. Ya habían limpiado las macetas rotas y la tierra regada, y el yugo ya lo habían colgado en las cadenas. Lo empujó, y apenas se balanceó. Haló las cadenas. Estaban aseguradas fuertemente al techo. Tenía que tomar en cuenta que el gringo había forcejeado con toda su fuerza y aún pudo salir corriendo hacia la plaza.

****

El agente Grant caminaba por los pasillos mientras el profesor de antropología terminaba de dar clase. Podía ver a Chamí a través de la ventanita de la puerta. Estaba parado en frente de un pizarrón del tamaño de la pared, el cual estaba lleno de garabatos. Su español aún era malo, pero pensó que podría entender lo más importante de la lección. "Derechos de los indígenas". Incluso en su condición pudo traducir "Indigenous Rights". *En verdad que puede actuar bien,* pensó Sam. Vestido con pantalones militares, camiseta de pescador color naranja decolorado, chaqueta impermeable, y con gafas con montura, era imposible confundir a Arroyo con algo que no fuera un antropólogo. Continuamente se echaba el cabello, largo hasta el hombro, para atrás.

-¡Dios!, pareciera que acaba de salir de una *National Geographic.*
-Disculpe, ¿agente Grant?
-Ah, nada. ¿Cuánto más hay que esperar, Santos?
-Según lo que dijo la secretaria, unos cuantos minutos más.

Como si hubiera sido una señal, la puerta del salón se

abrió, y los alumnos comenzaron a salir. Los dos visitantes, ambos de edad madura, atrajeron algunas miradas de extrañeza de algunos estudiantes. Se juntó un grupo pequeño de alumnas cerca del atril mientras Chamí tomaba su bolso de piel. Al estar rodeado de alumnas, Chamí se veía aun más alto de lo que Sam recordaba.

-¿Interrumpimos? – preguntó Santos.
-No, démosle unos minutos. No irá a ningún lado. Si tiene algo de información para nosotros, el esperarle unos minutos más no hará ninguna diferencia. El cura no se puede morir más – se alegró de que su nueva sobriedad no hubiera afectado su actitud, normalmente sarcástica. Notó que Santos volteó la mirada a otro lado –, lo siento, no lo quise ofender. Sé que usted es católico, Santos.
-Ah, no se preocupe. No es eso – el capitán señaló el salón. Las alumnas de enfrente actualizaban sus estados en Facebook en sus teléfonos inteligentes mientras el arqueólogo las seguía –. Aquí viene.
-Buenas tardes, Dr. Arroyo.
El profesor se detuvo en la puerta. -Santos, ¿qué cara--? – miró a Grant – ¿Qué pasó?
-Necesitamos hacerle unas preguntas – dijo Pérez.
-Pudieron haber llamado, capitán. Como puede ver, estoy trabajando.
-No nos tomará mucho tiempo, Chamí.
-Parece que ustedes dos se conocen muy bien – dijo Grant.
-Bueno, digamos que el capitán Pérez y yo llevamos mucho tiempo de conocernos. Me ha arrestado varias veces por ejercer lo que ustedes llaman la Primera Enmienda en Estados Unidos. Eso, y el hecho de que los dos somos de Zipa. Es un--
-¿Un pueblo chico? – el americano terminó la frase por él.
-Ja, ja, ja. Sí, agente Grant – Chamí estrechó la mano con ambos visitantes –. Así que, ¿qué los trae a la universidad? Mi citatorio en la fiscalía por lo del arresto en la catedral es para dentro de dos semanas. Por cierto, se ve mucho mejor de lo que

se veía en el piso de la cárcel.
-Gracias, Dr. Arroyo. Me siento mejor – dijo Sam –.
Bueno, es más o menos por eso que estamos aquí. No por la fecha del citatorio, sino por lo de la catedral. Nosotros, es decir, la policía, tiene algunas preguntas más.
-Bueno – Chamí miró alrededor antes de bajar la voz –, vamos a mi oficina. Está subiendo las escaleras.

Sam y Santos siguieron al antropólogo mientras éste les mostraba el edificio.

-Como puede ver, el capitán Pérez ya sabe esto, este es un edificio muy viejo. Está construido con piedra de campo de los cerros circundantes. La piedra fue tallada a mano y traída a este lugar por los primeros pobladores de Colombia. Tiene más de cuatrocientos años.
-Quiere decir los españoles, ¿no?
-En verdad que es un turista – el profesor siguió con la lección –. Los españoles se lo atribuyen, pero fueron los indígenas quienes lo construyeron. Como puede ver, hay muchos cortes religiosos en las paredes – señaló varias estatuas de santos sentadas en las depresiones en la piedra.

Sam no se había dado cuenta al principio, pero las paredes tenían al menos seis metros de alto, y la parte alta de los arcos, ubicados cada diez metros aproximadamente, eran incluso más altos que eso. Se escuchaba el eco de la plática de los alumnos en el corredor.

-Esas puertas tienen tres metros de alto y están hechas de caoba. Y cada puerta es al menos igual de vieja que el edificio. Quizá aun haya algo de ADN de nuestra gente en ellas. Usted es un experto en lo forense, ¿no? Tal vez usted podría encontrar rastros de nuestros ancestros.
-No. Bueno, sí, soy patólogo forense, pero estoy seguro de que cualquier evidencia se ha esfumado a estas alturas.
-¿Incluso el ADN?
-Sí, incluso el ADN.

-Qué pena – siguieron caminando por el largo pasillo – Justo pasando las escaleras está la biblioteca. Tiene uno de los mejores acervos, ustedes les dicen *holdings*, ¿verdad?
-Sí.
-Bueno, esta biblioteca tiene los mejores acervos de toda Colombia. Tenemos casi cada libro, mapa, periódico, todos los registros de nacimiento, documentos gubernamentales, y ahora también *Cds, DVDs y Blu-ray* para los de la generación de *MTV*. Lo que usted quiera, si es importante para la historia de Colombia, lo tenemos. ¿No es así, capitán?
-¿Cómo dice?
-Nuestros archivos. Son excelentes, ¿no?
-Sí. Entre los mejores de Latinoamérica – respondió Santos.
-¿No le interesa saber cómo es que sabe todo eso, agente Grant?
Sam se dio cuenta de que Chamí estaba provocando a Santos, y quería ponerle final a eso antes de que todo explotara.
-Porque es un buen policía – Sam miró a su amigo, quien parecía ajeno a la plática.
-No. Lo sabe porque es un ex alumno.

Subieron las escaleras de mármol en silencio. Los pasos de Santos y de Sam producían un eco que rebotaba en las paredes de piedra, y las botas todo terreno de Chamí apenas emitían sonido alguno. Las bisagras de acero rechinaron cuando el antropólogo abrió la gruesa puerta de madera.

Sam admiró la situación de Chamí en la universidad. Su oficina no era enorme, pero seguramente era mejor que los cubículos que él y otros agentes tenían en el edificio Hoover. Había dos ventanas grandes que tenían vista a las montañas, y estaba adornado con macetas de terracota, adornos de cerámica, ídolos y otras artesanías precolombinas. Además había docenas de fotografías del profesor en excavaciones arqueológicas en todo el mundo, las pirámides de Egipto, templos Mayas de Perú, las pirámides de Teotihuacán en México, incluso en el monumento megalítico de Stonehenge. *Agrégale unas imágenes de soldados alemanes siendo lanzados de un automóvil Nazi y este tipo sería Indiana Jones.* Grant se aguantó una sonrisa.

Detrás de su escritorio de madera, había una trilogía de pinturas hechas con colores brillantes iluminaban la oficina, una mezcla de deferencia a la imaginería católica e indígena. Al centro, había una deidad de túnica blanca que ofrecía un plato de sal, el puño de la manga abierta se obscurecía para mostrar la cueva de la que los trabajadores indígenas sacaban la sal. Abajo, una cola de serpiente marcada con símbolos extraños se deslizaba sobre tres indígenas de hombros anchos que recogían y llevaban la sal. A la izquierda, una enorme caldera de agua salada hirviendo sobre una hoguera ruidosa en donde unas jóvenes indígenas vertían trozos de sal recién salida de la mina. Arriba, un río fluía para convertirse en otra manga donde otra mano sostenía mantas rebosantes de frutas, oro, y símbolos antiguos de la fertilidad. Al centro de la pintura, había un camino intricado que se perdía en el paisaje de montañas. Se veían algunas mujeres con poca ropa caminando por ese camino.

-Bellas las pinturas, profesor – dijo Sam –, deberían estar en un museo. ¿Son Muisca?

-Gracias. Sí lo son – no se volteó para verlo, sino que siguió a sentarse tras su escritorio para abrir un cajón – ¿Sabe mucho acerca de las pinturas?

-No mucho, pero estoy aprendiendo. ¿Son originales?

-Tristemente, no lo son. Son copias. No podría comprar las originales con un sueldo de profesor – tomó una botella de su escritorio –. ¿Gustan algo de tomar, caballeros?

-No, gracias – Sam contestó rápidamente.

-¿De verdad, agente? Después de encontrarlo así en el piso de la cárcel--

-Sí, lo sé. Pero vamos a decir que estoy tomándome un *break*.

-¿Santos? Quiero decir, ¿capitán?

-Quizá solo un trago – respondió el capitán mientras

Arroyo llenaba su vaso.

-Bueno, nos gustaría saber dónde estaba antes de la protesta el domingo.

-¿En serio? Bueno, como lo dije en la cárcel, estaba con todos los de nuestro grupo. Imprimiendo letreros, ese tipo de cosas.

-¿Y antes de eso? – preguntó Santos.

-¿Perdón?

-Antes de eso – dijo Sam, con el estomago revolviéndosele por el olor del alcohol –. ¿Dónde estaba antes de eso? ¿Qué estaba haciendo?

-Agente Grant, ¿ahora ya también es un federal?

-Él está ayudándonos en la investigación. Por favor responda la pregunta – dijo Santos.

-Bueno, me levanté temprano, como siempre lo hago. Hice ejercicio.

-¿Alguien lo vio haciendo ejercicio?

-No. Estaba en mi casa.

-¿Y luego?

-Posteriormente fui a correr, alrededor de la catedral.

-¿Alrededor de la catedral? – Sam se enderezó en la silla, ya ignorando el trago.

-Sí, cerca de la catedral. En el parque ecológico. Hay varias veredas por ahí.

-¿Alguien—?

-No. Estaba solo.

-Después de correr, ¿se fue a su casa?

-No, Sant—capitán. Fui a la estación de tren y me reuní con el resto del grupo. Le puede preguntar a quien sea.

-Sí. Lo hicimos. Nadie recuerda cuándo llegó, pero todos recuerdan que estuvo allí.

Hubo un silencio largo. Chamí terminó su trago y se sirvió otro. Le ofreció a Santos, quien aceptó medio vaso. Sam declinó antes de que se le ofreciera.

-¿Ya estaba al tanto de que alguien atacó al agente Grant hace dos días?

-Creo que escuché algo al respecto. Es un pueblo chico.
-¿Dónde estuvo el lunes en la noche?
-¿El lunes? – el profesor se rascó la barbilla –. Expreso rojo jugó esa noche, ¿no? – señaló un pequeño poster en la pared detrás de él –. Eso significa que estuve en casa viendo el juego. Capitán, ¿vio el golazo de Carmona al final del primer tiempo?

Santos asintió con la cabeza. -Casi de cincuenta metros.

-No, Santos, más bien como de sesenta y cinco metros, y dándole al poste. ¡Una jugada estupenda! –Arroyo se recargó en la silla y lanzó los brazos al aire.

-¿Había alguien con usted? – interrumpió Sam.
-No. Estaba en casa yo solo – bajó los brazos.
-¿Hizo alguna llamada telefónica? ¿Estuvo en línea?
-¿En línea? ¿Quiere decir en internet?
-Sí.
-No, sólo vi el juego como todo mundo en Zipaquirá.
-¿Salió después de eso?
-No. Me acosté enseguida.
-¿Cuándo fue la última vez que estuvo en el parque ecológico? – preguntó Santos.

Chamí se sentó al borde de la silla -¿Perdón?

-¿Cuándo fue la última vez que estuvo en el parque ecológico? El agente Grant dice que lo vio ahí. Posteriormente, pero antes de que llegaran mis hombres, usted ya se había ido. ¿Fue así?

-Uh, bueno. Sí lo vi ahí ayer. Pero fue cuando estaba por terminar mi trabajo. Así que empaqué todo y me fui a otro lugar.

-¿En serio? ¿y espera que le creamos eso? – preguntó Grant.

-Hay varios sitios en el parque. Me muevo entre ellos todo el tiempo. Hay mucha historia en ese parque – señaló al otro lado de la oficina, – ¿ve ese mapa?

Sam volteó para ver un mapa aéreo de la región que estaba pegado detrás de la puerta. El mapa estaba marcado con alfileres rojos, como si fuera un viejo mapa de rastreo de crímenes.

-Cada una de esas marcas muestra un sitio arqueológico nacional reconocido. Como miembro certificado de la Junta de la Academia Nacional, tengo acceso a todos esos sitios, así que entro y salgo del parque todo el tiempo.
-Mire, no hay manera de--
-Sam, por favor, deje que yo me encargue de esto. OK, Chamí, profesor, ¿hay alguien que pueda confirmar eso?
-Sí. El doctor Jiménez. Él es el director del Departamento de Antropología. Pueden preguntarle a él.
-Lo haré. Vámonos, Sam – Santos dejó su vaso.
-¿Y lo de los zapatos? – preguntó Grant.
-Ah, sí es cierto. Una última cosa – dijo el capitán.
-¡Carajo! ¿Qué más quieren saber? – susurró Arroyo.
-¿Qué dice? – preguntó Grant.
-Perdón, agente. Sólo estaba preguntando que qué más querían.
-Sus zapatos.
-¿Qué tienen mis zapatos?
-¿Son esos los zapatos que usa normalmente?
-Cuando no estoy en el campo, sí.
-En ese caso, ¿le podemos tomar una impresión?
-¿Una impresión?
-Sí, una impresión de su zapato. Del derecho, para ser exacto. Es para compararla con una huella que el agresor del agente Grant dejó en el parque nuevo.
-¿El atacante dejó una huella?
-Sí, y afortunadamente, una muy clara.
-¿En verdad? ¿Y cómo la obtuvieron?
-Fue el agente Grant. Él tiene experiencia en todas las áreas de lo forense.
-¿En verdad?
-Sí, la tengo.
El profesor cruzo los brazos. -Bueno, en todo caso creo que tenemos suerte de tenerlo en Zipa ahora.
-Sí, la tenemos. Entonces, ¿nos puede dejar tomarle la impresión? – preguntó Santos.

-Mmm, ¿se encargaría usted, Santos?
-Sí.
-De acuerdo.

El profesor se quitó el zapato y se lo dio al capitán, quien pasó el rodillo con la tinta por la suela antes de presionarlo contra un pedazo grande de papel para copias. Santos le regresó el zapato.

-La tinta no le hará daño a nada, pero si fuera usted, yo dejaría que se secara antes de caminar con él otra vez.
Chamí asintió con la cabeza. -¿Algo más?
-No. Sólo le pido que se mantenga disponible, ya que podríamos tener más preguntas.
Los dos policías salieron. Santos abrió la puerta de cargo de su vehículo todoterreno. Ya había una muestra de la huella que Sam había encontrado en el lugar de la construcción en el piso del vehículo, y el capitán colocó la nueva huella junto a ésta. -¿Qué opina?
-Bueno, definitivamente no es la misma suela – dijo Sam –. Pero la medida sí parece coincidir. Estoy seguro de que tiene otros zapatos. Recuerdo que tiene unas sandalias muy particulares. Las recuerdo del otro día. ¿Las podríamos conseguir?
-Podríamos pedirlas, pero le puedo apostar a que no nos las daría.
-¿Por qué no? Ha cooperado hasta el momento.
-Sam, él ha sido arrestado al menos unas cincuenta veces sólo por protestar. Se sabe las leyes de memoria. Tuvimos suerte de que nos permitiera tomar la huella.
-¡Demonios! No me gusta que me mientan. ¿Podríamos obtener una orden?
-¿Basándonos en qué? Chamí ha estado colaborándonos hasta el momento, y no tenemos ningún tipo de evidencia real en su contra, además del hecho que es un arqueólogo, y de que su único pecado es que trabaje en los sitios arqueológicos.
-Pero no le creyó, ¿o sí?
-No importa si le creo, o no. El que tenga arena en su

zapato no prueba nada. Él trabaja en sitios arqueológicos. Ningún juez de aquí nos daría una orden de cateo. Sería como arrestar a panaderos por tener harina en sus camisetas, o a rancheros por tener mierda de caballo en sus botas.
　-¡Diablos!
　-No se moleste, Sam. Debería estar orgulloso.
　-¿Cómo así?
　-Debería estar orgulloso. Los límites en los cateos son algunas de las influencias americanas que tenemos. Desde que su país se involucró en combatir a los cárteles de las drogas, nosotros hemos adoptado muchos de sus procesos. Incluso le podría leer nuestra versión de *Los Derechos de Miranda* si usted quisiera – el capitán aclaró la garganta –, *usted tiene derecho a...*
　-Pare, pare. Ya entendí. Me imagino que me lo leyeron cuando me llevaron arrastrando a la cárcel. Estoy seguro de que lo tengo por ahí enterrado en mi subconsciente.
　Santos rió a carcajadas y le dio un golpe a Sam en la espalda. -Tengo tarjetas que reparto a los jóvenes del colegio. Le conseguiré una.
　-Gracias, oficial – dijo Grant –, no es necesario. Vamos de regreso.

****

　-Creo que pude haberlo dejado dormir – dijo el capitán Pérez mientras regresaban al pueblo.
　-¿Cómo dice? – Sam había dejado descansar la mente en el camino de regreso.
　-Dormir. Lo pude haber dejado dormir, pero no quise ir sin usted. Sé que usted creía que podríamos encontrar algo.
　-Sí, tenía esa intuición. Pero creo que las intuiciones no siempre dan resultado – dijo Sam –. Solía tener buenas corazonadas hasta que comencé a beber.
　Santos sonrió. -Muchos policías colombianos han tenido esa misma experiencia.
　-¿Y usted?
　-Yo solía beber mucho, hace mucho tiempo, cuando era

joven – dijo Santos –. Bebía para olvidar.

-¿Olvidar qué?

Santos mantenía la mirada al frente mientras la camioneta se movía sobre las calles empedradas. -Oh, pues muchas cosas. Fue entonces cuando encontré realmente a Dios, y a mi esposa. De hecho, a mi esposa y después a Dios. Ella en verdad le puso final a eso.

-Sí, las esposas hacen eso.

La camioneta aceleraba.

-¿Sigue molesto con Arroyo?

-¿El profesor? No, a la mierda con él. Pero sé que algo se trae.

-Quizás, pero no deje que su actitud le afecte. Sólo estaba siendo grosero porque usted es gringo. Algunas personas están resentidas con la presencia de los Estados Unidos.

-No se preocupe. Gente como él no me molesta, ni como ese malparido de Cárdenas. Por cierto, hágame un favor, Santos. Nada de juntas con ese imbécil.

-Lo siento, Sam, pero si el jefe lo invita--

-Es que, ¿quién demonios se siente que es? Es un imbécil. ¿Lo escuchó la última vez? *"Parece que está teniendo problemas para encontrar huellas, o cualquier cosa, agente Grant* – Grant imitó la voz del ejecutivo –. ¡A la mierda! ¡¿Qué sabe acerca de forense?! – se dió cuenta de que estaba despotricando, respiró profundamente –. Lo siento, Santos.

-Está bien. Si es policía, y no está frustrado, entonces no es un policía de verdad.

Sam sonrió. -¿Sabe qué? Tendríamos las huellas y el ADN si todo ese lugar no estuviera hecho de sal.

-Sí – sonrió el capitán –, de algún modo, casi todo.

-¡Espere! ¿A qué se refiere con *casi*?

-A nada. No creo que sea relevante.

-Todo es relevante. ¿A qué se refiere con *casi*?

-Bueno, la catedral fue tallada en la sal. Todos los abismos, las paredes, los reclinatorios, e incluso las cruces como con la que golpearon al cura.

-¿Pero?

-Pero, algunas de esas cosas no lo son.

-¿En verdad? ¿Cómo qué?
-Bueno, las bancas en el centro son de madera. Obviamente, los cascos de los mineros en el monumento son de plástico duro. Algunas de las estatuas son de mármol.
-Espere, ¿estatuas de mármol? ¿Cuáles?
-Déjeme ver... Hay una escena de la natividad al fondo a la izquierda del templo, creo. Me parece que el crucifijo en el cuarto de los curas, junto al altar principal, la estatua de Gabriel, y tal vez algunas otras. Tendría que preguntarle al guía. En realidad no he estado ahí desde que era un niño, excepto por la investigación.
-¿Qué me dice de la mesa bautismal cerca del lugar del asesinato? ¿Esa es de mármol?
-No, creo que esa no – dijo Santos –, esa es sal.
-OK, ¿en dónde está el cuarto de los curas.
-Por el... – Santos respiró profundamente –. Por el altar principal. Hay..., es decir, creo que hay dos cuartos. Uno de cada lado de la gran cruz central, la blanca en el túnel principal. Ahí fue donde el cura, mmm…
-Ahí es donde ellos guardan sus túnicas y eso. Aunque no lo parezca, he estado iglesias varias veces. Y qué me dice de la estatua de Gabriel, ¿dónde está?
-Esa es el ángel con el corno. Es la que está en la plataforma afuera del primer balcón, donde fue asesinado el cura.
Grant golpeó el tablero. -¡Eso es! ¡Eso es! Debí haberlo sabido. El sospechoso debió haber usado eso para llegar al balcón. Es por eso que nadie lo vio entrar o salir. No me di cuenta de eso en el momento, o simplemente se me pasó. Pero necesitamos espolvorear eso para buscar huellas digitales.
-¿La estatua?, pero ya revisó el balcón. Yo lo vi. Usted dijo que la sal había destruido toda la evidencia.
-Sí, pero eso estaba hecho de sal. Si la estatua es de mármol, y la sal en el aire no ha descompuesto los aceites de los dedos--
-Y él no estaba usando guantes – lo desafió el capitán.
-Claro. Y asumiendo que él no trajera guantes. Y asumiendo que es *él* – el agente sonrió de manera

condescendiente –. Y asumiendo que se trepó al balcón...
-Entonces debe haber una huella.
-¡Exactamente! Y de quien quiera que sea esa huella, ese es nuestro sospechoso o nuestra sospechosa – Sam le sonrió a su amigo –. ¿Aún tiene el equipo forense que juntamos?
-Sí, está atrás, en la camioneta.
-Entonces vamos a la iglesia.

Santos avisaba por el radio, y Sam se mecía de atrás hacia adelante, apenas controlando su emoción mientras regresaban rápidamente a las intermitentes luces azules del parque. Al llegar, varios policías estaban echando a los turistas fuera de la catedral. Sam caminó ante la boquiabierta muchedumbre, pasó el muro de madera para escalar, y siguió por el camino hacia la mina. Alcanzaba a respirar el aroma de los árboles de eucalipto. Una imagen borrosa le pasó por la cabeza. Vio agua corriendo y una fogata. Se tocó la cabeza con la base de la palma de la mano. *¡¿Qué más da, Sam?!*

-Grant, ¿está bien? – le preguntó Santos.
-Ah, sí – bajó la mano –, todo listo – evitó hacer contacto visual.

Dos jóvenes policías equipados con armas semiautomáticas los saludaron cuando pasaron por la entrada baja. Sam sabía que los saludos no eran para él, pero aún así estaba tentado a regresarlos. Los policías se veían impresionantes con sus uniformes corrugados y sus botas cuidadosamente lustradas. El brillo de su reflejo casi le lastimaban los ojos.

Al llegar a la plaza, Sam subió a la camioneta. Santos le pasó el equipo forense CSI. Cuando llegaron a la entrada de la mina, Santos se detuvo.

-Pase usted primero. Ya di aviso a mis hombres por el radio.
-¿Usted no viene, amigo?
-No, yo... – Sam observo al capitán precipitarse a la orilla

del pasillo y recargarse en la pared. Pasaron algunos segundos.
-¿Está bien? Está sudando como un maratonista.
-Estaré bien – Santos se enderezó y se limpió la boca –, probablemente sea algo que comí – comenzó a caminar de regresa o a su camioneta –. Necesito reportarme con el jefe.
-No lo puede hacer por el radio.
-Creo que él querrá saber de esto en persona. Además, está esperando un reporte. Pero le diré lo que está haciendo.
-De acuerdo, Santos – Sam tomó el equipo –, nos veremos más tarde.
El capitán ya caminaba, perdiéndose de la vista de Sam.

Cuando Sam llegó a la primera estación de la cruz, dos jóvenes oficiales se le cuadraron. Grant les regresó el saludo mientras observaba el área. Se dio cuenta de que las botas de los jóvenes policías estaban bien lustradas como las de los oficiales de afuera, sólo que ligeramente manchadas con la sal. La cabeza le dolía cada vez más. Cerró los ojos. Varias imágenes le pasaron por la cabeza: una botella de cerveza, el sol brillante, zapatos oscuros. Se presionó los ojos y se frotó las sienes. Las imágenes se desvanecieron. Abrió los ojos. Los jóvenes policías lo miraban fijamente.

-Agente Grant, soy el oficial Muñoz. El capitán Pérez me pidió que lo escoltara. Estoy aquí para ayudarlo en lo que se le ofrezca – el oficial analizó al americano –, ¿se encuentra bien?
-Sí, oficial Muñoz. Estoy bien. Es sólo un pequeño dolor de cabeza que me ha molestado desde la mañana.
-Entonces, pase por aquí por favor.
Grant siguió al oficial a la mina. -¿Necesita algo, agente Grant?
-Nada por el momento, sólo tengo que empezar a trabajar.

Se dirigió al balcón y abrió su conjunto forense improvisado. Sacó el talco de bebé, la cinta adhesiva, las brochas, y metió todo en sus bolsillos antes de cubrir el pasamano lentamente hasta llegar a la estatua de Gabriel, la cual reflejaba una luz roja de un letrero de salida de emergencia que estaba cerca.

Sosteniendo una pequeña linterna con la boca, Sam se asomaba y colocaba un pie en la pequeña repisa en la que descansaba la escultura, y el otro pie en una escalera de aluminio que salía del centro de la catedral. Podía ver la enorme cruz al centro de la mina. Quitó la tapa al talco y aplicó un poco a la superficie de mármol antes de quitar el exceso con un soplido. Se tomó un momento para maravillarse con los detallados acabados de la figura religiosa. El mármol se puso color blanco casi completamente, con solo unas cuantas partículas de color gris mezcladas. El rostro del querubín estaba tallado meticulosamente y sus ojos veían directamente el altar que tenía al frente. Los detalles en las manos de la estatua también eran impresionantes; inclusive, Sam podía ver las arrugas en cada nudillo y el patrón debajo de las uñas.

****

Sam tomó un momento para mirar el atrio de la iglesia. Para la representación de la Lamentación sobre Cristo Muerto – la escena donde lo bajan de la cruz –, la sal está esculpida en forma de ángeles circulando sobre la cruz que representa a Jesucristo. Grant sintió un pequeño escalofrío, y no estaba seguro del porqué, pero sintió un arrebato de calor religioso. *Por Dios, Grant, tranquilízate. No has ido a la iglesia en años.*

Sam observó cuidadosamente las paredes y el pasamano una vez más con una luz negra. Nada. Tomó un minuto para sacudirse del escalofrío que sintió y observó el centro de la iglesia. Era la primera vez que podía estudiarla de verdad. Estaba seguro de que era blanca hace unos días, pero ahora la imponente cruz resplandecía en colores azul y verde. El débil sonido de los martillos y cinceles explicaban el andamiaje levantado en frente de ésta. Su reflejo se alargaba hasta el suelo, debajo de ella. El altar deleitaba con su iluminación en color púrpura. Justo al lado del altar había una docena de bancas de madera toscamente labradas que apenas se veían ante la tenue luz al centro de la iglesia, el cual se dejaba oscuro para acentuar la luz en la cruz. Detrás de las bancas había un óvalo grande tallado en el piso de sal. Eso, como Sam lo sabía, era copia de una parte de una pintura en el Vaticano. Hoy resplandecía con luz blanca. A los lados, había varios arcos que llevaban a las cámaras exteriores, y que proyectaban haces de luz amarilla en la cámara cavernosa.

-Disculpe, oficial, ¿qué hay allí?, en aquél punto blanco en el suelo.

-¿Señor?

-*Hmm, there, in the white spot* en la central – señaló –. *What is that white?*, ya sabe, blanco.

-No hablo inglés, señor – contestó.

-*Of course not, hmm,* necesito al oficial Muñoz, por favor.

El oficial gritó su nombre en la mina, y Muñoz vino corriendo. Traía un casco de minero con una lámpara, y se lo dio a Sam. -¿Agente Grant?

Sam repitió la pregunta y escuchó al policía explicarle que el punto era una réplica de la Creación del Hombre, de Miguel Ángel, sólo que en el suelo de sal. -Se cortó de un tamaño idéntico a la original en la Capilla Sixtina. ¿Ha estado ahí?

-¿Yo? No. Planeo ir con... Planeo ir algún día – se recargó en el pasamano –. ¿A dónde van estas? – señaló al otro lado de la catedral –. ¿Las brechas?

-Las brechas se extienden a lo largo de casi toda la catedral. Hay algunas áreas que han sido talladas en las paredes, en otras hay estatuas; la escena de la natividad y cosas así. Si va hacía la derecha, verá unas escaleras que llevan hasta la entrada. Dicen que si uno puede llegar hasta arriba, estará limpio de todos sus pecados. Esta otra lleva a otras partes de la mina. Si toma una visita guiada, puede pagar un poco más y aprender a lanzar el zapapico o a usar un taladro real.

-Tal vez lo haga. ¿Y ahí? ¿Al fondo?

-Ese lugar, de hecho, es un Café y una tienda de regalos.

-¿Acaso acabo de ver que alguien se movía? – Grant estaba alarmado – ¿Hay gente ahí?
-Sí. Llegan temprano para prepararse para los turistas.
-¿Los turistas?
-Sí, Grant. La mina y la catedral están abiertas.
-¿Qué es ese ruido?
-¿Ese golpeteo? Son los mineros. El general le dio permiso al señor Cárdenas de abrir una parte de la mina – el oficial le dio un casco amarillo –. Este tiene una lámpara. Es mucho más seguro que la linterna en la boca.

Sam se puso el casco y encendió la lámpara. No se había sorprendido mucho de que no hubieran encontrado nada en el balcón, pero algo no lo dejaba tranquilo. *¿Será culpa?* Sacudió la cabeza. "Ya que estoy aquí, de una vez revisaré la estatua".

Sam se recargó en el balcón, y colocó el pie derecho en la escalera de extensión. Aplicó más talco en las alas del Gabriel de mármol. Apuntó con la linterna que tenía en la boca y por poco la tiró cuando sonrió. Sabía que lo que estaba viendo era una huella latente, al menos una de un dedo índice derecho, y parte de la palma. "Sabía que el hijo de puta que hizo esto era zurdo". Sacó un poco de cinta adhesiva y cubrió las huellas. Presionó ligeramente para lograr la imagen. Posteriormente, la despegó lentamente. La puso a la luz. *¡Bingo!* La pegó a otra pieza de cinta adhesiva limpia, y la colocó en su bolsillo.

-Oiga, oficial – llamó al policía –, ¿me puede echar una mano aquí? Creo que... – Sam se vio a sí mismo mirando la estatua antes de caer a través del techo de paja que cubría el quiosco de los audios tours que estaba abajo. Un puesto lleno de radios pequeños y maniquíes de un menor detuvo su caída. La escalera de aluminio cayó junto a él en el pasaje de sal.

-Señor Grant, ¿está bien? – se escuchó una voz desde el balcón.
Sam se levantó con trabajo y pudo observar una sombra correr a una grieta oscura. -¡Ahí! ¡Ahí! – señaló hacia el túnel.

-Sí, agente Grant.

Sam escuchó silbatos a lo lejos mientras rengueaba persiguiendo a su agresor. Cuando llegó al altar principal, el individuo ya no estaba ahí, pero los gritos de los mineros llamaron su atención indicándole hacia donde había ido. Corrió tan rápido como podía con la pierna lastimada y siguió las indicaciones de los mineros, quienes le señalaban hacia una partición que separaba la iglesia de la mina. Grant perdía terreno al llegar a la cerca de madera que rodeaba la partición. Sam gritaba a la gente que agarrara al sospechoso, quien escapaba. Nadie se movió. Trató de saltar la cerca, pero tropezó debido a la pierna adolorida. Perdió el balance y cayó en el agua de la partición. Cerró los ojos esperando un impacto mortal. Se mojó la espalda y el rostro con un ligero salpicón. Abrió los ojos para darse cuenta de que estaba acostado sobre un par de pulgadas de agua.

"¡Carajo!". Batalló para salir al otro lado de la cerca, sólo para repetir su salto al lado opuesto con muy poca gracia, y cayó en una colección de maniquíes. "¡Mierda!"

Minutos después, varios policías llegaron a ayudarlo. Sam los envió a continuar la persecución. Sam cojeó hasta la tienda de regalos, se sentó, y ordenó un café.

-¿A dónde se fue? – Preguntó Santos
-No lo sé – Sam se limpió un poco de sangre que le salía de la frente. La sal había cauterizado la herida.
Santos le ofreció un pañuelo antes de darles órdenes a sus hombres. Se paró y lo miró sonriente.
Sam aún no recuperaba el aliento por la persecución, pero no iba a aguantar la burla obvia del capitán. En caso de que se lo esté preguntando – Sam sabía que lo tendría que decir eventualmente –, me caí en un tipo de piscina.
Santos soltó la carcajada. -¿En verdad, Sam? Pensé que había empezado a llover en la mina.
Grant sacudió la cabeza, podía darse cuenta de lo

simpático de la situación. -¡Oiga!, no sabía que era una ilusión óptica. Por un momento pensé en verdad que caería al fondo.

-No se preocupe, agente especial del FBI, Grant. No es el primero que comete ese error. Quizás debió haber tomado la visita guiada. Todo mundo piensa que eso es un hoyo. Es un buen truco, ¿o no?

-OK, de acuerdo. Ahora ya lo sé. Anotaré lo del tour en mi lista de cosas por hacer – se quitó la camisa y la exprimió. El agua fluyó por algunos segundos sobre el suelo gastado antes de desaparecer en la sal. Se limpió la sal de la cara con la camisa – ¿Ahora qué? ¿Quién carajo era? Y vestía cosas indígenas, ¿cierto? Juro que se veía como algunos maniquíes que vi después de... Después de...

-¿Después de qué?

-Después de que caí en la piscina – Sam susurró –. ¿Sabe qué? Usted también se ve un poco mojado. ¿Corrió hasta aquí?

-Ah, sí. Está algo retirado de la entrada – respiró profundamente y se secó la ceja con el antebrazo –. De cualquier manera, ¿qué estaba diciendo?

-Le estaba diciendo que choqué con unos maniquíes.

-Ah, es cierto, esas figuras doradas en las que cayó. Están vestidas con ropa Muisca.

-Es lo que me parece que vestía quien sea a quien perseguí.

-Antes de eso, ¿lo perseguía desde la estatua?

-Quiere decir, ¿antes de que me tiraran de la repisa? Sí, lo perseguí por el pasillo, hasta la cruz blanca.

-¿Y qué pasó entonces?

-¿Me está jodiendo?

-Es para el reporte, Sam. Usted es policía. Me entiende, ¿o no?

-¡Por el amor de Dios!

-Por favor, señor Grant, continúe.

-Bien, pues decía que lo perseguí hasta la cruz y entonces, él dio vuelta a la izquierda. Pasamos un altar y una pila de veladoras corriendo.

-Sí, es donde los católicos encienden sus velas durante la liturgia.

-¿La liturgia?
-Sí, es un servicio de la iglesia o de la misa. Es para mostrar la solemnidad de la ocasión. Probablemente estaban encendidas en honor al cura.
-¿En verdad?
-Sí. Por favor, continúe.
-Sigo. Entonces seguimos por otro pasillo o algo así, y después por unas escaleras.
-¿Escaleras?
-Sí. El individuo corrió por una rampa para minusválidos o algo así, y había tres muros en frente de la cosa esa.
-¿Quiere decir de la escalera?
-Sí, oficial Pérez. ¡Las escaleras!
-Lo siento. ¿Pudo ver a dónde corrió?
-No, yo rengueaba. Ya no soy una estrella de pruebas de pista en la escuela.
-Lo siento. Estoy seguro de que hizo su mejor esfuerzo. Por favor continúe.
-¡Bah! Bien, entonces corrí tras él.
-¿Por cuál camino en las escaleras?
-¿A qué se refiere?
-Bueno, hay tres caminos en las escaleras. ¿Cuál escogió?
-¿Escogí? Corrí por el de en medio. ¿Por qué?
-Esas son las de su juicio.
-¿Y?
-Y, la leyenda dice que esa es una señal de su relación con Dios. Eso es lo que dicen los rancheros de las montañas. Si se va por la izquierda, se es cercano a Dios. Si se va por la derecha, se es más cercano al diablo.
-Aún esta sudando mucho, Santos. ¿Está nervioso?
-No, sólo es el clima de aquí. Dígame por cuál corrió.
-Corrí por la de en medio, ¿de acuerdo? ¿Qué significa esa?
-Bueno, esas no son buenas noticias – Santos sonrió condescendientemente –, pero no es tan malo tampoco. Está en algún lugar del purgatorio. Tendremos que esperar para ver si se va al cielo.
-¿Cuál escalera tomaría usted?

-¿Yo?
-Sí.
-¡Quién sabe!, Sam. Todos tenemos nuestros pecados, ¿o no?
-Ah, sí, supongo. ¿Están hechos de sal también?
-¿Mis pecados?
-No, las escaleras.
-Por supuesto.
-Entonces, ¿no hay huellas?
-No, a menos de que tenga una nueva técnica.
-No, pero estoy seguro de que el FBI está trabajando en eso.

El radio del policía restalló. Presionó el micrófono y habló por varios segundos. -Sam, le he ordenado a mis hombres que sigan inspeccionando la mina. Ya han pasado por el túnel donde usted... perdió al indio. También buscaron en el área de la piscina. Seguiremos buscando, pero quien sea que haya perseguido ha--

-¿Desaparecido? – Sam interrumpió.

Santos asintió con la cabeza. -Hemos cerrado la catedral y todos los mineros han escapado del fantasma. Así le llaman a lo que usted persiguió.

Grant se secó la cabeza otra vez. El sangrado se había detenido, y el corte ya no le molestaba.

-Sí, hasta que se me ocurra un mejor término que "perpetrador".

-Bueno, Sam, ¿podría ser que, lo que sea que haya perseguido, se pudiera escapar en verdad, sin que los mineros lo pudieran ver?

-Probablemente con esa vestimenta, no. Así es que se tiene que estar escondiendo en algún lugar, o escabulléndose hacia adentro y afuera de alguna manera. Piénselo, Santos. ¿Cómo es que el tal Chamí entra y sale tan rápidamente del parque ecológico?

-No me joda, Sam. ¿En serio?

-Piénselo. Casi cada vez que algo ocurre en este caso, ese individuo está cerca, o no puede dar cuenta de su ubicación. La muerte del cura, el disturbio, el ataque contra mí, el parque arqueológico. Le digo, aquí está pasando algo raro.

-Hablamos con él después del disturbio. Tuvo una excusa. Y sus zapatos no coincidían – dijo Santos –, usted mismo lo dijo.

-Sí, pero sí eran del mismo tamaño. Estoy seguro de que tiene otros zapatos. ¿Al menos analizaron el tipo de tierra que traían?

-Sam, creo que usted está persiguiendo fantasmas, literalmente.

-¿Analizaron la tierra?

-No, no vi razón para hacerlo.

-Hágalo. Y sentemos a ese profesor en un cuarto de interrogatorios para algunas preguntas.

-Sería una pérdida de tiempo, Sam – contestó Santos.

-Llamemos al general Álvarez para saber su opinión.

-Eso no será necesario – susurró el capitán.

-De acuerdo. Analizaremos los zapatos de Arroyo, y lo llamaremos para un interrogatorio.

****

La luz azul del teléfono de Cárdenas alumbraba casi todo el cuarto de observación de la sala de interrogatorio. Cerró rápidamente el celular, pero no lo pudo hacer antes de causar miradas de desaprobación de los presentes en el cuarto del espejo polarizado. Estaba sorprendido de ver al americano, ya que le habían asegurado que éste era un asunto colombiano, pero antes de que pudiera decir algo, el general Álvarez activó un interruptor y la conversación se escuchó por las roncas bocinas del lugar.

-Chamí, así que, ¿cómo están las cosas en la universidad estos días? – Santos preguntó mientras se sentaba en una silla sin brazos, en frente del sospechoso. Santos tenía un vaso de café desechable en la mano.

-Usted debe saberlo, Santos. Es decir, capitán. Acaba de estar ahí.

-¿En dónde estaba hace tres noches?

-Ya se lo dije.
-Lo sé, pero ayúdeme a refrescar mi memoria.
-Claro.
-De acuerdo. El lunes, alrededor de las diez de la noche, ¿En dónde estaba?

Chamí se recargó tan atrás como su silla lo permitía. -Bien, estaba viendo el partido en la casa.
-¿El partido?
-El juego de fútbol. Usted lo debe recordar también. Zipa ganó.
-Concentrémonos en usted. ¿Salió a algún lado en absoluto?
-Pude haber ido a caminar.
-¿A dónde fue?
-Por ahí, creo. Ya hemos hablado de esto en la universidad.
-Lo sé, pero quiero estar seguro de que no se me escapó nada. ¿Lo vio alguien?
-Tal vez. Es un pueblo chico.
-¿Anduvo cerca del parque?
-¿Se refiere a la construcción?
-Sí.
-No sé. Simplemente fui a caminar. No recuerdo bien a dónde fui.
-¿Sabe que un hombre fue atacado esa noche?
-¿Se refiere al gringo?
-Sí.
-Claro. Todo el pueblo lo sabe.
-Sí. En su hotel, y en el parque.
-No sé nada de eso. Sólo lo que escuché.
-Y el cura está muerto
-Todo el mundo sabe eso. ¿Estoy aquí para discutir las noticias locales? ¿Qué me dice de los deportes y del clima?

Santos tomó un sorbo de café, y dejó el vaso en la mesa, en la cual no había nada más. -Vamos, Chamión, colabórese a usted mismo. El padre Quinn era una figura nacional, y alguien atacó a un agente del FBI. Eso quiere decir que los americanos están involucrados. La embajada ya nos llamó. Alguien tiene que ser el responsable.

¿Qué es lo que está haciendo, Santos? Se preguntaba Cárdenas detrás del espejo, mientras la conversación se seguía escuchando por las bocinas.

Chamí se encorvaba en la silla y cruzaba los brazos.

-Mire, profesor. Sé que no es usted – dijo Santos.

-Ya le dije que no sé nada.

-Deje que le muestre algo – Santos salió de la sala de interrogatorios y regresó con una diapositiva enorme. La colocó sobre un caballete –. Mire aquí, Chamí. A la izquierda. Esa es la huella del agresor. La obtuvimos de la arena en el lugar de la construcción. Esta – mostró la segunda diapositiva –, es la huella que obtuvimos de su zapato esta mañana – tocó ambas con la mano izquierda –. Coinciden exactamente.

-¿Qué? ¿Cómo...?

-Estos son sus zapatos.

-No, pueden... cualquiera puede usar esos zapatos.

-No es probable. No cualquiera puede comprarlos.

-Bueno, quizá yo caminé por ahí. Es un pueblo chico, es fácil pasar por todas las calles.

-¿Antes, o después de que agredió al americano?

-¡¿Que yo qué?! Yo nunca he agredido a nadie.

-Vamos Chamí. Sé que alguien más lo metió en esto. Nunca se ha metido en problemas por algo que no sea las protestas.

-Eso es porque... Mire, Santos. Es decir, capitán, no sé qué esté pensando, pero yo no hice nada.

-¿Es por el movimiento?

-¿Qué?

-El movimiento indígena. ¿Ellos lo metieron en esto?

-¿En qué? ¿Se volvió loco?

-¿Fue Guasá?

-¿Qué? Váyase a la mierda.

Santos tocó las huellas otra vez. -La evidencia forense no miente.

-No puedo ser yo. ¿Por qué atacaría yo al agente americano?

-¿Quién sabe? Tal vez se enteró de que es policía y sintió

pánico. Quizá simplemente no le gusten los gringos – el capitán se puso de pie y salió de la sala de interrogatorio. En unos segundos, la puerta del cuarto de observación se abrió –. Creo que está a punto de tronar – miró a Cárdenas, se escucharon murmullos en el cuarto.

Cárdenas veía el procedimiento por detrás de la cabeza del agente americano. Nunca había visto un interrogatorio anteriormente, pero estaba sorprendido de lo frustrado que un sospechoso se puede llegar a poner tan rápidamente. Incluso, sin la presión física por la cual la policía nacional era conocida. Cárdenas seguía jugueteando con el celular dentro de su bolsillo.

-De acuerdo, capitán Pérez – dijo el general –, haga lo que tenga que hacer.
Santos regresó a la sala de interrogatorio con una lata de Cherry Coke. La deslizó sobre la mesa. -Tenga Chamión. Esta siempre ha sido su favorita, ¿no?
El sospechoso simplemente asintió con la cabeza.
Santos tomó otro sorbo de café. Hubo varios minutos de silencio en la sala.
-Así que dígame una vez más, ¿dónde dice que estuvo?
Chamí se enderezó en la silla y dio un puñetazo en la mesa. -Ya le dije que no lo sé. Sólo anduve por ahí.
Santos dejó escapar un suspiro profundo, sólo por el efecto que causaría. -¿En serio, Chamí? ¿Así es como quiere manejar esto? – se inclinó al frente –. ¡Vamos, Chamí! – el detective tocó el hombro del profesor –. Nosotros hemos pasado cosas difíciles juntos, ¿no es así?
-Así es, muchos de nosotros fuimos... – el profesor se secó los ojos.
-Chamí, esto es lo que creo que ocurrió. Alguien se lo pidió... Alguien poderoso. Tal vez algunos rebeldes. Quizás alguien del gobierno. O tal vez Guasá. A usted le gusta, ¿no? Pero ella no le corresponde, ¿no es así?
-¡Santos, mal parido! ¡Váyase a la mierda!
-Entonces, ¿quién fue, Chamí? ¿Quién lo involucró en

esto? Usted es sólo un profesor de universidad; no un ladrón, ni un asesino.

El lugar se quedó en silencio, excepto por la estática que se escuchaba de las bocinas baratas. El ejecutivo de la mina juraba que podía escuchar la respiración de Chamí. *¿Qué carajo irá a decir?*

-¿Sabe qué, Santos...?
La puerta del salón de interrogatorio se abrió, y un hombre corpulento de gafas vistiendo un traje costoso entró al lugar.
-¿Quién es usted? – preguntó Santos.
-Soy el señor Eduardo Ríos. He sido contratado para representar al señor Arroyo. Este interrogatorio ha terminado – le dio la espalda al capitán de la policía y se dirigió a su cliente –. Chamí, no diga ni una palabra más.

****

Sam salió furioso de la estación de policía moviendo la cabeza de incredulidad acerca de lo que había pasado. "Ya lo tenía, Santos. Lo tenía. ¡¿Qué mierda pasó?!". Grant seguía llamando la atención de la gente mientras caminaba hablándole a la calle empedrada. El agente había visto cómo el capitán condujo un interrogatorio siguiendo el libro de texto de Reid. Nadie en Quantico, Virginia, lo podía haber hecho de mejor manera. Sam se maravilló de cómo Santos confrontó a Chamí, y entonces, la culpa cambiaba.

Había quedado impresionado de lo bien que Pérez expresó su monólogo con el corazón. "Oye Chamión, creo que actuaste por desesperación. No creo que usted sea un criminal común quien disfruta al hacer estas cosas. Creo que se ha esforzado para poder sobrellevar todo lo que ha pasado. Todos nosotros tenemos demonios. Creo que usted vio esta como una oportunidad para poder deshacerse de los suyos finalmente. Vio la oportunidad en un momento de desesperación. Usted no planeó el asesinato. Tuvo que haber sido el calor del momento. Lo entiendo". Era como si estuviera dando un seminario avanzado en interrogatorios.

Luego se detuvo. ¡Se detuvo! ¿Para qué? ¿Para darle a Chamí una lata de su soda favorita? ¿Cómo es que sabía eso? "¡Hijo de puta! – dijo en voz alta.

Y el abogado, ¿de dónde salió? ¿De Santos? No, eso sería muy arriesgado, incluso para él. ¿Del jefe? No. Sam ignoraba las miradas de los que pasaban. "Cárdenas", dijo y tronó los dedos. "¿Quién más?" *Pero, ¿por qué?*

"Santos conoce a Chamí. Cárdenas lo debe conocer también. ¿O por qué más habría llamado al abogado? Claro, claro. Cárdenas conoce a Santos, pero eso sólo puede que sea a nivel profesional. Si está protegiendo algo o a alguien, ¿qué es lo que protege? Una condena por asesinato sería buena para la mina. Eso querría decir que no hay fantasmas, o indígenas que espantan a los trabajadores". Sam siguió despotricando por la calle. "¿Y si se conocen entre todos? ¿Cuántas putas veces he escuchado que este es un pueblo chico? ¿Qué tiene que ver eso con el pedófilo del cu--? ¡Eso es!" Se golpeó la palma de la mano con el otro puño. "Es hora de una pequeña lección de historia en Zipaquirá". Buscó a su alrededor para ver si alguien lo escuchaba por casualidad, pero ni siquiera Horacio estaba ahí para escucharlo.

****

Sam vació los billetes que tenía en el bolsillo y los puso en el asiento del frente de un taxi, y se apresuró a subir las escaleras en la biblioteca de la universidad.

"¿Periódicos viejos?" Sam tuvo dificultades para comunicarse con la señora bibliotecaria. *"Hmm, ¿recordos de los niños?* Mostró con su mano la altura que tenía su cadera *"¿Data de los chicos?"* Entre más español hablaba Sam, más

se confundía la bibliotecaria. Sam hizo su mejor esfuerzo para traducir. Ella le sonreía. Sam le mostró su identificación. La señora se encogía de hombros. Sam trató de hablar hasta con las manos. La señora suspiró. *"¿Micro Ficho?"*.

-Señor, quizá yo le pueda ayudar – se escuchó una voz diciendo en inglés.

Sam volteó para ver que se acercaba un adolescente. Estaba vestido con pantalones de camuflaje, una camiseta de manga larga de la armada de la antigua Alemania del Este, y un chaleco de piel con múltiples bolsillos. *Parece que ese estilo se está poniendo de moda.* El joven tenía el vello facial crecido de varios días, y traía el cabello hacia atrás, sujetado en una colita de caballo.

-¿Perdón? Creo que yo lo puedo ayudar, señor. No pude evitar escuchar su conversación.
-Oh, ¿habla inglés?
-Sí, lo he estudiado desde que iba en la primaria, y además viví in año en Miami.
-Bueno, pues habla muy bien el inglés.
-Gracias. ¿Qué es lo que quiere hacer?
-Bien, pues sé que esta biblioteca tiene muchos archivos, y quiero ver algunos de ellos.
-¿Qué es lo que está buscando?
-Quiero ver algunos periódicos viejos, y también registros de nacimientos.

El joven le ayudó a traducir lo que quería. La bibliotecaria asintió cortésmente y le pidió a Sam que la siguiera al fondo del lugar.
-Ella le mostrará los documentos-
-¿Documentos? ¿O sea que no están en formato electrónico?
-¡Ja, ja! – rió el joven alumno – aún no, señor. Pero estoy seguro de que lo estarán eventualmente. Buena suerte.
-Supongo que será como cuando estudié el postgrado. Gracias, amigo.

-José, señor.
-Perdón. Gracias, José.

Después de estrechar la mano del joven, Sam siguió a la señora, quien caminaba cuidadosamente al fondo del salón. Abordaron un viejo ascensor, y descendieron lentamente al piso de abajo. Sam podía oler la humedad y el polvo antes de que se encendieran las luces. La bibliotecaria encendió un interruptor que no estaba a la vista, y lentamente, una por una, las luces fluorescentes del techo comenzaron a alumbrar el largo corredor lleno de estantes. Sam saltó cuando la puerta de acordeón del viejo elevador se azotó detrás de él. "Dos horas", dijo la bibliotecaria antes de irse.

"Tienes dos horas, Sam. ¿Por dónde comenzar?", dijo Sam en voz alta. Pero la bibliotecaria ya había hecho esa decisión por él, a unos pasos de él se podía leer un letrero que decía "Periódicos", el cual estaba colgado sobre largas filas de los registros. Sam revisó sus notas. La inteligencia que le había mandado su amigo mostraba que el Padre Phillip Quinn se había unido a una parroquia en la década de 1980. Eso quería decir que si el cura estuvo en Zipaquirá antes de ser transferido recientemente, tendría que buscar la información anterior a ese tiempo. Sacó media docena de archivos y comenzó a cambiar las páginas. "Ah, un viaje de regreso a los ochentas. Ahora todo lo que necesito es una canción de *White Snake* en el radio y una chaqueta de *Únicamente miembros*", se dijo a sí mismo justo cuando una canción de *Journey* le pasó por la mente. "Ah, las bandas que se usaban en la cabeza".

Soplando el polvo de las páginas, revisó en los descoloridos periódicos. Nada. Sacó más archivos. Le gustaba la apariencia café y apergaminada de los diarios, pero el polvo y la humedad comenzaban a irritarle los ojos. Aún nada. La nariz comenzó a congestionársele. "¡*Arg*! Tiene que haber algo por aquí". Tomó otra docena de los enormes libros. Cinco años más de diarios. Empezaba a dudar de su corazonada, pero continuó. "Veamos, 21 de mayo de 1987... Protesta de los campesinos, alguien con el nombre de Verónica Malavé Hernández había celebrado su fiesta de quince años... oh, claro. Ellos festejan su *Sweet Sixteen* a los quince años". Seguía cambiando las páginas, traduciendo lo que su español, con nivel de secundaria, le permitía. "Un nuevo restaurante en el pueblo, algún tipo de... ¡Bingo!".

La página cuatro mostraba una fotografía del tamaño de la mitad de la misma en colores blanco, amarillo y un negro. Sam sólo había visto al Padre Quinn luciendo mucho mayor en la escena del crimen, y en la autopsia, donde la mayor parte de su cráneo había sido destruido, pero la mayoría de sus características se apreciaban claramente en la deteriorada fotografía. Se veía un gringo alto y delgado, con túnicas eclesiásticas, en los escalones de la iglesia del centro del pueblo. Una fila de monaguillos llenaban los escalones detrás de él. Aún con su *Spanglish* pudo traducir el título. El obispo de la región anunciaba con tristeza la transferencia del Padre Quinn a los Estados Unidos. La iglesia le agradecía por su valioso servicio y se lamentaba de cuánto se le extrañaría. *Así que estuvo aquí, y luego fue transferido. Y luego, ¿qué? ¿Lo transfirieron de vuelta? ¿Regresó a iniciar su propia iglesia?* El artículo no daba más detalle. *Probablemente necesitaré hablar con Santos.*

Revisó la foto. Varios niños detrás de él sonreían, y tres de ellos, no. Todos entrecerrando los ojos ante el aparente rayo del sol. "Esto tiene más fondo, Sam", dijo en voz alta. "Tiene que haber más". Sus nombres estaban listados debajo del título: Miguel Soto Rojas, Santos Pérez Guáqueta, Chamión Arroyo Tinjacá, Sebastian Cárdenas Tinjacá...

"Pérez. Hijo de puta. Chamión... ¡Espera! Chamión es Chamí, ¿verdad? Tiene que serlo. ¿Cuántos individuos más podrán tener ese nombre en este pueblo? ¿Sebastián Cárdenas? ¡Mierda! ¡Eso es! En español todo mundo tiene dos segundos nombres. ¿O son dos apellidos? ¡Carajo! ¿Por qué no le puse más atención a la profesora Morales". Sam golpeaba la foto con los dedos enviando pequeñas nubes de polvo al aire. "Pero, ¿no sabría Santos si ellos fueran--?".

El sonido de los pasos producía eco a través de la estantería. "¿Qué demonios? ¿De dónde viene eso?". Observó el cuarto y pudo ver el letrero de salida. "¡Mierda!". Arrancó la página del libro, la doblo rápidamente y la metió en su bolsillo trasero. Comenzó a acomodar los libros e hizo como si no hubiera escuchado la puerta de la salida de emergencia que daba a las escaleras, hasta que se cerró. Miró al rededor esperando a que la bibliotecaria lo escoltara a la salida, pero a quien vio fue al capitán de la policía. Santos le sonrió. A Sam le pareció más bien como la cara que alguien pone cuando tiene que trabajar con alguien a quien se detesta. Grant le devolvió la sonrisa tan genuinamente como pudo.

-Hola, Sam. ¿Qué está haciendo?
-Ah, sólo viendo algunos archivos viejos, básicamente. Pensé que tal vez podría encontrar algo.
-¿En serio? ¿Algo acerca de qué?
-Oh, acerca de la mina. La iglesia. Pensé que podría haber algo.
-Si en verdad quiere saber acerca de la mina, yo le puedo conseguir un libro muy bueno.
-No hace falta. Es sólo que el investigador que hay en mí siempre piensa que se pudo haber escapado algo – sopló polvo de sus dedos – ¿Se terminó el interrogatorio?
-Sí, desafortunadamente no obtuvimos mucha información. Y ahora él tiene un abogado.
-Lo vi entrar. Me imaginé que era eso. Entonces, ¿no hubo confesión?
-No. Lo podemos retener por un poco más, pero no tenemos pruebas suficientes para arrestarlo.
-Yo creí que lo tenía cuando le dijo que sus zapatos coincidían.
-Sí, yo también. Fue buena la exageración. Pero, es probable que la mitad del pueblo tenga zapatos similares. Además, la tierra del parque arqueológico en sus zapatos, eso

no es tan comprometedor. Es como tener sal en la ropa, un peligro laboral en Zipa.

    -Supongo.

    -¿Encontró algo aquí en la biblioteca? – Santos vio el polvo esparcido en la mesa.

    -No, sZ XóDClo mucha publicidad. ¿Cómo supo que estaba aquí?

    -Es un pueblo chico – le cerró el ojo –. Fui a buscarlo al hotel. Me dijeron que había salido. Pregunté por ahí. Usted no pasa desapercibido.

    -¡Ja! Supongo que no. Buen trabajo de detective.

    -Venga. Lo llevo, a menos que tenga algo más que hacer.

    -No, me di cuenta de... Me di cuenta de que no hay nada aquí. Vamos al elevador.

    -Adelántese. Yo tomaré las escaleras. No me gustan los elevadores.

    -¿En verdad? ¿Es usted...? ¿Cómo se dice... claustrofóbico?

    -¿Claustro... qué?

    -Claustrofobia. Es el temor a estar en lugares cerrados como los elevadores. Una de las pocas palabras que recuerdo de mis clases de sicología.

    -Oh, pues supongo que sí. Simplemente no me gusta estar encerrado en espacios pequeños con gente.

    -Lo entiendo. Supongo que es por eso que está sudando.

Santos se secó el rostro con un pañuelo. -Sí. Eso creo.

    -De acuerdo. Lo veo allá arriba.

Sam esperó varios minutos a Santos para verse en la recepción principal. Buscó al estudiante que le ayudó mientras pasaban por el centro de la biblioteca. Las mesas de las fichas bibliográficas estaban vacías, e incluso el escritorio de la bibliotecaria estaba solo, y su lámpara color bronce con pantalla verde de banquero estaba apagada. Sus pasos hacían eco en los estantes de libros.

    -¿Qué le pasó al estudiante, Santos?

    -Es un día bonito. Probablemente están afuera jugando

soccer, es decir, fútbol.
-¿Me puede llevar al pueblo? Tomé un taxi para venir.
-¡Seguro! ¿De vuelta al hotel?
-Quizás a la plaza. Creo que se me antoja un trago.

****

Alejandra observó el vehículo de la policía retirarse antes de cruzar la plaza principal y acercarse al americano. Vio que un mesero lo llevó a una mesa, casi en contra de su voluntad. Se le acercó por detrás, y se sentó antes de que él se diera cuenta.

-Hola, Sam.
-¡Oh! Hola, Guasá. ¿Cómo estás? ¿Lo dije bien?
-Sí, perfectamente. Zipa lo está convirtiendo en un llanero de verdad – le dijo.
-Espero que eso sea algo bueno.
-Sí, más o menos. Llanero es *cowboy* en inglés.
-¿En verdad? Pensaba que eso era "caballero".
-Me parece que está confundiendo el español de Colombia con el de México. Puede ser diferente.
-Oh, de acuerdo. Cowboy no suena tan mal – Sam sonrió.
Ella le regresó la sonrisa.
El mesero le trajo el trago, y le tomó la orden. Ambos estaban tomando Diet Coke. Guasá observaba cómo él tomaba con un pitillo, y cómo trataba de aguantarse un eructo.
-No muy macho, Sam.
-Sí sé qué quiere decir eso. Pero probablemente tenga razón – Sam sonrió una vez más.
-Así que, ¿qué es lo que ha estado haciendo hoy el turista más famoso de Zipa?
-¡Bah! Nada divertido.
-¿En verdad? ¿Terminó su investigación?
-En realidad no podría decir que sí. Siempre hay alguien más con quien hablar, otra piedra que levantar. Además, no es mi investigación. No soy parte del caso oficialmente.
-Pero, ¿ya terminó por hoy?

-Eso creo. Tengo algunas cosas que hacer más tarde, pero no creo que vea a Santos otra vez hoy – contestó.

El mesero trajo la bebida de Guasá, y antes de darle un trago, ella lo presionó. -Entonces, demos un paseo en la catedral. Usted sólo la ha investigado. Yo le puedo mostrar toda su belleza, e incluso, las aéreas no turísticas. Piénselo, sin ruidosos niños de escuela, ni alumnos del colegio Alemán chocando con usted con sus enormes mochilas – se inclinó sobre la mesa y le tomó la mano. Sintió que Sam brincó ligeramente.

-No creo.

-Por favor. Siento que Colombia ha sido una muy mala anfitriona con usted. Venga conmigo, y además, lo invito a cenar más tarde. Conozco un buen lugar de comida tradicional americana, ¡hotdogs! – golpeó ligeramente el brazo de Grant, y lo miró a los ojos. Estaba sorprendida de cuánto se había aligerado el comportamiento del gringo.

-¿Sabe qué? Hagámoslo. Será lindo verla sin tener que estar trabajando en una escena de un crimen, o sin que alguien me derribe de una escalera.

Se apresuraron para vencer la amenaza de las nubes, y antes de que se diera cuenta, ya estaban en las entrañas de la montaña de sal.

****

-¡Qué demonios es eso! – exclamó Grant cuando las paredes alrededor de ellos comenzaron a temblar.

Alejandra le cogió del brazo. -No lo sé – contestó.

-¿Es un terremoto? – comenzaron a caer pedazos de sal cristalizada del techo, como si fueran granizo brillante.

-No, no puede ser. Incluso cuando hubo un temblor de 7.1 grados en Bogotá hace algunos años, nadie lo sintió en la cueva. Chamí me dijo que la gente siguió trabajando y ofreciendo excursiones.

-¡Algún maldito fantasma!

-¿Qué?

-Lo siento. Es sólo que cuando le dije a Santos que alguien me había derribado de la escalera, me trató como si estuviera loco. Me dijo que quizá me había derribado un temblor de la montaña, y dijo que yo estaba persiguiendo fantasmas. Y ahora, ¿usted me dice que aquí no hay temblores?
-No, Sam. Sé con certeza que aquí no se sienten los temblores. Supongo que la sal absorbe el impacto.
-Y las huellas y el ADN.
-¿Qué?
-Nada. ¿Qué más podría ser?
-No lo sé. Quizá...
-¿Quizá, qué?
-Tal vez estén perforando esta parte de la mina.
-¿No es esto parte de la excursión?
-En verdad, no. Pensé que usted quería ver la mina real, no solo las áreas turísticas.
-¡Mierda! Bueno, no nos vamos a quedar para saberlo. ¡Vámonos! – La tomó del brazo y los dos comenzaron a ascender a través del pasaje.

"¡Apúrese!", le dijo Sam mientras piezas más grandes de desperdicio caían a su paso. El suelo se sacudía con más fuerza. Guasá resbaló en una piedra enorme y haló al agente hacia abajo con ella mientras trataba de no caer. Ambos cayeron al suelo fuertemente, levantando polvo de sal al aire con los pies. La sal les entró a los ojos cuando se incorporaban, pero ellos vieron claramente cómo el techo se colapsaba.

Un taladro de metal del tamaño de un barril de cincuenta y cinco galones opacado por la sal irrumpió a través del techo tembloroso mientras miraban como caía una enorme roca de sal. Su afinada punta rotaba rápidamente y lanzaba piedrecillas de sal en todas direcciones. De manera instintiva, los dos retrocedieron y protegieron sus rostros al ser golpeados por la lluvia de rocas de sal. En unos cuantos segundos todo había terminado. Sam sintió una ligera sensación de alivio.

Sam volteó a ver a Guasá. -Creo que estamos bien. Sólo

esperaremos a que se retracte de vuelta al techo. Entonces podremos salir.

-No. Ese es un taladro de agua.

-¿Qué demonios es un taladro de agua?

-Un taladro de agua. Lo usan para llenar los túneles con agua para disolver la sal y luego bombearla hacia afuera, a los tanques de la fábrica.

La barrena gigante había dejado de girar, pero habían ruidos metálicos desde adentro, mientras el martilleo del enorme taladro comenzaba a moverse. Un ruido sordo se escuchó desde arriba. "Hay lugar a los lados, podemos pasar--" Un chorro de agua tibia los hizo tropezar hacia atrás. "¡Vamos! ¡Vamos!", gritó Sam mientras se enfrentaban al chorro. El piso de la mina se convertía en un lodo resbaloso mientras la presión del agua se elevaba y el ruido del motor se escuchaba más fuertemente. Una pequeña ola derribó a Guasá. Grant perdió el agarre y vio cómo Alejandra comenzó a flotar en la mina, como si fuera un tronco en un río. Su casco de minero con luz flotó sobre los rápidos espumosos adelante de ella, y en sólo unos segundos, la perdió de vista. Sam pensó que aún podía pasar la perforadora mortal, pero en cambio, se apresuró al fondo del túnel y logró tomar la mano de Guasá. Aún flotando en la corriente salobre, la ayudó a levantarse mientras el chorro de agua los empujaba de regreso al túnel.

-¿Qué hacemos? – preguntó Guasá.

-No dejemos de movernos. Tiene que haber algún otro túnel que se conecte a algún lado – chapotearon por el pasaje. Sus ropas empapadas se les pegaban al cuerpo y alentaba su paso. Corrieron hacia abajo por un poco más de un minuto antes de que se les acabara el túnel. Estaban en el fondo, y no había manera de salir.

El *G-man* golpeaba las paredes, que eran tan duras como si fueran de granito. -¡Mierda!

-¿Y ahora qué, Sam?

Sam se limpió el agua salada del rostro. -Tenemos que regresar hacia arriba – y señaló a la parte frontal del túnel –, creo que es nuestra única oportunidad.

Guasá tomó su mano y comenzaron a subir en el túnel. El agua salina corría con más fuerza. Su punto de apoyo estaba lleno de lodo, pero con pasos firmes, lograron avanzar continuamente. El pozo entero tembló una vez más. Caía más desecho, y éste los forzaba a detenerse. De pronto, escucharon el zumbido estremecedor del golpe del agua. Se abrazaron y se prepararon para lo que vendría. Una pared de agua de tres metros y desechos de sal se dispararon hacia la mina, barriéndolos al fondo del pozo. Grant trataba de alcanzar a Guasá a ciegas mientras se tambaleaba patas arriba en la turbia corriente. Intentaba ponerse de pie para poder inhalar aire, pero antes de que lo lograra, perdió el aliento que le quedaba cuando chocó contra la pared, en la base del pasaje.

Sin aire y desorientado, Grant sintió una calma extraña. Aflojó el cuerpo y sucumbió ante la corriente de agua. Una mano lo tomó y lo haló. Salió a la superficie, y jadeó en busca de aire.

-¿Está bien? – preguntó Guasá.
Sam jadeó y tosió. -Sí, eso creo.
Caminaron por el agua con los ojos entrecerrados por el ardor de la espuma del agua de la extracción. El turbulento río subterráneo los llevaba como tiburones boyantes.
-¿Qué hacemos? – cuestionó Alejandra.
A ambos les costaba trabajo sostenerse firmemente con los dedos en las paredes resbaladizas. Flotaban para respirar el poco oxígeno que quedaba en las bolsas de aire. Sus ropas pesaban como plomo y los halaban al piso del túnel. -Quítese la ropa – gritó Sam.
-¿Qué?
-Su ropa, Guasá. Su ropa – gritó tosiendo y escupiendo – le pesa mucho.
-OK. OK.
De pronto, la turbulencia se detuvo tan repentinamente como había comenzado. Flotaron en la salmuera como turistas

desnudos en el Mar Muerto.
    -¿Está bien?
    -Sí, puedo avanzar en el agua – dijo ella.
    -¿Qué demonios fue eso?
    -La extracción de sal. Esa es una de las maneras en que lo hacen. Inundan con agua para disolver la sal.
    -OK. Bien, al menos ya paró. Tal vez podamos nadar a la entrada del túnel. No veo nada – hizo un gesto inútil para limpiar sus ojos –. Los ojos me arden como si se estuvieran quemando en el infierno.
    -Sí. A mí también. Pero debemos apurarnos.
    -¿Por qué?
    -Porque primero inundan el área, y luego-- – el borboteo del agua que fluía la interrumpió.
    -¿Qué demonios es esto? – preguntó Sam.
    -La extracción. Ahora succionan el agua.
    El agua comenzó a arremolinarse, con más fuerza y en dirección contraria a la vez anterior.
    -Necesitamos permanecer en la superficie, o nos llevará la--

    La contracorriente de agua reciclada los sumergió una vez más. Desesperado, Sam tentaba a ciegas. Las paredes estaban suaves y resbalosas después de la inundación inicial. Su cabeza golpeó el suelo mientras trataba de alcanzar la superficie. Trastabillando en la oscuridad, Sam agarró la pierna de Guasá, halándola accidentalmente hacia abajo. Grant sintió cómo Alejandra pataleaba para liberarse y eventualmente pudo apoyarse en el hombro de Sam. El poder de la succión los haló con la corriente, pero Guasá se impulsaba a la superficie cada vez que sentía el suelo. "Tome aire y agárrese, Sam".

    Los dos llenaron sus pulmones con el aire que estaba cerca del techo de la cueva antes de que la contracorriente los sumergiera otra vez. Juntos, giraron con la corriente a lo largo del túnel antes de ser succionados hacia arriba, como soda por un pitillo. Al chocar con un tubo de metal, Sam sintió que estaba aplastado entre Guasá y el frío acero. La curva en la tubería dejó una pequeña bolsa de aire, de donde Sam pudo tomar más aire para sus pulmones.

-¿En dónde estamos?
-En el codo de una tubería. Creo que estoy agarrado de una llave de un puerto de acceso, pero no puedo ver.
-¿La puede girar?
Sam cogió la llave firmemente e intentó abrirla. -No se mueve.
-Quizás pueda--
-No podré sostenerme por mucho tiempo más – sentía como perdía el agarre de la mano de ella.
-No me deje-- – la corriente de la salmuera ahogó su súplica.
-¡Hijo de puta! – exclamó Sam al perder el agarre y hundirse en el tubo oscuro. El ardor en los ojos lo forzaba a buscar a Guasá ciegamente y a tientas mientras rasguñaba las paredes de la tubería. Comenzaban a dolerle los pulmones por el aire viciado, y comenzó a perder el conocimiento. Su último recuerdo, un puño cerrado. De pronto, vio una luz brillante al dejar ir el último aliento de sus pulmones a punto de reventar. *¡Wow! La gente en verdad va hacia la luz.* Escuchó su nombre. "¿Mamá?", susurró antes de caer en un tanque gigante de agua salada reciclada. Batalló para llegar a la superficie y cuando la alcanzó, llenó sus pulmones con desesperación.

-Grant. ¡Sam! ¡Sam! Aquí - le llamó Alejandra en el tanque con dificultades.
Sam siguió las palabras mientras la salmuera le escurría del rostro. Guasá lo cogió del brazo. -Está bien, soy yo – dijo Guasá
Sam sintió cómo le limpiaba los ojos. La pudo ver, tenía el cabello todo hacia atrás. Sus facciones se acentuaban, y a él le encantó. -Pensé que la había perdido.
-Yo también.
-¿En dónde estamos?
-En un tanque de retención. Mire ahí – se podía ver un poco de luz que se filtraba por una apertura que rodeaba al

tanque.
-¡Auxilio! ¡Ayuda! ¡Alguien!
-Espere. Nadie puede escucharnos. ¿Acaso esos son...?
-Sí, las banderas del memorial de los mineros. Estamos en un tanque fuera de la mina.
-¡¿Qué?!
-Algunos de los tanques más viejos están por fuera de la mina. Tuvimos suerte. Los tanques nuevos están completamente sellados del exterior. Si hubiéramos terminado en uno de esos, nos habríamos ahogado.
-Quizá el rezar sí sirve. ¿Cómo salimos de aquí?
-No lo sé – respondió Alejandra.
Miró a su alrededor. -¡Allí! La escalera. Debe ser para los de los equipos de mantenimiento.

Nadaron en el remolino de agua y se esforzaron para poder salir del contenedor de agua salobre. Una vez fuera, cayeron al suelo y probaron el aire con sabor a eucalipto. El ruido del agua salpicando y el estruendo de la enorme maquinaria los aturdía desde arriba de los árboles que había sobre ellos. Sam logró ponerse de pie. De no haber estado exhausto, habría sonreído. Desde donde estaba, podía ver la entrada del parque y también su hotel, a solo media cuadra más allá. Le extendió la mano a Guasá y la ayudó a levantarse. Ella no tenía camiseta, el sostén mojado se pegaba su bien formado pecho, al igual que sus pantalones de mezclilla a sus estéticas piernas. Sam tampoco tenía camiseta, y se apenaba por su "llanta de refacción".

-Qué buena *par* hacemos – dijo él.
-¿Par? ¿Quiere decir *pareja*?
-Oh, lo siento. No, sólo quise decir... sólo digamos que todo esto será muy difícil de contar.
-Creo que tiene razón. ¿Qué hacemos ahora?
-Llamar a la policía.
-¿Con qué? Mi teléfono celular esta por ahí, en los tubos de extracción en camino a la planta procesadora.
-Bueno, podríamos caminar a la estación – respondió

Sam.

-Creo que primero necesitamos ropa seca. ¿Podemos caminar a su hotel? Tal vez me pueda prestar algo para ponerme.

-Sí, mi habitación está a sólo un par de cuadras de aquí – dijo mientras movía la cabeza confirmando.

Los dos personajes, empapados y medio desnudos, se fueron dejando rastros de sal mientras salían cojeando del parque.

****

Guasá podía sentir la excitación de Grant cuando comenzó a verter la botellita de jabón líquido en su espalda. Él dejó escapar un suspiro profundo cuando ella le extendía la espuma en sus anchos hombros. Alejandra movió la cabeza de Sam para ponerla bajo el agua de la ducha y comenzó a usar sus manos para masajearle el pecho. Se recargó en él, y dejó que su respiración se sincronizara, sus pechos se movían al mismo ritmo. Cerró los ojos y se metió bajo el agua tibia al mismo tiempo que volteaba a Sam hacia ella. Mantuvo los ojos cerrados y dejó el jabón en las manos de Sam. Su piel se estremecía mientras Grant le pasaba las manos gentilmente por sus brazos. Se estremecía otra vez cuando le recargaba las manos en la fría pared de azulejos. El agua tibia caía en su nuca, bajaba por su espalda desnuda. Esperaba que las manos de Grant siguieran. Esperó más.

-¿Qué pasa, agente Grant?
-No es nada. Sólo que--

Guasá volvió a tomarle las manos y las puso en sus senos. Ya tenía los pezones erectos, y los forzó contra sus dedos. Gimió por los dos, y esperó a que Sam contestara la emoción.

-¿Qué le pasa, Sam?
-Nada – susurró mientras le acariciaba los esculturales

senos.
    Alejandra esperaba que le besara el cuello. Esperó. Podía sentir su aprensión. -Vamos, Sam – finalmente dijo –, vayamos a la cama.

    Sam tiritaba recargado en el frío azulejo. Se quedó viendo la tibia ducha y sintió la boca de Guasá, aún más caliente. Apretó sus hombros y respiró profundamente, dejando que su mente se relajara, esperando que el placer se extendiera. Se sintió apenado cuando se le escapó un fuerte gemido. Tenía miedo de mirarla, pensaba que ella podría reírse, pero cuando le preguntó "¿Se siente bien, Sam?", se relajó, abrió los ojos y encontró los de ella. La acercó a él, y la besó apasionadamente. Salieron de la ducha tambaleándose y llegaron a la vieja y ruidosa cama de madera. Abrazaron sus cuerpos fuertemente sobre el edredón y las fundas de las almohadas que no hacían juego. Sus expresiones de placer se rompían sólo ocasionalmente para dejar escapar sonrisas de complicidad mientras la cama rechinaba con sus movimientos y se escuchaba hasta la terraza. Sus cuerpos, ya con más sudor que con agua, colapsaron al unísono. El fuerte sonido de sus respiraciones hacía eco en las paredes de estuco y se unía con el crujir de la cama.

    Sam yacía boca abajo, pero mantenía el apoyo con el brazo sobre su abdomen plano, queriendo mantener el contacto con la cálida piel de Alejandra. *Ya va mucho tiempo. Dios, ¿cuánto tiempo duré? ¡Mierda! Espero que ella... que ella...* Sintió revuelo en Guasá. Ella se hizo hacia un lado, y se abrazó fuertemente a él.

    -Eso estuvo muy bien, agente Grant – dijo de manera juguetona mientras le acariciaba los hombros y el cuello.
    -¡Ah! Así que estuvo...
    -Mmm, ¿qué, *baby*? – susurró y le pasó un vaso de agua. Sam tomó un trago grande.
    -Oh, nada – le pasó el brazo por debajo de la cabeza y la acercó más a él –, sólo pensaba en voz alta.

Exhaustos, yacieron en silencio mientras escuchaban el clic rítmico la cadena del ventilador de techo de la habitación. Después de unos minutos, la mente de Sam fue ocupada repentinamente por imágenes de los rostros de las víctimas.

****

Sam despertó con el sonido de una lluvia ligera cayendo en el techo de terracota. Se masajeó las sienes y se quedó viendo a la oscuridad. Una suave briza movió la cortina y permitió que un pequeño rayo de luz se filtrara. Palpó la cama. "¡Mierda!", pensó en voz alta, "no otro maldito sueño".

Dejó que el frío del piso tocara sus pies para ayudarse a despertar. Buscó a tientas el interruptor de la luz y se tambaleó hasta el baño. El lavabo estaba organizado de una mejor manera que como lo había dejado, y su ropa estaba colgada sobre la puerta de la regadera. Recogió un pequeño brazalete de piel que estaba sobre el viejo excusado. "Yo no compré esto". Tentó su ropa. Levantó la camiseta húmeda hasta sus labios. El sabor a sal era inconfundible. "Eso no fue un sueño, Sam".

Caminó cuidadosamente a la puerta principal y la abrió. Salió sigilosamente y levantó la vieja máquina de coser para tomar el artículo de periódico. Lo llevó a la habitación, y le puso seguro a la puerta. Encendió su computadora y desdobló la foto. Inmediatamente abrió el correo electrónico que su amigo le había enviado.

Hola Sam,

Únicamente para informarte que aún no he escuchado nada por parte de la Policía Nacional de Colombia respecto a tu asignación allá. Incluso le pregunté a nuestro intrépido líder, y nada.

Además, me di cuenta de algo. El profesor que te preocupa y el ejecutivo de la mina tienen apellidos similares. Le pregunté a Amanda —¿la recuerdas? La puertorriqueña muy guapa que no quería salir conmigo— y dice que probablemente sean parientes. Normalmente es que son de la misma madre, pero de padres diferentes, o viceversa. Me pareció interesante. También busqué al policía por mera diversión. No encontré nada ahí.

Ah, también investigué un poco más acerca de ese cura. Llamé a un amigo que tengo en la Iglesia. Me dijo que no lo conoció personalmente, pero que sí sabía que la Iglesia lo había movido por todas partes. Creo que los dos sabemos lo que eso significa. Es probable que el tipo fuera el Sandusky de la Iglesia Católica.

Bueno, mantenme informado y tráeme un poco de ron, o un brazalete de oro, o algo con que impresionar a Amanda.

Tu mejor hombre en combate.

****

Sam observaba a los trabajadores caminar por el parque mientras los hielos en su Diet Coke se derretían y las rosetas de maíz que le había dejado la mesera se hacían correosas. De no haber sido por algunas aves que se paraban en las sillas enfrente de él, Grant no hubiera tenido interacción con nadie esa tarde. Lo más cercano que tuvo a una conversación fue cuando espantó a un pájaro de la mesa diciéndole "¡*úchale!*".

Muchos de los campesinos de edad lo seguían viendo con una curiosidad apática, pero Sam ya no le ponía atención a eso. Miraba el sitio de la construcción. La pila de ladrillos donde había colapsado después de perseguir a su agresor había sido convertida en un paseo peatonal, y los trabajadores se habían movido ya a erigir una serie de barreras esféricas de concreto para proteger la estatua del fundador de Zipaquirá, un espigado caballero latinoamericano, Rodrigo Arturo Garrido. Irónicamente, en su campo visual se podía observar la tienda de Guasá al fondo. Sam la había buscado una vez que se puso ropa seca, pero la tienda seguía cerrada, y nadie había contestado el constante golpeteo en la puerta de su departamento. Sus ojos se volvieron a concentrar en la tienda. Parecía que la puerta de seguridad de metal gris y frío también lo miraba. *Me pregunto cómo se sentirá Guasá con respecto al nombre que llevaba la estatua, señor Garrido.*

Un frío rasguño en el brazo lo hizo saltar, tirando las rosetas de maíz en la acera. Las aves se arremolinaron por la comida. Una silueta oscura lo observaba desde una sombra.

"¡Hola, Horacio! Qué bueno verte. Empezaba a preocuparme", dijo Sam mientras le acariciaba el hocico al perro. El nuevo mejor amigo del americano se relamió los bigotes. "Siéntate, Horacio, siéntate. Dame la pata. Pata. *Umm, ¿zapato?* No, así no se dice". El perro se sentó y se rascó la oreja con la pata trasera. "Bueno, creo que no sabes ningún truco, ni tampoco inglés, amiguito. Aunque algo me dice que tampoco me la darías, incluso su supiera cómo decirlo en español". Sam tomó un menú y llamó al mesero. "Una hamburguesa, por favor".

El joven mesero rápidamente limpió lo que había quedado de las rosetas de maíz en la mesa y se fue a la cocina. Regresó rápidamente con la comida. Sam puso el plato de papel en el piso.

"Aquí tienes, amigo. Una comida americana tradicional.

Quizás la próxima vez podríamos comer algo de Kentuky Fried Chicken. ¿Qué te parece?". Su amigo se concentró en la comida. Sam sorbió más de su Diet Coke. En unos cuantos minutos, el perro había terminado. Esperó unos segundos para que Sam acariciara su cabeza, para después seguir corriendo por la calle en busca de otros comensales generosos. Grant regresó a sus pensamientos.

Sam siguió concentrándose en sus pensamientos mientras las sombras de las banderas se movían lentamente al otro lado de la plaza y los pájaros trataban de ganar posición para recoger las semillas restantes de las rosetas. Grant había llamado a Santos en repetidas ocasiones, pero las llamadas se iban directamente al correo de voz. Incluso el general Álvarez parecía estar incomunicado, y por eso había buscado la tranquilidad de la plaza. La escena del crimen le pasaba una y otra vez por la cabeza como un disco rayado. Sam se castigaba a sí mismo por la posibilidad de haberse perdido de algo, aunque estaba seguro de que había hecho todo lo posible. Continuó repasando los análisis de laboratorio una y otra vez, buscando algún error. Las huellas de los zapatos de los trabajadores. Ninguna coincidía. Sin la orden de un juez, no podrían conseguir la huella del zapato del profesor. En caso de haber existido, ya habrían sido destruidos. Pero Sam había tomado algo de la arena del piso de la oficina. Santos dijo que la había analizado y que no coincidía con la arena del parque. *Santos. ¡Eso es! ¡Maldito Santos!*

Sam tiró la soda tibia y rebajada con agua en la calle, dejó un pequeño fajo de billetes azules en la mesa, y caminó hacia la calle, sin poner atención a la bocina de una camioneta que le pasó a solo unas pulgadas. Varios trabajadores de la construcción se le quedaron viendo mientras saltaba la cerca de protección de plástico color naranja, y caminaba por el andador de ladrillos rojos. Todos comenzaron a gritarle cuando se detuvo justo en el lugar donde su aventura previa había ocurrido, sacó un cuchillo que había tomado del bar y comenzó a cincelar entre los ladrillos. Para su fortuna, éstos habían sido colocados con arena, en lugar de cemento. Sam pudo remover un ladrillo y colocar un poco del polvo color naranja que desprendía en un vaso desechable de plástico. Logró meterlo a su bolsillo antes de que un frenético policía joven llegara.

-¡Señor, ya basta!
-Sí, sí, joven – contestó Sam mientras se sacudía el polvo de las manos. *¡Mierda! ¿Cómo se dice? ¡Ah!* tronó los dedos –, no se preocupe. No hay problema. Soy un policía de los Estados Unidos – el joven oficial se encogió cuando Sam trataba de sacar su cartera. Grant le mostro su placa de identificación y el oficial quitó su mano del tolete.
-Ah, FBI – dijo el joven policía con alivio. Hizo señas a los otros hombres para que regresaran a sus puestos.

Sam sacudió la arena de sus pantalones. *Ah, con que reconoce la placa del FBI, ¿Seguirá Dragnet por acá?*, pensó.
-Sí, soy del FBI. Soy el agente Sam Grant. Estoy trabajando con el capitán Pérez.
-Sí, señor. Me acuerdo de usted. Estoy a sus órdenes.
¿Órdenes? Orders. At my orders, el *G-man* tradujo lentamente. -Gracias. Por favor, dígame dónde está la oficina del general Álvarez.
-Muy cerca, señor – el joven señaló hacia el sur, pasando la columna con las banderas y el pequeño quiosco de la policía –, a sólo cuadras de aquí. Puede ir caminando.

Sam estrechó la mano del policía y comenzó a caminar las tres cuadras que había hasta la estación de policía mientras un albañil reparaba apresuradamente el ladrillo excavado.

Las oficinas de la policía estaban ya a la vista, pero el agente del FBI necesitaba pasar primero por una farmacia para reunir el material necesario para otro laboratorio improvisado. Al cortar camino por las barreras de concreto para los carros y cruzar la avenida empedrada, alcanzó a ver la pequeña fachada de una tienda, entre un local de video juegos y una carnicería que mostraba cortes de carne colgando en las ventanas frontales. La tienda estaba vacía, excepto por un individuo que estaba descargando mahones de diseñador piratas de unas cajas de cartón.

-Buenas, señor. ¿Cómo puedo ayudarle? – preguntó el dueño desde atrás de un contenedor grande de zapatos marcados con un precio de diez mil pesos, y unas pilas de camisetas.

-Buenos días, señor. ¿Vende zapatos? ¿Zapatos especiales?

-Sí, señor. Vea, por favor – el hombre le señaló la colección en la ventana.

-No. Es decir, gracias. Pero yo me refiero a órdenes especiales.

-¡Cómo no, señor! ¿Qué tiene en mente, zapatos, sandalias?

-Sí – Sam tronó los dedos fuertemente –. Sandalias. Quiero ordenar Sandalias. Sandalias especiales.

-Por supuesto, señor – el vendedor sonrió, se paró detrás del mostrador, y sacó un grueso catálogo –. ¡Aquí las encontrará!

Sam revisó el índice, pasó cientos de páginas hasta llegar a la sección de sandalias, y comenzó a hojear el catálogo. En segundos encontró lo que buscaba. No había forma de que las confundiera con algún zapato que hubiera visto antes. Lo único que faltaba era la tierra del parque ecológico.

-Puedes ordenar, ¿no?

-¡Claro, señor! Tengo un cliente que también compra sandalias a través de ese catálogo – respondió el zapatero.

¿Un cliente? Tradujo en su mente -*A client. Who?*, es decir, ¿Quién?

-¿Señor?

-Por favor. El nombre – Sam sacó su identificación y le mostró su charola.

-¡Oh! ¡Usted es el americano! Usted conoce al capitán Santos, ¿no es cierto?

-Sí, trabajamos juntos.

-Bueno. Es un buen amigo.
-*Yes*, él es mi amigo. ¿Quién compra las sandalias?
-El capitán.
-¿El capitán Santos compró, es decir, compra las sandalias?
-Sí – el dueño del negocio cambió el tono –. ¿Todo bien?

Hijo de puta. Sam arrancó la página del catálogo y salió corriendo de la tienda, dejando al vendedor confundido, sólo viéndole la espalda. Una cuadra más adelante, Sam se detuvo en un teléfono público, y después de tres intentos fallidos, pudo lograr llamar por cobrar al celular de su amigo.

-Davis, necesito tu ayuda.
-Hola, Ulysses S. Grant. Por poco y no acepto la llamada. ¿Sigues en Gettysburg, o en Andersonville, o dónde demonios sea que fue donde peleaste contra esos rebeldes? Ah, ¿y conseguiste mi ron?
-Grant nunca estuvo en Gettysburg, ni en Andersonville, y te rompería la puta cara. Esto es serio. Necesito que hagas algo por mí, y necesito que lo hagas ahora mismo.
-Lo siento, general Grant. ¿Qué pasó?
-Necesito que encuentres un par de zapatos, sandalias, de hecho. Necesito que hagas una impresión de la suela en tinta, y la mandes por fax a este número... – Sam dijo mientras sacaba la tarjeta de Álvarez de su bolsillo.
-¿Qué?
-Una impresión de un zapato. Necesito la huella de un zapato.
-OK, quieres que corra la impresión de un zapato. No hay problema.
-No, necesito que la *hagas*. Y que luego me mandes una copia por fax.
-¿Qué?
-Sólo hazlo. Te explicaré luego.
-Cualquier cosa para ayudar atrapar al Al Capone de Colombia.
-Bien. Ve a comprar un montón de sandalias Mephisto

Sharks, del número nueve al trece. Imprime la suela en una copiadora, y mándala por fax a este número – Sam leyó el número de fax del jefe –. Probablemente necesitarás marcar algunos ceros y unos de más, o algo así. Además, mándame una copia en archivo PDF.

-¿Mephistos? He oído de esos. Cuestan como cuatrocientos dólares el par.

-Sólo hazlo. Te pagaré cuando te vea.

-Seguro, justo como me pagaste cuando los Pieles Rojas perdieron ante los Patriotas la temporada pasada.

-¿Lo puedes hacer, por favor?

-¡Claro que sí, Sam! Relájate. Hay un lugar de esos costosos y *yupi* en frente del centro comercial, justo pasando el Teatro Ford. Ya sabes, el lugar para el hombre que le encantan los exteriores, pero que en realidad nunca salen a los exteriores. *Urban Outdoorsman, Urban Trekker*, o algo así. Estoy seguro de que lo puedo encontrar en Google.

-Sí, he visto a muchos de esos corriendo alrededor del Monumento a Lincoln – contestó Sam.

-Esto es parte de tu caso colombiano, ¿o piensas que O.J. puede estar involucrado?

-Sí. No, no lo de O.J., sabelotodo, es parte del caso.

-Sólo trataba de aligerar el ánimo. ¿Piensas que sean las FARCs? Ten cuidado, esos idiotas son muy peligrosos.

-No lo sé. No creo. Pienso que puede ser sólo un caso claro de ... verás, hay un policía... Sólo hazlo tan pronto como puedas, ¿de acuerdo? Es decir, ¡ahora mismo, carajo! – Sam volteó a mirar alrededor de la plaza esperando que nadie hubiera entendido su conversación en inglés.

-Seguro, J. Edgar. Lo haré. Pero no olvides traerme un ron, o algo.

-Ya veré qué puedo hacer. Gracias. Nos vemos pronto.

****

Sam dejó las bolsas de plástico en el sofá del área de espera, y entró furioso a la oficina del jefe, sin importar el balbuceo de la secretaría nerviosa "¡Señor! ¡Señor!". El jefe estaba sentado fumando un cigarrillo, y hablando por su celular. Miró a Sam, pero se tomó su tiempo para terminar su llamada. Puso el teléfono en el escritorio, y le dio un halón grande a su Marlborough antes de apagarlo en un cenicero muy grande. Despachó a su secretaria.

-Pase, agente Grant. Siéntese. ¿Cómo le puedo ayudar?
-No, gracias. Tiene un gran problema en las manos – la notificación del mensaje de texto sonó en su celular. Lo abrió y vio el mensaje de Davis –. General Álvarez, necesito que imprima esto – le mostró la pantalla del celular al jefe de la policía –. Y voy a necesitar que me lleve nuevamente a la escuela esa. Necesito utilizar el laboratorio otra vez.

****

-Agente Grant, él es Saúl Castillo. Es un procurador o fiscal. Ustedes les llaman *prosecutors*.
Sam saltó ligeramente. -Ah, perdón. No lo vi. Sí, he escuchado el término. Gusto en conocerlo, señor Castillo – Álvarez tomó un momento en lo que estrechaban manos.
-Gusto en conocerlo, agente Grant. Pero por favor llámeme Saúl – contestó el fiscal.
-De acuerdo, siempre y cuando usted me llame Sam.
-Bueno caballeros, el señor Castillo es de la oficina de la Fiscalía General de la Nación, en Bogotá. Llegó esta mañana. Fuimos a desayunar y le comenté todo acerca de usted y del caso.
-¿Oficina Nacional?
-Sí, con un caso en donde la víctima es alguien de alto perfil, los federales a veces piensan que es una buena idea. ¿No es así?
-Sí es cierto, pero también queremos agradecerle por su ayuda. Estoy seguro que escuchó lo del bombazo, ¿verdad?
-Sí. Una pena. ¿Cuánta gente murió?
-Veintiún personas, hasta esta mañana. Una niña que iba en un pequeño autobús escolar fue herida por metralla. Murió en la cirugía mientras trataban de remover el metal que tenía

cerca del corazón.

-Siento mucho escuchar eso – Sam miró al fiscal con empatía –. ¿FARC?

-Eso pensamos, pero la investigación tomará más tiempo.

-Si hay algo en que yo les pueda ayudar...

-Gracias. Su trabajo aquí ya es lo suficientemente valioso. Usted investigó la escena del crimen. Hizo el trabajo forense de laboratorio. Incluso, persiguió al sospechoso, escuché.

-Me tiraron de un balcón también. Mucho, para sólo ser dos días. ¡Mierda! Estoy seguro de que también obtuve una huella de la estatua de Gabriel.

-¿Tiene una huella? ¿Dónde está?

-¡Demonios! No estoy seguro. La tenía antes de caer, pero creo que la perdí cuando caí en la piscina.

-¿Piscina?

-Sí, fiscal. Hay un espejo de agua profundo en la catedral – contestó Álvarez.

-¿Está seguro? – preguntó Castillo.

-No al cien por ciento, pero una vez que todos empezamos a perseguir al fantasma, le perdí el rastro.

-¿Fantasma?

-Lo siento. Así le llamo a lo que sea que haya estado causando estragos en la mina.

-Usted dijo "empezamos". ¿Quién estaba con usted? – preguntó el general.

-Bueno, Santos llegó después, pero estaba un tal oficial Muñoz. Él hablaba inglés muy bien.

Álvarez comenzó inmediatamente a hacer llamadas por radio. -Le he pedido a Muñoz que venga.

-Leí su reporte forense y observé la otra evidencia – dijo el fiscal.

-¿Incluyendo el interrogatorio de *Indiana Jones*? – Sam miró al general.

-Sí, Grant. Ya escuchó la cinta del doctor Arroyo. Todos estamos en el mismo equipo, como usted dice. El señor Castillo ha visto todo lo que yo he visto.

-¿Ha entrevistado a alguien? – Sam preguntó al fiscal.

-El señor Arroyo tiene abogado, así que no lograríamos nada con llamarlo.

-¿Y qué me dice del cansón de la mina, Cárdenas?

-No tenemos elementos para traerlo a un interrogatorio, y él no es un sospechoso regular. Él es una de las razones por las que estoy aquí.

-¿En verdad?

-Algunas veces los casos son políticamente sensibles.

-O sea que nosotros... Es decir, ¿usted no lo puede llamar?

-¿Llamarlo con qué base? No ha cometido ningún crimen, y necesitaríamos más evidencia además del hecho de que no lo cae bien.

-¡Carajo! – dijo Sam para sí mismo.

-¿Tiene algo de evidencia, agente Grant?

-Tengo una corazonada.

-Necesitamos algo más que eso. Nuestras leyes penales no son como las de ustedes. Además, él no vendría sin traer un abogado – dijo el general.

-Tráiganlo de todas formas. Es arrogante. Tal vez hable sólo porque se cree más inteligente que todos.

Castillo asintió con la cabeza. -Agente Grant, he sido fiscal en muchos casos de bastados arrogantes como narcos y sicarios con más de cien asesinatos. Pero la arrogancia no es lo mismo que la estupidez. Entiendo cómo se vio involucrado en el caso, y también los insultos hacia su persona. Sin embargo, nosotros, en este caso usted, no puede permitir que esto le nuble el juicio.

-No lo estoy permitiendo. Es sólo que puedo reconocer a un sociópata cuando lo veo.

-Quizás, pero sin pruebas suficientes, no podemos hacer nada. Aunque – dijo el fiscal – el general Álvarez me dice que puede haber más.

-Eso creo.

-Sólo me sé la versión corta. Dígame más.

-Bueno, creo que puedo poner a ese profesor, incluso a Sant... Es decir, al capitán Pérez en el parque la noche que fui atacado. Quizá hasta en el hotel.

-¿Poner? Quiere decir, ¿demostrar que estuvieron allí?

-Sí. Perdón. Estoy seguro de que los puedo ubicar en las diferentes escenas del crimen.

-¿Y qué lo hace tan seguro?

-Evidencia de rastro.

-¿Cómo así que evidencia de rastro?

-Muestras de tierra – contestó Sam.

-¿Muestras de tierra?

-Sí – Sam les mostró la arena que obtuvo del pasaje de ladrillos, ahora en una pequeña bolsa Ziploc.

-¿Dónde consiguió eso? – preguntó el fiscal.

-En el parque, donde se me perdió el sospechoso la noche en que me atacaron. El parque donde están todas las banderas.

-¿Se refiere al de la plaza de los mineros?

-No, perdón. Al que está a unas cuantas cuadras de ahí.

-De acuerdo, ¿y cuál es su evidencia?

-Bueno, esta tierra es exactamente del lugar donde me enfrenté al agresor. Puede ser que la hayan revuelto, pero debe contener las mismas propiedades que tenía aquella noche. Es posible que sea la misma que tenía ese Chamí en sus zapatos.

-¿Está seguro?

-No hasta que en verdad lo analice, pero como dije anteriormente, tengo una corazonada.

-¿Y cómo conseguimos la tierra de él.

-La vi en su oficina. Traía zapatos diferentes, pero la tierra era la misma. Estaba regada por toda su oficina. Si pudiéramos conseguir una orden--

-No estoy seguro de que podamos conseguirla – dijo el general.

-Quizá no de un juez local, pero estoy seguro de que podríamos conseguir una de un juez federal de Bogotá.

Sam sonrió.

El fiscal continuó. -General, por favor envíe al agente Grant y a varios de sus hombres a la oficina del profesor y confisquen todo lo que puedan. Además, envíe a algunos hombres a su casa para buscar las sandalias. Espere, usted tiene más información acerca de eso, ¿o no?

-Sí, me enviaron un fax.

-Aquí está – le mostró un archivo –, lo trajo mi secretaria hace un momento.
-¡Qué bueno! Gracias, Davis – dijo Sam –. ¿En dónde están las impresiones de las muestras que nosotros hicimos?
-En el cuarto de las evidencias – contestó Álvarez.
-¿Dónde es eso? – preguntó Castillo.
-Allá abajo. En el sótano – dijo el general.
-¡Vamos! – expresó Sam mientras arrebataba el archivo de las manos del general. El *G-man* se dirigió a la puerta antes de que Álvarez pudiera responder.

****

-Bueno, ¿acaso hay algo ya? Acabo de llamar a Bogotá. Deberán decir algo en unos minutos.
Sam volteó a ver al joven fiscal mientras el general ponía las impresiones sobre la mesa. -Sí. Miren esto – golpeaba la mesa de manera inquieta con el dedo –, coinciden exactamente – Álvarez asintió con la cabeza.
-Castillo inspeccionó las manchas de tinta en blanco y negro. -Tiene razón. Misma medida, mismo patrón de pie. Pero esto sólo quiere decir que quien lo atacó tenía estas sandalias.
-Oficial Flores, tome un descanso. Vaya a fumar un cigarrillo afuera. Lo llamaré cuando lo necesite – ordenó el general.
-Claro, general – respondió Flores mientras abría apresuradamente la caja de la evidencia y pasaba junto al fiscal en su camino hacia afuera.
Tan pronto como escuchó la puerta cerrarse, Grant habló.
-En efecto, pero hay más – Grant volteó hacia el jefe de la policía – General, ¿Cuánta gente en el pueblo cree que pueda comprar zapatos de cuatrocientos dólares.
-¿De cuatrocientos dólares? No muchos – contestó Álvarez.
-Pero, Grant, no mucha gente tenía esos zapatos Bruno que mencionó hace rato, y no hubo condena penal.
-Tiene razón, fiscal, pero mire esto – Sam sacó la página arrugada del catálogo de su bolsillo y la extendió en la mesa –.

Conseguí esto en una tienda de zapatos local.
-De acuerdo, el agresor ordenó zapatos costosos.
-No, eso es. No necesariamente mi agresor, pudo haber sido el capitán de la policía Santos Pérez.
-¿Capitán de la policía? ¿Uno de los suyos? – Castillo volteó hacia el general, quien simplemente asintió con la cabeza.
-Sí – dijo Grant –. Le pregunté al dueño de la tienda de zapatos. Estaba un poco confundido, quizás por mi mal español, pero cuando le mostré mi placa, inmediatamente mencionó a Santos, es decir, al capitán Pérez.
-Entonces, ¿él los ordenó?
-Sí. Y aparentemente esos son muy costosos, más de cuatrocientos dólares, así que no mucha gente los puede comprar. Envié a otros detectives al pueblo, y ningún otro encargado de alguna tienda recordó haberlos vendido – dijo Álvarez.
-Entonces, ¿fue atacado por Pérez? – preguntó Castillo.
-No pudo haber sido así. Él estaba en funciones esa noche, y uno de los primeros oficiales en llegar al lugar.
-Exactamente, general. Pero una buena manera de no generar sospechas sería que él comprara los zapatos para quien sea que lo haya hecho – Sam se puso las manos en la cadera y estiró su espalda –. Así, no hay ningún registro de que él fue en realidad quien las compró, ¿y quién sospecharía de un capitán de la policía?
-¿Pero por qué lo atacaron? Usted dice que el agresor quería su computadora; pero, ¿por qué Arroyo o el capitán Pérez necesitarían robársela? – preguntó el general.
-Sí, ¿por qué arriesgarían sus carreras por una laptop?
-La información.
-¿La información?
-Así es, fiscal.
-Pero nosotros tenemos la información, agente Grant. Y está respaldada en los archivos de la Policía Nacional – dijo el general –. ¿Qué beneficio tendría robar su computadora?
-La tienen ahora, pero esa noche, solo el capitán Pérez y yo sabíamos lo que contenía.

-Pero en ese momento, él sabía que usted no tenía nada.
-Cierto, pero tal vez alguien más no lo sabía, y quería que la información se perdiera.
-Supongo que esa es una posibilidad – dijo Castillo.
-Correcto. Digamos que Santos lo sabe, pero por alguna razón, no puede comunicarse con su compañero. Tal vez su celular no puede completar la llamada. Quizás no tiene acceso a un teléfono público. O quizás no quiere usar su celular porque habría un registro de la llamada. O no quiere llamar desde su casa. A saber.
-He tenido casos en donde algo tan simple como una llamada telefónica nos lleva al crimen. Supongo que una llamada perdida podría hacer lo mismo. General, ¿qué piensa?
-El capitán es un buen hombre, pero esto ciertamente parece sospechoso.
-De acuerdo – dijo el fiscal –, ¿y ahora qué?
-La tierra. Si pudiera identificar una muestra, eso podría decirnos quién fue. Así es que necesitamos acceso a la oficina de ese profesor.
-¿Podríamos hacer lo forense aquí, señor Castillo?
-Bien general, considerando la cantidad de trabajo retrasado que hay actualmente en Bogotá, creo que lo tendremos que hacer aquí – el teléfono del fiscal sonó, y él volteó para contestarlo.
-Qué situación tan oportuna. Creía que eso sólo ocurría en las películas – dijo Sam. El jefe sonrió irónicamente.
-De acuerdo – dijo Castillo –, tenemos el permiso para registrar la oficina del profesor.
-¿Y su casa?
-Lo siento, agente Grant. A menos de que usted tenga más información, sólo podemos revisar su oficina.
Sam trató de buscar algo más en su memoria. -¡Mierda! No tengo nada más.
-En ese caso--
-Ah, ah, ah. Esperen. Dijo que no se puede registrar su casa, ¿verdad?
-Correcto.
-Pero, ¿hay alguna razón por la que no se pueda mandar a

alguien ahí? Sólo para tocar a la puerta. En los Estados Unidos, a eso le llamamos un *knock and talk*, o "tocar y hablar".

-No veo porqué no. ¿Por qué?

-Bien, pues haga que sus hombres observen alrededor. Que vean si hay alguna tierra o arena inusual en el piso. Algo que no corresponda al lugar. Si lo hay, haga que se paren en lo que sea que observen raro. Que froten la suela de sus zapatos en eso, si es posible. Luego, que pongan los zapatos en una bolsa, pero de papel, no de plástico. Solo en caso de que haya humedad. Que los traigan al laboratorio de la escuela, y yo lo analizaré.

-¿Puede obtener una buena muestra de esa manera?

-Bueno, pues no necesito mucho, tal vez una cucharada. Y si la pudiera separar de cualquier desecho que se pueda mezclar, al menos eso me puede decir si coincide con mi muestra.

-Sí, ¿pero no sería un problema que usted se involucrara con lo forense? Después de todo, usted tiene sus sospechas.

-Normalmente lo sería. Pero estas circunstancias son extraordinarias, ¿no? Mis vacaciones debieron haber terminado hace una semana.

-Sí, pero eso saldría a la luz después, en una deposición.

-Mire, además de la casa del profesor, obtenga una muestra de cualquier otro lugar. Sólo marquen las muestras como "X" y "Y", y no me digan cuál es cual. De esa manera, no habrá corrupción. Con eso al menos conseguiríamos al orden de un juez, ¿no?

-Pienso que sí. General, tendremos que mandar una unidad a la casa del profesor. Yo iré con ellos, sólo para asegurarme de que no violemos ninguna ley.

-Buena idea, fiscal – contestó Álvarez.

-Entonces, ¿podría hacer que sus hombre lleven a Sam a la universidad y después lo lleven a...?

-La escuela preparatoria local. Ahí fue también su laboratorio criminal. Pondré a mis elementos de más confianza en eso – dijo el general antes de comenzar a hacer una serie de llamadas por radio.

-¿Y Santos? – preguntó Sam

-Le mandaré un mensaje de texto. Le asignaré algo diferente, algo para mantenerlo ocupado – el general regresó a su trabajo.

-De acuerdo-

-¿Necesita algo más? – preguntó Castillo.

-Creo que es todo. Me detuve en un par de tiendas cuando venía hacia acá. Además, hay algo de equipo en el... – volteó a ver la caja de metal –. Hay algo más que necesitaré.

-¿Qué sería eso?

-De hecho, dos cosas. Cuando investigué la mina, no se me ocurrió en el momento, pero había algo de tierra en el suelo. Pensé que era contaminación de uno de los policías, o quizá que ya estaba allí desde antes del asesinato. Pero, por costumbre, lo puse en una bolsa.

-¿La etiquetó?

-Sí. Si coincidieran, entonces podríamos obtener una transferencia doble.

-¿Una transferencia doble?

-Sí, eso es cuando encontramos un tipo de tierra en la casa o trabajo del sospechoso, o en algún lugar que se sepa que éste frecuenta, como a la víctima, o la escena del crimen; y cuando algo de la víctima, o que pertenece a la escena del crimen, es encontrado en el sospechoso. La probabilidad de que algo como eso pase es muy baja, algo así como una en setenta y cinco mil.

-¿Cómo encontrar tierra del jardín del sospechoso en la mina, y sal de la mina en los pantalones del sospechoso?

-¡Exactamente!

-¿Pero no podría ser que la ropa o los zapatos de alguien tengan sal, por ejemplo, de su cocina?

-Claro, pero los contenidos no corresponderían. La sal de cocina es ionizada y pura. La sal de la mina tiene impurezas, tierra, minerales, e incluso, pirita.

-Tomaré su palabra. Usted vaya a la universidad con los hombres del general. Yo encontraré la evidencia, y la traeré.

-De acuerdo, todo está marcado; pero, ¿quién sabe en dónde lo guardaron ahí?

-¡Flores! – gritó Álvarez.

-¿Qué más, Sam?
-Una aspiradora portátil, y filtros de café.

****

Sam calentó la tierra del lugar de la construcción en un pequeño horno tostador mientras esperaba a que iniciara su computadora en el salón de ciencias al que ahora llamaba su laboratorio. Cuando la campanita del horno sonó, Grant usó un guante de cocina gastado para remover la caja de Petri, y caminó por el pasillo vacío. Sólo había dos oficiales con cara de niño, y un tercero, quien le detenía la puerta del salón abierta. Los tres sostenían sus armas firmemente.

-Gracias – dijo Sam –. ¿Café?
-¿Café? No, gracias-
Sam se rio. -No, no, no. Yo quiero café.
-Ah, claro, señor – uno de sus escoltas chochó sus tacones, se cuadró, y comenzó a caminar.

Sam se movía entre el laberinto de sillas de formica, y puso la caliente caja de Petri junto al microscopio. Ingresó a su cuenta en la computadora, buscó en una lista de identificación de muestras de tierra, y puso una libreta amarilla en la mesa.

El americano abrió la aspiradora portátil y vació los contenidos en una caja de Petri etiquetada junto a la muestra original. Tomó una pequeña cantidad de la tierra, la puso a la luz de la lámpara del escritorio, la olió, y la frotó entre sus dedos notando la textura, el hedor, y el color. Usando una cuchara de plástico, puso otra muestra en el porta objetos, y los deslizó debajo de los lentes del microscopio. Repitió este procedimiento con las otras muestras antes de completar sus análisis y tomar nota de sus resultados.

Se sentó detrás del escritorio del profesor, y esperó a que llegara Castillo y su café.

****

La *4x4* de Chamí paseaba por los caminos de la montaña, a la sombra de la gruesa selva, con dirección a la angosta carretera justo afuera de Zipaquirá. Bajó la velocidad, haló la palanca del freno de emergencia, giró su vehículo sobre la línea amarilla, y se alejó aún más del pequeño pueblo. En unos cuantos minutos, llegó a una salida y redujo la velocidad mientras pasaba por un pueblito. Algunas personas locales lo veían con extrañeza mientras pasaba por el pueblo. Dio vuelta en una esquina casi a la salida del pueblo, y rápidamente se detuvo en una entrada de auto vacía. Acomodó sus espejos laterales, y vio en la calle silenciosa dos patrullas de la policía, una todoterreno oscura, y a los federales congregados en frente de su casa. ¡*Maldición*! Nadie más vestía trajes negros en Zipa, ni siquiera su propio abogado.

Marcó un número de la lista de discado rápido y esperó. "¡Puto correo de voz!". Marcó un número diferente. ¡*Mierda*! Se secó el sudor de la frente mientras se echaba de reversa y comenzaba a mandar un texto. Ahora veía su propia casa por el espejo retrovisor.

****

-Agente Grant, parece que ya terminó con su primera muestra – dijo el fiscal.

Sam trataba de ganar balance como un boxeador semi noqueado al bajar los pies del escritorio del profesor. -Estoy despierto, estoy despierto – contestó por instinto.

-Lo siento, no quise molestarlo.

-No se preocupe. Sólo descansaba los ojos. Hay algo de las clases de ciencias que me da sueño. Creo que fue por eso que me convertí en un patólogo forense – sonrió.

-Yo me dormía en las clases de ciencias sociales en mis años de preparatoria. Creo que fue por eso que fui a la facultad de derecho.

-Gracias a Dios por los profesores con misericordia.

-Y a los profesores de la facultad de derecho – dijo

Castillo.

Sam se puso de pie y señaló la bolsa que traía el abogado. -¿Son los zapatos?

-Sí, observé a los oficiales cuidadosamente. No tendríamos porqué tener problemas con ningún juez.

-¿Estaba ahí?

-¿Quiere decir el profesor? No.

-Ah, probablemente estaba ocupado con su arreador.

-¿Grant?

-Oh, nada. Sólo me quería hacer el sabelotodo. Lo siento.

-OK, así que, ¿qué ha encontrado hasta ahora?

-Bueno, lo primero que tuve que hacer fue notar la textura, cualquier olor, y ese tipo de cosas básicas – Sam demostró su técnica –. Tuve que mirar cuidadosamente, pero creo que tengo una muy buena idea de lo que es. Es arena, en su mayor parte. Muchas partículas de granos individuales, muy grumoso, pero consistente con el tipo de arena utilizado en los sitios de construcción como ese. Había un poco de barro y un poco de piedra, pero eso puede ser de los ladrillos que usan. Lo volveré a revisar mañana – tomó una pequeña cantidad de dos muestras.

-¿Para qué son la aspiradora y los filtros de café?

-Así fue como obtuve la muestra de la oficina del profesor. Llené dos filtros de café y los puse en un filtro seco para asegurarme de que no se perdiera nada de material.

-¿Pero eso no recogería todo lo que estuviera en el piso?

-Sí, pero eso puede ser identificado, y separado. Es algo que toma muchísimo tiempo, pero no es complicado.

Castillo asintió. -¿Y qué es lo que está viendo en la computadora? ¿Esa es una base de datos del FBI?

-¿Esta? No. Es una gráfica del Sistema de Color de Munsell. ¿Sabe?, estaría sorprendido de las pocas bases de datos que en realidad tenemos en Quantico.

-Ja, ja, tal vez he visto muchas películas – dijo Castillo –, creí que ustedes los americanos tenían una base de datos para todo.

-Sólo en las películas y en la televisión – sonrió Grant – Utilicé la gráfica de colores de Munsell aquí para consultar las dimensiones de los colores.

-¿Munsell?

-Sí, es una escala estándar para la tonalidad, claridad, y croma – Sam levantó la mano –. Antes de que pregunte, croma es una medida de la pureza del color. Es un estándar para la investigación de tierra, al menos en los Estados Unidos.

-¿Para la tierra? O como dicen ustedes, ¿greda?

-Bueno, para todo tipo de cosas, pero principalmente para la arena, tierra, barro, y cualquier cosa del suelo.

-¿Para qué son los tubos de ensayo?

-Bueno, yo solía ser muy bueno para la identificación de tierra, pero ya tiene tiempo de eso. Así que quería medir la gravedad específica de las muestras. De ese modo, puedo estar seguro de lo que hago.

-Suena complicado.

-En realidad no lo es. Un microscopio electrónico o una resonancia nuclear lo serían. Esto sólo tiene que hacerse correctamente. Me encontré un tubo gradiente de densidad con una solución de politungstato de sodio. A eso le agregué un poco de agua destilada. Eso forma una zona gradiente en medio del tubo. Entonces, puedo poner mis muestras de tierra. Cuando llegan al nivel de densidad igual al de la solución, se asientan allí. Si dos muestras se asientan en el mismo nivel, entonces coinciden.

-¿Qué tan preciso es ese método?

-Extremadamente preciso. Es prácticamente como una huella digital de la tierra.

-Eso está muy bien.

-Sí, eventualmente necesitará que su laboratorio en Bogotá vuelva a revisar todo, pero considerando todo eso, esto nos revelará mucho – Sam se secó la ceja –. OK, ahora analizaré el nivel de pH.

-¿Como en una piscina?

-Exactamente, es como la gravedad específica. No puedo obtener una lectura exacta, pero al menos puedo comparar las muestras – Sam enjuagó varios tubos de ensayo, los etiquetó, y los colocó en una base de madera. Tomó pequeñas cantidades de tierra y los puso en varios matraces, los llenó con agua destilada, y los revolvió. Tomó los filtros de café y vació los contenidos en los tubos de ensayo –. Ahora, sólo necesitamos dejar que se asiente un poco, sumergir las tiras de pH, y ver si los colores coinciden – tomó una tira de prueba.

-¿En dónde consiguió esas tiras?

-Afortunadamente, hay un acuario en el lobby del edificio de antropología en la universidad, así que me tomé la libertad de tomar algunas cosas.

-Bien, Sam, viéndolo aquí y viendo cómo construyó el otro laboratorio, y todo lo demás que ha hecho, usted es como ese tipo, McGuiness.

Grant sacudió la cabeza. -Creo que se refiere a MacGyver,

-¿Es el tipo de la serie gringa de los noventas que podía hacer miles de cosas con clips para papel?

-Sí.

-Ese es el personaje que me vino a la cabeza.

-En verdad que usted ve mucha televisión.

Los dos se rieron.

Sam abrió una de las bolsas de papel. -¡Mierda!

-¿Qué pasó?

-No se me ocurrió cómo iba a quitar la tierra de los zapatos. Necesito una brocha, o algo así.

Sam hurgó en los cajones de las mesas del laboratorio. -¡Carajo! Creí haber dejado algunas aquí – buscó en el salón –. Brochas. Brochas. Brochas – toqueteaba su barbilla.

-Estamos en una escuela. Debe haber clases de arte.

-Bien pensado, Saúl.

-Permítame hablar con el guardia. Un momento – el fiscal caminó a la puerta y mandó a uno de los jóvenes policías a buscar lo que se necesitaba –. Regresará en un minuto.

-OK. Después de eso, analizaré estos zapatos, y la otra muestra. Luego, revisaré una vez más los resultados y se los podremos llevar al jefe. Mientras tanto, déjeme ver qué nos dice esta muestra de la sal de la catedral.

****

Santos permanecía sentado en su vehículo de la policía, escuchando las intermitentes llamadas de radio combinadas con sonidos de estática. Escuchó una serie de mensajes y códigos por los diversos canales, pero de pronto el radio quedó en silencio, excepto por el ocasional chequeo de licencias y registros. Dejaba que el aire acondicionado le diera directamente en la cara y el cuello, mientras jugaba con el botón del radio. Los veinte años que había servido a la fuerza policiaca le decían que algo estaba pasando en Zipa, y él necesitaba saber qué. Escuchó el sonido familiar de la bandeja de entrada de textos. *¿Por qué carajo el jefe querrá que vigile a los mendigos de la vieja estación de tren? ¿Dónde demonios están los policías? Esto no es trabajo de un capitán.*

-Bueno – dijo mientras metía la reversa en su camioneta –, órdenes son órdenes. Estoy seguro de que encontraré... ¡Mierda! – puso de golpe el vehículo en Parking, y se bajó en la entrada del garaje.

-¡Maldición! ¿Qué no ven que me estoy echando en reversa? Por poco no los veía. ¡Los pude haber atropellado!

-Lo siento, papá – dijo el niño con voz entre cortada.

-¿"Lo siento"? Pude haberte matado. ¿En dónde está tu mamá?

-Aquí estoy, Santos – su esposa salió corriendo de la casa.

-¿Podría cuidar a los niños? – manoteó en el aire – Casi los atropello.

-Los estoy cuidando, sólo los había dejado jugar afuera un ratico.

Los niños pasaron corriendo junto a él y su esposa para entrar a la casa, y azotaron la puerta detrás de ellos.

-¡Oigan! ¡Regresen aquí! – comenzó a caminar hacia la casa. Su esposa se interpuso.

-Déjelos, Santos. Los está asustando.

-Estarían más espantados si alguien se los llevara, ¿no?

-¿Se los llevara? Conocemos a todos en el barrio, casi a todos en Zipa.

-Nunca se conoce a todos, créame. No quiero volver a

verlos afuera en la calle solos otra vez. ¿Me entienden?

-¿Qué pasa, amor?

-¿Qué?

-No me puedes ocultar las cosas. Sé que algo está pasando. Has estado así desde que mataron al cura.

-Sólo mucho estrés últimamente.

-¿Es el agente norteamericano? – le tomó el rostro, con lo que le sacudió sudor de las mejillas.

-No, él no ha encontrado... Es decir, no. No es él. Es la presión de Bogotá – se mecía de atrás hacia adelante.

-Bueno, pronto todo estará bien, ¿no? Ya está por terminar la investigación, ¿no?

-Debí haberlo detenido – dijo el policía.

-¿Qué?

-Lo debí haber detenido.

-¿Cómo hubiera podido detener al asesino?

-No el-- – golpeó la defensa de la camioneta.

-¡Santos, Dios mío! ¿Qué te pasa? ¡Dime!

-Olvídalo. Lo siento. Dile a los niños que lo siento.

-¿De qué estás hablando?

-De nada. Me tengo que ir. El jefe me necesita – se puso las gafas.

-¿A qué hora llegarás a casa?

-No lo sé – abrió la puerta de la camioneta y olió el humo del cigarrillo. De inmediato se arrepintió de haber abierto la cajetilla. Volteó a ver a su esposa y suspiró – ¿Por qué no llevas a los niños a la casa de tus padres en Inírida? Ahí pueden jugar afuera, y yo los alcanzaría allá. Podríamos ir a la selva.

-¿Cuándo?

-Tan pronto como me sea posible – se acercó a ella y le correspondió con un beso.

-Has estado fumando también.

-Es el último, lo prometo.

-Llámame más tarde.

-Por supuesto, amor. Tan pronto pueda – se echó en reversa lentamente y tomó camino hacia el pueblo. Se quitó las gafas oscuras y se limpió los ojos. Miró su teléfono. Dos textos nuevos. Los vio. El primero era del jefe. Se lo saltó. El segundo era de un amigo de la infancia. Lo leyó y apagó el teléfono. Con la estación de policía blanca y brillante al frente, dio vuelta hacia el norte y manejó hasta el viejo camino de acceso al parque geológico. Al llegar a lo más alto de la colina, detuvo su camioneta en un pequeño espacio entre los árboles. Desde su ubicación se podía ver la entrada a la catedral, el monumento a los mineros, y las oficinas de la compañía de sal. Apagó el aire acondicionado y encendió otro cigarrillo. La cabina de la camioneta se calentaba como un horno, y él dejaba que el humo le quemara los ojos.

****

Al salir Sam y el fiscal de la escuela, una patrulla se detuvo junto a ellos. Sintieron el aire frío tan pronto bajaron las ventanillas.

-Agente Grant. Me alegro de encontrarlo.
-Ah, hola oficial. ¿Cómo está?
-Bien, señor. Traje esto – el joven policía le pasó un sobre color manila –, se fue sin tomarlo. Se lo iba a dar al capitán Pérez, pero él se fue rápido. Creo que no se sentía bien. Pensé que era importante.

Sam tomó el sobre y le mostró su contenido al fiscal. -Eso es. ¡Esa es la impresión! ¿Cómo? – preguntó.

-Creo que se salió de su bolsillo cuando se cayó. Cuando regresamos a revisar el área, lo vi tirado en el suelo. Tomé un sobre del quiosco y la puse ahí adentro.

-¿La ha tocado alguien más?
-No.
-Dígame, oficial Muñoz, ¿Qué hizo con la escalera?
-La escalera – reiteró Castillo.
-Ah, sigue en la mina, donde cayó.
-¡Demonios! Con todo lo que está pasando, se me había olvidado. Por favor, regrese a la catedral y resguarde la escalera. Que nadie la toque. Ni siquiera el capitán Pérez. ¿Comprende?

Castillo asintió.

-Sí, señor. Iré para allá, ya mismo – la patrulla arrancó antes de que subieran las ventanillas.

-Finalmente – dijo Sam al fiscal –, un poco de suerte.

-Creo que nunca había visto a alguien tan feliz de haber encontrado una huella digital.

-No es una huella muy buena, Saúl, pero probablemente es lo suficientemente buena como para un análisis parcial, por lo menos – se limpió el sudor de los ojos –. Me acabo de dar cuenta de cuánto extrañaba el laboratorio. Siento como si toda esta investigación pendiera de un hilo y cinta adhesiva. Bien, señor fiscal – dijo Sam –, ¿usted cree que haya algún problema con lo de la cadena de custodia?

-No, siempre y cuando nadie haya tocado la huella. Pienso que la corte no tendrá problema con eso – contestó Castillo.

-Muy bien. Ahora tenemos algunas huellas para comparar. No las podemos poner en la base de datos, pero las podemos comparar una por una.

-Déjeme adivinar, quiere las huellas del profesor.

-Por supuesto, la huella de su palma, y especialmente del dedo anular. Esa es la mejor impresión. Y la de Santos, y la del ejecutivo de la mina, Cárdenas.

-Bueno, la de Santos debe estar en su expediente en la estación de la policía, y legalmente, los expedientes de la policía pueden estar sujetos a una inspección en cualquier momento. El jefe nos la puede conseguir.

-¿Y las de los otros dos, fiscal?

-Bueno, podríamos entrar a la oficina del profesor fácilmente. Sus huellas tienen que estar ahí. Pero las cortes en Bogotá están cerradas ahora, así que nos tomará algo de tiempo conseguir a un juez que nos dé otra orden.

-¿No puede usar la que tenemos?

-Lo siento, Sam. Sólo una mordida a la manzana, justo como lo hacen en los Estados Unidos.

-Bien, no se preocupe por él. Es probable que sus huellas estén aún en la sala de interrogatorios. Definitivamente en la lata de la soda que tomó.

-¿Lata de soda?

-Sí. Se la dieron durante el interrogatorio. Había un pequeño bote de basura en el cuarto. Probablemente esté allí.
-Un momento, Grant.
Sam vio la huella a la luz mientras el fiscal hacía una llamada. Sólo escuchó unas cuantas palabras de su conversación, pero cuando escuchó "refresco", supo que estaban hablando de la lata.
-Acabo de llamar al jefe. Le dio la orden a su secretaria para que obtuviera el expediente y que no le dijera a nadie lo que estaba haciendo. Él personalmente cerrará la sala de interrogatorio y nos esperará ahí.
-Bien, ya resolvimos cómo obtener las huellas del profesor; pero, ¿y las de Cárdenas?
-No tenemos bases legales para inspeccionar su oficina, agente Grant – dijo Castillo –, y ningún juez en Colombia nos dará una orden basándose en que el tipo es un hijo de puta.
Sam frunció el ceño. -Sí, tiene razón. No llegaríamos a ningún lugar en los Estados Unidos tampoco. Pero al menos podemos verificar las de Santos y las de Indiana Jones.
-¿Necesita algún equipo?
-No, sólo necesitamos ir a la mina para inspeccionar la escalera buscando huellas. No me debo tardar mucho. Después podremos regresar a la estación de policía.

****

Sam y Castillo siguieron a la escolta a la estación. Ahí los recibió otro escolta armado al llegar. "¡Vamos!", ordenó un oficial muy espigado. Como lo había prometido, Álvarez los esperaba en la sala de interrogatorio.

-Caballeros – los saludó.
-General – dijeron ellos al unísono.
-La sala está sellada, y consulté con el sargento en turno. Nadie ha entrado o salido desde el interrogatorio.
-Ahora, jefe, sólo algo de buena iluminación – Sam miró la luz tenue del pasillo –. Podré utilizar talco para levantar las huellas de la sala de interrogatorio, y eso se verá mediante la

cinta transparente.

-De acuerdo, obtenga las huellas. Señor Castillo, por favor supervíselo – Álvarez volteó a ver a Sam –, para efectos legales. Yo prepararé la sala de conferencias. Tiene la mejor iluminación de todo el edificio – él y el policía gigante se fueron.

Sam se puso los guantes de látex, sacó varios objetos de una bolsa, y de un manotazo quitó la cinta amarilla de precaución que cruzaba la puerta. -No será nada complicado – de inmediato fue por el bote de basura y sacó la lata de refresco sosteniéndola del arillo, y la cepilló con el talco. Lo sopló a la luz, y la colocó en la mesa. Tomó un trozo largo de la cinta adhesiva de un rollo y la envolvió en la lata –. Cruce los dedos, fiscal – dijo, y procedió a quitar la cinta lentamente. Colocó la cinta en la mesa y la cubrió con una hoja de plástico.

-¿Y bien? – preguntó Castillo.

Sam tomo la hoja de plástico. -Hora de ver al jefe – dijo con una sonrisa de cansancio. A través del plástico, Sam pudo ver cuando el fiscal respiró fuertemente con alivio.

Capítulo VII: Debido Proceso

Cárdenas hizo su camino a través de oscuros abismos y pozos abandonados, siempre teniendo en cuenta el flujo de tráfico que había en la mina. Dudó si dejar pasar dos camiones amarillos gigantes, antes de correr para cruzar la ruta principal de extracción y agacharse debajo de un tractor oxidado y abandonado, que servía como barrera entre el tráfico vehicular y el humano. Respiró profundamente varias veces, y se aseguró de que nadie lo siguiera. Volteó una vez más antes de levantar la tapa del motor para entrar gateando a los pasajes secretos.

Encendió una pequeña linterna y apresuró el paso. Se dirigió al sistema antiguo de la mina. Las gotas de salmuera le ardían los ojos cuando el agua de la operación de la extracción se filtraba profundamente en la tierra salada. El inconfundible olor a azufre le decía que ya estaba cerca de su destino. Llegó a una gran piedra de sal que bloqueaba el final del túnel. Un ligero tirón hizo que rotara sobre bisagras de acero que rechinaban de lo oxidado. Se hizo una nota mental de que había que arreglarlas. Salió del pozo. Ahí lo encontró su hermano.

-Hola, Sebastián – dijo Chamí.
-Hola, Chamión. ¿Ahora qué pasó?
-Ya no puedo más. Quiero que todo esto termine.
-Se acabará pronto. Solo unos días más y estaremos fuera de peligro. Después, nos iremos de viaje. Nos iremos de Zipa, iremos a Cartagena, o quizá al Amazonas.
-Bueno, si usted lo dice.
-Bien, ahora tiene que dejar de mandarme textos, por lo menos por unos días.
-De acuerdo. Pero, ¿qué hay de Santos? ¿Vio lo que hizo en la estación de policía? Ya no podía más. Podía ver el rostro del bastardo del cura. Por poco me volvía loco. ¿Qué pasará si lo hace otra vez?
-Entonces nos encargaremos de él también. ¿De acuerdo?

Se abrazaron brevemente.

-¿De qué se trata esta gran conferencia? – se escuchó una voz al fondo del túnel.

-¡Santos! ¿Cómo demonios entró aquí? Tengo guardias en todas las entradas.

-Bueno, señor ejecutivo, usted no fue el único que creció escondiéndose en estos lugares de-- – un silencio invadió la mina.

-Bueno, ya no nos tenemos que esconder del cura bastardo – dijo Chamí después de un largo silencio.

-Lo sé, Chamí. Pero aún no me siento bien de ser parte de un asesinato.

-Bueno, todos estamos metidos en esto, Santos – dijo Cárdenas –. Además, nadie extrañará a ese cabrón.

-Que Dios tenga misericordia de su alma – dijo Santos mientras se persignaba.

-¡A la mierda su alma! Espero que se pudra en el infierno – dijo Chamí.

-Al menos ya se acabó – dijo Cárdenas –. No quedó evidencia de nada, y ya nos encargamos del gringo.

Cárdenas y Chamí se quedaron mirándose entre sí.

-¿Qué hicieron? Ya estaba listo para irse. Lo tuve que mantener aquí por la autopsia. Probablemente ya se habría ido si no lo hubiera hecho enojar, Sebastián. Ya estaba listo para irse. Además, Alejandra no ayudó mucho invitándolo a nuestra aldea, y después acostándose con él. Aún con las drogas, tal vez pueda recordar algo de eso.

-No se preocupe, Santos. Ese borracho no podría encontrar la aldea, aún cuando su vida dependiera de ello. ¿No vio cuánto de nuestro vino indígena tomó? – se volteó para ver a Chamí, quien tenía lágrimas formándosele en los ojos – ¿Qué le pasa?

-Hubo un... accidente – dijo su hermano.

-¿Un accidente?

-El gringo regresó a la mina, y debió haberse separado de su grupo del tour. Fue succionado por el sistema de extracción de agua. Él y Guasá--

-¡Qué! ¿Alejandra también?

-Sí. Los dos fueron succionados por el sistema de extracción.

-Tenemos que--

-No hay nada qué hacer. Se ahogaron en cien mil galones de agua salada. Para mañana, deberán estar enterrados bajo cincuenta toneladas de sal. Ya me aseguré de eso.

-¿Mataron a Sam y a Guasá? ¡Eso es un asesinato!

-Es lo mismo que hicimos con el cura.

-Lo sé, pero esto es diferente. Tenemos que reportarlo.

-No, nos quedaremos callados. La sal guarda sus secretos, y nosotros también – susurró Cárdenas.

-Ya lo discutimos, Santos – Chamí se limpiaba las lágrimas de los ojos –. Yo amaba a Guasá también. Más que nadie, pero ella pudo haberse muerto fácilmente en la selva. Sabíamos que habría riesgos cuando comenzamos con esto.

-Fuera de nosotros, ¿alguien sabe algo de todo esto?

-No, Sebastián. Se lo dije, no había nada concluyente fuera de lo del tatuaje. El jefe Álvarez es de Mitú, en el sur. Así que él no sabe nada de lo que el cura hizo.

Los tres evitaron mirarse.

-Chamí, usted destruyó las sandalias, ¿verdad?

-Sí, justo antes de que Santos trajera al gringo a la universidad.

-Entonces, hicimos nuestro trabajo, y la sal hizo el suyo. No hay nada de qué preocuparse – dijo Cárdenas mientras se secaba el sudor de la frente.

-Miren, matar al padre Quinn fue una cosa. Sobre todo después de lo que les hizo a muchos niños en Zipaquirá. Hubiéramos podido hacer que casi cualquiera en el pueblo nos hubiera ayudado con esto. Pero no matar a Guasá y a Sam – se pasó la mano por el cabello –. Habrá otra investigación, ¿saben? Él era del FBI. Los gringos enviarán gente. Su gobierno se volverá loco y tendremos a cientos de federales aquí. No podré ayudar entonces.

-Bueno, pues no encontrarán nada, y usted no les dirá nada, ¿no?

Santos suspiró profundamente. -No, por supuesto que no.

****

-Pero yo sí – Grant salió de la oscuridad.

-¿Usted? ¿Cómo diablos llegó aquí? – Cárdenas quedó en estado de shock.

-¡Sam, sigue vivo! – exclamó Santos.

-Sí, y no precisamente gracias a ustedes, bastardos. ¿Entendieron bien mi español, bastardos?

-¡Mierda! Santos, usted tiene una pistola. ¡Mátelo!

-No, Sebastián. Yo solo quería vengarme del cura. No más muertes.

-¡Le dije que matara a ese cabrón!

-No.

-Si no lo va a matar, deme su arma.

-Ni siquiera lo piense – dijo Grant cuando él, el general Álvarez y otros cuatro soldados fuertemente armados salieron a la luz con sus armas listas.

-General, ha habido un error – dijo el capitán de la policía.

-No se moleste, Santos – le mostró una pequeña grabadora –, escuché todo. Todos ustedes necesitan venir con nosotros. Usted también, señor Cárdenas, ni sus conexiones en el gobierno lo podrán proteger de esta.

-No exagere, general. Usted no tiene ninguna evidencia en contra de mí, y esto sólo fue una plática.

-Es ahí donde se equivoca – dijo Grant –. Hallamos la conexión entre la pirita y los fragmentos de madera con las artesanías en su oficina.

-Eso es imposible. La madera es madera, y la pirita es pirita.

-Cierto, pero cuando se rompen, incluso dos pedazos de pirita, se puede saber si las partes coinciden basándose en la veta. Ya lo he hecho. También podemos saber si coincide el contenido de sulfuro de hierro. Ya va en camino una muestra al laboratorio nacional en Bogotá.

-No puede registrar mi oficina, Álvarez. Ahora tenemos

el sistema americano. Mi abogado hará que eso sea desechado.

-Nos llegó una llamada de un robo en su oficina. Varios trabajadores vieron luces – dijo el general –. Lo investigamos. No vimos a nadie, pero muchas cosas estaban movidas, así que nos las llevamos a la estación para mantenerlas a salvo. Le pedí al agente Grant que las inspeccionara cuidadosamente. No quería que usted pensara que nosotros las hubiéramos robado, en caso de que fueran de oro real. Afortunadamente, aún teníamos la evidencia de la autopsia. También encontramos algunas muestras de tierra muy interesantes en su oficina. Están ya en camino a Bogotá. Ah, profesor, identificamos su huella en la estatua de Gabriel.

Cárdenas vio con furia a su hermano. -¡Carajo, Chamión!

-No se moleste con él, obtuvimos la suyas de la escalera. Creo que usted será acusado de intento de asesinato. Vestirse como indígena fue un buen toque.

-¡Váyase a la mierda, gringo cabrón!

-También fue un buen intento lo de la extracción de sal – dijo Sam –. Por poco se destruye mi fotografía de ustedes tres con el cura, pero aún se distinguen en la foto y los nombres. Estoy seguro también de que hay otros archivos de donde podremos obtener una mejor copia.

Álvarez interrumpió. -Ya he hablado con el fiscal federal, llegó esta mañana. Tenemos suerte de que esté aquí, en Zipa. Habría estado aquí hace días de no haber sido por la explosión terrorista de la bomba en Bogotá. El fiscal está convencido de que la evidencia prevalecerá, incluso ante las cuidadosas objeciones del señor Ríos.

-Así es, Cárdenas. Sabemos que usted lo llamó – dijo Sam –. Usted también sabía que vendría, ¿no es así, Santos?

-Usted no entiende. Usted no es de aquí. Usted no sabe el infierno que sufrimos nosotros, especialmente, Chamí. Usted tampoco, general. Sería imposible que alguno de ustedes lo entendiera.

-Ya tendrá su día en la corte, capitán; a diferencia del cura. ¡Vamos! – dijo Álvarez al darles la indicación a los soldados. El capitán Pérez bajó la cabeza y dejo caer los hombros. Un soldado raso le puso las esposas. Cárdenas y

Chamí se rehusaron a moverse.

-Yo no iré a prisión. Ya sabe que pasa allí. Yo no iré a prisión – dijo el profesor –. No iré a prisión. No iré a prisión – repetía.

-No se preocupe. Todo estará bien. ¿No me he encargado de usted siempre?

-¡No me protegió de ese bastardo!

-Yo también era un niño. Santos también. ¿Qué podíamos hacer?

-No iré a prisión. No iré a prisión – seguía repitiendo Chamí.

-¡Llévenselos! – ordenó Álvarez.

Un destello brillante iluminó la concurrida caverna. El aire se llenó humo y olor a azufre.

-Todo mundo afuera – dijo Chamí.

-OK, profesor – dijo Sam –, déjese de teatritos y baje eso.

-Sí, tire del fusible, o mis hombres dispararán y lo desactivaremos nosotros mismos – agregó Álvarez.

-No, este es un fusible "sin duda" – dijo Santos tosiendo.

-¿Un qué? – preguntó Sam.

-Un "sin duda", ¡un fusible "sin duda"! Está diseñado especialmente para las minas. Una vez que se activa, no se puede detener. Está diseñado para proteger a los mineros, para que nunca tengan que bajar a un túnel en donde un explosivo hubiera fallado.

-¿Así que no se puede detener?

-Ya no, no cuando ya está encendido.

-No iré a prisión. No iré a prisión.

Cárdenas se acercó a su hermano. -Es mejor que se vayan.

-No se escaparán.

-Se está agotando el tiempo – dijo Cárdenas mientras él y Chamí se internaban más en la mina.

Los soldados ya comenzaban a retroceder hacia el camino de acceso principal.

-Usted no puede jugar a ser Dios – dijo Grant.

-¡Solo quedan unos pocos segundos!

Las sombras de los dos hermanos desaparecían en las

entrañas de la mina. Álvarez haló a Grant hacia afuera de la cueva. -¡Vámonos, agente Grant! Mis hombres tienen la mina rodeada.

Corrieron unos cuantos pasos cuando la explosión los derribó y quedaron cubiertos en de rocas de sal. Sam se cubría los oídos para detener el zumbido. Tosía polvo teñido de sangre de los pulmones mientras un dolor le aturdía la cabeza. Volteó y alcanzó a ver al general retorciéndose entre los escombros. La sal en el suelo alrededor de él estaba manchada de rojo.

-Está lastimado, general – gritó Sam mientras los oídos le seguían zumbando –. Quédese quieto –. Desgarró la parte trasera de los pantalones de Álvarez para exponer un trozo de madera del tamaño de un cuchillo de mantequilla alojado en su glúteo derecho –. Cuente hasta tres – le dijo –. Uno, dos – contó mientras le desenterraba el pedazo de madera. El general gritó de dolor. Sam se quitó la playera para aplicar presión a la herida.
-¡Bastardo! – Sam lo escuchó gritar mientras le regresaba el sentido del oído.
-*You are welcome.* De nada, general.
-¿Está bien?
-Sí, eso creo – Sam tosía fuertemente –. Solo un fuerte dolor de cabeza y un poco de sal en los pulmones.
-¡Carajo! – gritó Álvarez por el radio – ¡Vengan aquí, idiotas, y llamen a una ambulancia!
En sólo minutos, toda el área estaba llena de policías y soldados. Una brigada de fuerzas especiales pasó persiguiendo a los hermanos asesinos. Venían ya de regreso cuando ponían al general en una camilla.
-Nada, General – reportó el comandante de la brigada.
-¿Nada? No pudieron haber llegado lejos. ¿Cuerpos? ¿Ropa? ¿Un celular?
-No señor. Había un derrumbe a unos treinta metros. Tratamos de remover los escombros para pasar, pero era muy grande, y no tenemos herramientas adecuadas. Cualquier persona que haya entrado a ese túnel está probablemente

enterrada bajo toneladas de sal.

-Muy bien, coronel, dígale a los mineros que bajen a limpiar el derrumbe. Después, junte a su equipo y a un escuadrón de uniformados, y vayan al edificio principal de la planta. Evacúenlo y registren cada pulgada del edificio, y se reporta conmigo.

-Sí, general – saludó pronunciadamente.

-Vaya – Álvarez le indicó al coronel débilmente con la mano. Volteó a ver a Grant – ¿Piensa que pudieron escapar?

-Es difícil de decir. Aparentemente hay todo un sistema de túneles a través de toda la catedral y la mina.

-Bueno, no hay lugar en el que se puedan esconder para siempre. Si encontramos alguna evidencia, haré que mis hombres lo contacten.

-No es necesario, general.

-¿Cómo dice?

-Lo siento, pero esto ha sido todo para mí. Estoy fuera, general. ¿Dos experiencias cercanas a la muerte en veinticuatro horas? Ya terminé con la investigación. Me voy a casa.

-Lo siento, agente Grant, pero no puedo dejar que se vaya. Necesitamos que testifique.

-Hijo de puta.

****

Sam tomó su bolso y miró su habitación. *Esto es un déjà vu otra vez, Grant,* pensó. Después se rio. *La habitación sigue siendo del mismo tamaño. Otra vez, no hay forma de que se te olvide algo. Hora de irse a casa.* Estaba sorprendido de cómo se había encariñado con el lugar. Lo que había comenzado como una visita de varios días, se había convertido por equivocación en algo de varios meses. Después de la confrontación en la mina, le pidieron quedarse en Colombia, y el gobierno americano estuvo de acuerdo. De hecho, su trabajo previo había sido no sólo informal y no había sido documentado. Además, el general Álvarez nunca contactó al Departamento de Estado en Estados Unidos, ni al FBI, pero las relaciones de amistad por "Wars on Drugs" tomaron precedente, y se le ordenó sonreír y aguantarse.

Sam lo tomó con calma –cualquier cosa para evitar regresar a los Estados Unidos, incluso si era por solo un poco más.

Cárdenas resultó herido, pero se las había arreglado para escaparse de la mina por uno de los múltiples túneles secretos entre la mina y la catedral, algunos que inclusive Santos desconocía. Desafortunadamente para él, no pasó desapercibido cuando se le encontró ensangrentado vistiendo un traje Armani quemado y desgarrado, deambulando por el parque ecológico días más tarde.

Sam observó la declaración de Santos desde atrás del cristal de la sala de interrogatorios. Hubo momentos en los que habló en voz baja, y con los ojos llenos de lágrimas. Penosamente, entró en muchos detalles sobre el abuso que todos ellos habían sufrido a manos del difunto cura. Era una historia que se repetía una y otra vez, parecía que únicamente eran los nombres los que cambiaban. Grant raramente había sentido simpatía por algún asesino, pero de hecho, se sentía aliviado al saber que estos hombres al menos habían sacado su dolor con el que abusó de ellos, y no con niños inocentes, como lo hacen muchos otros. Era difícil no sentir que se había hecho justicia.

Lejos de ser indulgente, y sin temor a un pequeño jurado empático del pueblo, el fiscal le ofreció un trato: declararse culpable de complicidad por encubrimiento, convertirse en un testigo para el Estado, y someterse a un juez para conocer su sentencia. Fue sentenciado a cinco años. Sam sabía que, con buen comportamiento, Pérez podría estar fuera en tres años. Era posiblemente lo mejor que Castillo podía hacer. Todo el país veía a Santos más como héroe que como villano.

Una vez que Santos se declaró culpable, Cárdenas vio lo que se le venía y bajó su irresistible impulso de defensa. Se declaró culpable de homicidio, aunque apuntando todo a su medio hermano. Según su versión de los eventos, Chamí había hecho el plan para matar a Quinn. Era él quien había sido la victima preferida del cura, y siendo el más joven, era quien había tenido más dificultad que los demás para superar su pasado. Había destrozado el cráneo del cura, había atacado a Grant, y fue quien trató de matar a Sam y Guasá, ya que trabajaba como minero. Grant confirmaba sus sospechas.

El juez en el caso del ejecutivo, un jurista federal traído de Bogotá, le dio una sentencia de veinticinco años con posibilidad de ser extendida a cadena perpetua. Ambos pudieron ser sentenciados por más tiempo, pero una vez que todo esto llegó a ser noticia, docenas de personas se presentaron ante la policía para acusar al difunto cura. Cárdenas podría ser puesto en libertad condicional en tan sólo ocho años. Incluso el Vaticano intervino, y aunque no admitió ninguna fechoría, pidió indulgencia para los dos, además de ofrecer un acuerdo económico a casi todos los que habían acusado al cura.

La policía expidió una orden de arresto para Chamí, pero él seguía desaparecido, y se presumía muerto, enterrado bajo cincuenta toneladas de sal. Guasá estaba desaparecida. Ella no era buscada por la muerte del difunto cura, pero sus huellas digitales se habían encontrado en una tarjeta de crédito en el lugar de la explosión en Bogotá. Guasá era ahora la persona más buscada por la Policía Nacional.

La mina y la iglesia permanecieron abiertas, pero el gobierno colombiano mandó a geólogos y militares expertos en explosivos para encontrar los túneles secretos y cerrarlos con explosiones.

Sam cerró la puerta tras él y subió las escaleras para parar un taxi. Fue saludado por el encargado.

-Buenas, señor.

-Hola Ramón, Buena camiseta.

El joven miró su camiseta de fútbol. -Gracias, señor. ¿Su cuenta? – le mostró el recibo.

-Sí, por favor. ¿Cuánto?

-Cinco millones, trescientos cuarenta y seis mil.

-*Wow, OK.* ¿Acepta mi tarjeta de crédito?

-Sí, se aceptan tarjetas – El encargado pasó la tarjeta y se la regresó –. Ha sido bueno practicar mi inglés con usted.

-Fue bueno practicar mi español con usted. Usted se puede encargar de Horacio, ¿verdad?

-Por supuesto, señor. Mi novia lo adorará.

-Adiós, Ramón – firmó el recibo.

-Adiós, señor. Ah, una cosa más – se agachó detrás del mostrador –, esta *baggage* llegó para usted.

-Ah, un paquete.

-Perdón, sí. Un paquete.

-Gracias.

El encargado le sonrió.

Sam salió y observó el paquete. Era del tamaño de un paquete de cigarrillos, y estaba simplemente dirigido para el "Agent Grant", con su número de habitación escrito abajo. Observó la dirección del remitente, y era lo mismo. Cruzó la calle y caminó a la esquina. Movió la cabeza con incredulidad cuando vio a su amiguito durmiendo bajo una banca del parque. "¡Horacio! Horacio, ¿cómo estás?".

El perrito se levantó y corrió hacia Grant.

"Me alegro verte. Desafortunadamente, hoy me voy". Le rascó detrás de las orejas. "Pero no te preocupes, ya hablé con Ramón. Él y su novia te cuidarán bien". Sam le señaló la entrada del hotel al fondo de la calle. "Ve, amigo. Ve a ver a Ramón, y trata de no extrañarme mucho".

Ramón había salido a la calle y llamó al perro, y éste corrió a toda prisa al otro lado de la calle buscando comida.

"Creo que no me tengo que preocupar mucho de si me extrañarás", dijo el agente americano mientras veía al perro cruzar la calle empedrada.

Sam sonrió, se sentó, y abrió el sobre. Adentro había un teléfono celular aún en su empaque, pero sin la envoltura de celofán. *¿Qué demonios es esto?* Abrió la caja y encendió el teléfono. Estaba desbloqueado, y con la batería cargada. Presionó el ícono de libreta de direcciones, y se sorprendió al encontrar solo un contacto, "G". Le dio doble clic y esperó la señal de conexión.

****

-Hola, Sam – dijo Guasá mientras manejaba su Jeep por el sinuoso camino de la selva.
-Hola, Guasá.
-¿Cómo está, Sam?
Sostuvo el teléfono en frente de él pensando qué hacer. Pensó si hacerles señas a dos policías que caminaban al fondo de la plaza hablando con varias adolescentes.
-No se moleste tratando de rastrear la llamada. No nos encontrarán, si es lo que está pensando – interrumpió a Sam en sus pensamientos.
-Sí es lo que pensaba. ¿Sabe?, los federales aún la están buscando.
-Estoy en un lugar al que ni el ejército iría.
-¿Está de regreso con la FARC?
-Solo digamos que sigo comprometida con el movimiento.
-Algún movimiento.
-No esté molesto, Sam. El cura lo merecía. Vi las noticias. ¿Cuántas víctimas lo acusaron? Ni el Papa hubiera podido defender a ese maricón. Chamí fue el que sufrió más, no el padre Quinn.
-Incluso los pederastas merecen un debido proceso – contestó mansamente.
-¿Debido proceso? Usted es muy gringo, Sam. ¿Ya se va

a casa?

-A punto de llamar a un taxi – suspiró ligeramente al teléfono –. ¿Sabe? Aún se podría entregar. Yo le ayudaré. Puedo testificar a su favor. Usted salvó mi vida.

-Lo siento, Sam. No puedo hacer eso, pero me gustaría verlo antes de que se vaya.

-Claro.

-En verdad, Sam. Estoy segura de que nos hubiera podido ir bien si estuviéramos juntos.

-Tiene que estar bromeando. ¿Por qué....?

-Las mujeres no son diferentes de los hombres, Sam. También nos gusta el sexo, y Zipa es un pueblo chico. Si me hubiera metido con alguien, habría sido complicado. Fue por eso que lo llevé a mi aldea.

-¡Mierda! Sabía que eso había sido real. Pero Santos y Cárdenas nunca dijeron nada al respecto, incluso después de sus declaraciones.

-Ni lo harán. Todos somos Muiscas, Sam. Nos protegemos mutuamente.

-Cárdenas y Santos están en prisión ahora. En parte por tratar de ahogarnos.

-Lo sé. No estoy preocupada por ellos. Ellos estaban haciendo lo que tenían que hacer para seguir encubriendo todo. Usted llegó lejos, Sam, y yo con usted. Quizás en otromomento diferente esto pudo haber funcionado.

-¿Fue por eso que se fue después de que nosotros...?

-Sí, Sam. Sabía que usted regresaría a la catedral y yo no podía ir con usted. Y sabía que estaba cerca de descubrir todo. Fue mejor que me fuera.

-¿Cómo lo sabía?

-Una vez que fue a los archivos, era ya cuestión de tiempo.

-¿Cómo sabía que fui a la biblioteca de la universidad?

-Es un pueblo chico.

-¿Por qué no se robó la foto?

-No la pude encontrar. ¿Dónde estaba?

-La escondí afuera, antes de entrar a mi habitación.

-Qué inteligente.

-Soy un agente con entrenamiento – dijo –. ¿Si sabía que estaba tan cerca--?

-¿Por qué no lo maté?

-Bueno… sí.

-Usted es un agente americano. Matarlo hubiera traído más gringos. Ya tenemos suficientes en Colombia.

-Pero sí trató de matarme.

-Bueno, un accidente en la mina es una cosa, y una bala en su cabeza o una cortada en la garganta es algo muy diferente.

-Entonces, ¿por qué me salvo?

-Creo que me dejé llevar por el momento. Nunca planeé estar en las tuberías con usted.

-Es usted una santa.

-Soy una Muisca, Sam. Nosotros no adoramos a sus ídolos.

-¿Regresará algún día?

-No lo creo. Pero, ¿quién sabe?

-Entonces, este es un adiós, Guasá.

-Adiós, Sam

Guasá cerró el teléfono y lo tiro del Jeep a una corriente de agua.

****

Sam tiró el teléfono y la caja vacía en un bote de basura antes de subir al primer taxi que vio.

-¿A dónde, señor? – le preguntó el taxista.

-Al aeropuerto de Bogotá. Es hora de regresar a donde pertenezco.

Acerca del autor:

Anthony LaRose es profesor de criminología y veterano de las fuerzas aéreas. Ha vivido y viajado por toda América Latina por los últimos veinte años. Ha publicado más de una docena de artículos académicos, contribuciones a enciclopedias, capítulos de libros en español e inglés, todos centrados en el crimen y la policía en América Latina, así como en las ciencias forenses. Aunque La Catedral de Sal es un trabajo de ficción, todos los lugares, la gente, y los eventos, incluyendo lo forense, están basados en la realidad.

Su segunda obra, "Juarez: Seeds in the Desert", es una novela que trata de las miles de mujeres que han desaparecido en la frontera de México y los Estados Unidos. Una muestra de la misma está disponible en http://tonytronic2000.wix.com/anthonylarose

El autor vive en Tampa, Florida, con su querida, Pumpkin, y viaja constantemente a Puerto Rico para visitar a su novia, Verónica.

Al autor le agrada recibir cualquier retroalimentación, y disfruta al responder a sus comentarios. El profesor LaRose puede ser contactado al siguiente correo electrónico: tonytronic2000@yahoo.com

Made in United States
Orlando, FL
31 January 2024